华裔美国文学的
叙述流变与身份认同研究

陈燕琼 ◎ 著

延邊大學出版社

图书在版编目（CIP）数据

华裔美国文学的叙述流变与身份认同研究 / 陈燕琼
著. — 延吉：延边大学出版社，2022.11
　　ISBN 978-7-230-04186-7

　　Ⅰ.①华… Ⅱ.①陈… Ⅲ.①华人文学－文学研究
－美国 Ⅳ.①I712.06

中国版本图书馆CIP数据核字(2022)第206748号

华裔美国文学的叙述流变与身份认同研究

著　　者：	陈燕琼
责任编辑：	翟秀薇
封面设计：	文　亮
出版发行：	延边大学出版社
社　　址：	吉林省延吉市公园路 977 号　　邮　编：133002
网　　址：	http://www.ydcbs.com　　E-mail：ydcbs@ydcbs.com
电　　话：	0433-2732435　　传　真：0433-2732434
印　　刷：	廊坊市广阳区九洲印刷厂
开　　本：	787 毫米×1092 毫米　1/16
印　　张：	9.25
字　　数：	200 千字
版　　次：	2022 年 11 月第 1 版
印　　次：	2022 年 11 月第 1 次印刷
书　　号：	ISBN 978-7-230-04186-7
定　　价：	68.00 元

前　言

文学作为一种特殊的叙述体系，具有丰富的阐释性，因为文学不仅是表意的符号，还是一种具有文化、政治和性别诉求等内涵的叙述方式。因而作家采用不同写作策略创作出来的文学作品具有再现生活、反思自身以及表达诉求等功能。然而，文学作品的文学性又使其不同于政治、经济等其他叙述体系，具有独特之处。因此，在分析文学作品时不应只关注内容而忽视其形式。对文学作品的深入研究应该坚持从形式到内容逐步深入的路径，而不是抛开作品的文学性而单纯地探究其社会功能。否则，文学作品就会失去其丰富的内涵而沦为没有自身特色的社会历史文献式的记录或评说。事实上，作品的文学审美与其社会功能是相辅相成的，只有把文学的叙述形式和内容有机结合在一起，才能对作品形成既全面又具有深度的阐释。此外，任何文学创作都是在一定的社会、政治和文化背景下创作出来的，因此文学创作的叙述形式和内容与其所处社会的语境有着密不可分的关系。

多元文化语境中，华裔的身份认同问题一直是华裔美国文学研究的重点。近半个世纪以来，华裔作家为美国文学添上了浓墨重彩的一笔，流散者的身份使他们身处两种文化的边缘，使其可以凭借他者的独特视角观察并审视多元文化、民族和政治体制。针对华裔作品中体现的认同观，著名学者王宁一针见血地指出，华裔介于两种或两种以上的民族文化之间，他们的民族和文化身份就不可能是单一的，而是多重的。

本书从华裔美国文学的叙述流变和华裔美国文学的身份认同两方面出发，结合分析。本书总共分为五章，第一章研究华裔美国文学国内外研究现状；第二章研究华裔美国文学的叙述流变；第三章研究华裔美国文学中的身份认同，分析研究身份认同的流动；第四章、第五章结合叙述流变与身份认同的分析，从文学故事和话语形式两方面展开研究。

作者在写作的过程中参阅了大量的文献资料，并引用了一些专家和学者的研究成果，在此表示最诚挚的谢意。笔者力求使本书观点新颖、论述全面，但由于作者学识、能力有限，书中还存在许多不足之处，敬请专家、学者及广大读者批评指正。

目 录

第一章 绪 论 ··· 1
    第一节 华裔美国文学国内外研究现状 ··· 1
    第二节 美国华裔境况的变化 ··· 6
    第三节 华裔美国文学的价值 ··· 9

第二章 华裔美国文学的叙述流变 ·· 22
    第一节 华裔美国文学的批判现实主义叙述 ··· 22
    第二节 华裔美国文学的经典化之路 ·· 47

第三章 华裔美国文学中的身份认同 ··· 59
    第一节 身份认同 ··· 59
    第二节 身份认同的流动性 ·· 64
    第三节 华裔美国文学中的身份认同研究 ·· 67

第四章 华裔美国文学故事类与身份认同 ·· 73
    第一节 故事类地志叙述与身份认同 ·· 73
    第二节 故事类人文叙述与身份认同 ·· 93

第五章 华裔美国文学话语形式与身份认同 ·· 114
    第一节 语言与身份认同 ··· 114
    第二节 文体与身份认同 ··· 133

参考文献 ·· 142

第一章 绪 论

第一节 华裔美国文学国内外研究现状

一、华裔美国文学国外研究综述

国外学者对华裔美国文学的研究始于20世纪70年代对整体亚裔美国文学的批评。1974年，赵健秀、陈耀光、徐忠雄和美国日裔诗人劳森稻田等人合编的《哎——咿！美国亚裔作家文集》可被视为华裔和亚裔文学批评的开山之作。该文集将"亚裔感性"作为界定亚裔作家及其作品的重要标准，对华裔和亚裔文学批评的发展起到了积极的推动作用。该文集的序言因鲜明地表达了华裔和亚裔族群的文化政治诉求而被学术界看作是美国亚裔文学的"独立宣言"。然而，赵健秀等人将"亚裔感性"界定为"非移民的、非基督徒的、非女性的"，带有强烈的大男子主义思想。在其后编写的《大啊咦！》中，赵健秀等人又提出"真假亚裔美国文学之分"的观点。他们认为以汤亭亭为代表的华裔女性作家的作品有意误读、误用中国经典和传说，以迎合西方主流社会的口味，从而损害了华裔美国人的形象。赵健秀这一激进观点在华裔美国文学研究领域引发了一场激烈的争论，这场争论在一定程度上削弱了华裔族群的凝聚力，因而无益于构建一个和谐、积极进取的华裔族群，也无益于华裔族群争取共同的权益。在韩裔美国学者金惠经所著的《亚裔美国文学：作品及社会背景介绍》一书中，作者主要关注不同历史时代背景对亚裔美国文学创作的影响，进一步研究作品深层次所反映的亚裔族群的生活状况及其精神诉求。金惠经教授在评论中引用了大量华裔作家的作品，因而她的著作也在一定程度上向读者展示了华裔美国文学的基本发展脉络。

自20世纪80年代开始，国外华裔美国文学研究进入了一个新的发展阶段，在此期间出现了一批华裔和亚裔女性文学批评家。其中，林英敏的《两个世界之间：华裔女作家研究》是一部专门研究华裔女性作家作品的著作，这本书研究的对象涵盖了以黄玉雪、汤亭亭和谭恩美为代表的三代华裔女作家，着重分析了三代华裔女作家在创作主旨及其写作技巧等方面的异同之处，揭示了三位女性作家在其不同的社会语境下所采用的独特创作视角和特色。华裔美国文学评论家张敬钰在其著作《尽在不言中：山本久支、汤亭亭、小川乐》中，则主要对三位亚裔文学作家在创作中所反映出的亚裔和华裔群体沉默或失声的深层机制进行了详细的解析，从而揭示出亚裔和华裔群体话语缺失背后的历史和政治因素。另一名著名华裔文学批评家黄秀玲的《从必需到奢侈：解读亚裔美国文学》，继金惠经所著的《亚裔美国文学：作品及社会背景介绍》之后，进一步探讨了亚裔美国族群文化身份建构与美国的历史、社会政治和经济环境等因素之间的密切联系。但其著作的一个显著特点是摒弃以作家及其作品的社会历史背景为基础来研究亚裔文学，将文学文本作为研究的切入点，这为华裔美国文学从偏重传统的社会历史批评转向文学性的批评奠定了基础。

除了研究亚裔美国文学的专著外，这一时期还出现了一系列相关的论文集，如林玉玲和林英敏等人编辑的《解读亚裔美国文学》和金惠经编辑的《书写自我，书写民族》。这些论文集收录的文章向读者介绍了当时亚裔美国文学批评的新视角和观点。但从整体上来看，20世纪80年代至90年代中期的华裔美国文学批评主要是围绕着种族、性别和政治等议题展开的，其批评的主旨还是强调华裔和亚裔美国文学的社会政治功能。

从20世纪90年代末开始，一些华裔和亚裔美国文学研究学者开始关注对作品写作形式的研究。其中，凌津奇所著的《叙述民族主义：亚裔美国文学中的意识形态与形式》，通过对不同时期亚裔文学作品的分析，揭示了华裔和亚裔文学作品中特定的社会语境与作家作品之间的相互作用关系，具体包括作家写作策略的选择、作品形式的变化与社会语境之间的内在联系。周肖劲编著的论文集《美国亚裔文学的形式及流变》突出了亚裔美国文学创作的文类形式与其作品主题之间的关系。Rocio G. Davis 和 Sue-Im Lee 编著的论文集《文学姿态——亚裔美国写作中的美学》更加鲜明地突出了华裔或亚裔美国文学批评的文学性诉求，以及对作品的艺术形式、审美观等给予了更多的关注。但是，美国华裔学者尹晓煌于2000年出版的《1850年以来的华裔美国文学》一书，仍然以社会历史批评方法来梳理华裔美国文学的发展。作者指出："华裔美国文学作品之所以成为珍贵的财富，是因为无论自传体文学，还是纯文学题材，其作品皆包含了对美国华裔生活之可靠记载和对事实的现实主义描写，再现了华裔特有的经历和情感……华裔文学作品肩负着作为社会宣言和历史文献的使命，其作用超越了文学和艺术的范畴。"总之，从华裔或亚裔美国文学创作初期至今，国外学者一直以不同批评范式对其进行分析研究，在一定程度上促进了华裔或亚裔文学创作的繁荣发展，同时为国内学者研究华裔和亚裔美国文学提供了参考视角。

二、华裔美国文学国内研究综述

国内对华裔美国文学的研究起步较晚，虽然早在20世纪80年代中期，华裔美国文学批评就进入了海外华文文学研究领域，但国内的华裔美国英文文学研究的真正开端是在20世纪90年代。中国译林出版社于20世纪90年代末陆续出版了一批重要的华裔美国文学作品的中文译本，促进了国内华裔文学研究的发展。此后，国内学术期刊不断发表一些批评华裔美国文学的文章，这些文章对华裔美国文学的作品从文化、性别、种族等不同角度进行解读，显示出国内学者对华裔美国文学极大的关注，促进了国内华裔美国文学研究的发展。2003年1月，北京外国语大学英语学院华裔美国文学研究中心的成立为国内致力于华裔美国文学研究的学者提供了一个良好的学术交流平台。近十年间，国内的华裔美国文学研究出现了"井喷式"的发展。国内各大外国文学研讨会都设有华裔美国文学研讨的专题小组，而以华裔美国文学为范畴进行研究的硕士和博士论文也呈不断上升的趋势。根据中国知网博士和硕士学位论文数据库的资料统计，1999年至2015年间，以华裔美国文学为研究方向的博士论文有36篇，其中有10余篇论文已经以专著的形式出版；以此为研究方向的硕士论文则有百余篇；国内重要期刊刊登的华裔美国文学研究方面的文章则有数百篇。

　　在华裔美国文学研究的初期，国内相关的学术论文主要是对特定华裔作家及其作品的分析，如基于汤亭亭、谭恩美、任碧莲、赵健秀等几位作家的主要作品所进行的研究，研究视角也仅限于文本内容的主题分析。20世纪90年代以来，伴随着国内文学批评领域研究方法的多元化发展，对华裔美国文学的研究也呈现出多元化的特征。在各大院校的相关研究中出现了数量众多的优秀博士学位论文，如张龙海的《美国华裔小说和非小说中属性的追寻和历史的重构》；石平萍的《美国华裔妇女文学中的母女关系及种族和性别的政治：对〈女勇士〉、〈喜福会〉和〈骨〉的研究》；陈爱敏的《美国华裔文学与东方主义》；蒲若茜的《族裔经验与文化想象》；詹乔的《论华裔美国英语叙事文本中的中国形象》；侯金萍的《华裔美国小说成长主题研究》；金学品的《呈现与解构——论华裔美国文学中的儒家思想》；蔡青的《后殖民语境下美国华裔女性文学中的疾病书写分析》；付明端的《从伤痛到弥合——当代美国华裔女作家笔下女性文化身份的嬗变》；董美含的《90年代后美国华裔女性小说研究》；刘增美的《族裔性与文学性之间——美国华裔文学批评研究》；潘雯的《走出"东方/性"：美国亚裔文学批评及其"华裔话语"建构》；等等。从总体上来看，20世纪90年代以来的国内华裔美国文学的博士学位论文，显示出对该领域的深入系统的研究。论文选题已不再局限于对某个华裔作家作品的解析，研究视角也日趋多元化，涵盖了后殖民主义、女性主义、新历史主义、叙事学、文学伦理学、小说文类研究等批评理论视角。其中刘增美的《族裔性与文学性之间——美国华裔文学批评研究》和潘雯的《走出"东方/性"：美国亚裔文学批评及其"华人话语"建构》两篇博士论文，分别对美国华/亚裔文学批评各时期的特点进行了分析与总结，梳理了国内外华裔美国文学批评的发展，为华裔美国文学研究的理论性建构做出了积极的贡献。

近年来，国内重要学术期刊上也不断涌现华裔美国文学研究方面的文章，其中有一部分文章是对特定作家作品的深入解析，如刘葵兰的《地图·命名·历史——<天堂树>中的对抗记忆》；王立礼的《从生态批评的角度重读谭恩美的三部作品》；刘增美的《生存的语言与语言的存在——哈金作品批评的思考》等。此外，还有大量从宏观上对华裔文学进行研究的文章，如饶芃子教授的《从"本土"到"离散"——近三十年华裔美国文学批评理论评述》，分析了自20世纪70年代以来华裔美国文学批评理论的发展；吴冰教授的《关于华裔美国文学研究的思考》一文，对于华裔美国文学的界定、定位、意义及其对传播中国文化的作用等议题做了总体论述；张子清教授则在其《华裔美国文学的价值与译介》一文中，指出华裔文学研究中偏重意识形态而忽视文学审美价值的问题；胡铁生教授的《中美文化的碰撞与融合——论美国华裔作家在中美文化交流中的历史作用》一文，从华裔作家独特的民族文化身份视角分析了华裔美国文学在消解中美文化对立和促进中美文化之间的交流与融合方面的桥梁和纽带作用；王惠的《全球化视野下看中国文化在华裔美国文学中的消解》，则从全球化的视野出发，探讨了当代华美文学中，中国文化元素的表征问题；胡贝克的《美国华裔文学中的华裔职业身份演进》，从华裔在美国谋取生存权的角度探讨了华裔美国文学的历史作用，《美国华裔文学的文化特征及其时代演进》则从文化视角论述了华裔美国文学的演进。

20世纪90年代以来，华裔美国文学研究方面的学术成果也令人瞩目，其中比较有代表性的著作有卫景宜的《西方语境的中国故事》，该书以汤亭亭的三本小说为研究文本，分析了作家对中国民间传说和文学经典的修改与挪用的策略及其意义，认为这种独特的表述中国的方式是以"文化杂交性"对美国主流文化的一种反抗；胡勇的论著《文化的乡愁——美国华裔文学对中国文化传统的认同》，通过分析华裔作家（包括张爱玲、汤亭亭、谭恩美等）文学创作中对中国文化的描述，指出华裔作家文学作品中表达构建"文化中国"的美好心愿。北京语言大学陆薇教授的专著《走向文化研究的华裔美国文学》，以后殖民理论的视角透视华裔美国文学的创作实践，从社会和历史、心理和精神两个层面梳理了华裔美国文学中的问题，为华裔美国文学批评的理论建构提出了一个新的视角；南京大学赵文书教授所著的《和声与变奏——华美文学文化取向的历史嬗变》，以华美文学中的文化取向嬗变为研究视角，对华美文学文化取向的演变历史和演变策略进行了专题研究；北京外国语大学吴冰教授的《华裔美国作家研究》，则从多维度对20世纪50年代到20世纪90年代有影响力的华裔作家进行深入分析。此外，华裔美国文学研究学者张琼的《从族裔声音到经典文学——华裔美国文学的文学性研究及主体反思》一书,则侧重研究华裔美国文学中独特的文学性表现——矛盾情结和模糊性。该研究视角对于拓展华裔美国文学研究的视野,进而推动华裔美国文学研究超越单纯的社会历史及文化政治批评模式具有一定积极的作用。

通过对国内外学术界对华裔美国文学研究的成果进行比较可以看出,国内外学者的研究既具有一定的同一性,也存在着一些差异性。两者从总体上来看,都偏重文学外部关系的文化研究,但国内学者大都侧重研究华裔作家在作品中对中国文化的继承和发扬、摒弃与排斥,以及华裔作家对美国主流社会和主流文化的抗争;而国外学者更加着重研究作品中体现的美国华裔的政治诉求以及建构华裔美国人新的文化身份的策略。这两种研究方式分别站在中国文化与美国文化的立场上,视角亦各有独特之处。这种现象表明,中西华裔美国文学研究应增加相互交流,以便构建一个全面的、系统的华裔美国文学批评理论体系。

此外,对于华裔美国文学的界定问题,国内外学者也存在着很大争议。国外学者主要针对华裔作家的英文创作进行研究,Chinese American Literature 对于国外学者而言,只是美国一个少数族裔的文学创作,是美国文学的一个分支,只是因其受母国文化与美国文化双重族裔文化背景的影响,作品表现出独特的族裔文化身份与政治诉求。而国内学者对 Chinese American Literature 的命名与定位存在着不同的声音。以吴冰教授为代表的一派中国学者认为,在英文 Chinese American Literature 中,"Chinese American"应被看作是一个整体表述,用来指代"华裔美国人",而"Chinese American"这一整体表述用作定语来修饰 literature,因而 Chinese American Literature 应理解为"华裔美国人创作的文学",故命名为"华裔美国文学"。吴冰教授分析国内外学者如金惠经和张敬珏对亚裔文学的界定,并结合华裔文学自身的特点,指出:"凡是华裔美国人以华裔美国人的视角写华裔美国人事情的文学作品都属于华裔美国文学。"而国内其他学者如郭英剑教授则认为,Chinese American Literature 首先强调的是"美国文学",然后才进一步有所限定,因此 Chinese American Literature 应译为"华裔美国文学"。吉林大学胡铁生教授则从对中美文化认同态度的角度对华裔作家进行了详尽的分类,并最终指出:"华裔美国文学的早、中、晚三代作家,不论他们属于哪一种类型,都以其特殊身份在消解中美文化对立和促进中美文化之间的交流与融合方面承担了桥梁和纽带的历史重任。"国内其他学者如王理行、董美含等也分别撰文对 Chinese American Literature 的界定进行了详尽的梳理与分析。Chinese American Literature 的英文表述在翻译成中文的过程中产生的争议,表明国内学者对其写作主体及写作内容的范畴理解不同。本书主要研究华裔文学的叙述流变和身份认同,意在突出华裔作家独特的族裔文化背景在其文学创作中的话语诉求及其表现形式。因而,本书采用"华裔美国文学"这一命名,旨在彰显华裔文学在整个美国文学中的独特族裔性及文化诉求。因此,本书选取的研究范本仅限于那些出生在美国的华裔美国作家用英语创作的小说文本,但这并不表明本书把用汉语写作的华裔美国人和其他用英语创作的美国新移民文学排除在华裔和华裔美国文学之外,因为如果用出生地来限定华裔美国文学,一些有价值的优秀作品就会被排除在外,如反映早期在美华裔生活境况的作品《埃伦诗集》《金山歌集》和20世纪以来新移民作家如严歌苓、张翎、虹影等作家的作品。此外,吴冰教授认为,华裔美国文学作品的主要内容反映的是美国华裔族群的生活境况和心声或以华裔独特的视角来审视当今美国社会,文学创作使用的语言也不应成为限定华裔美国文学的条件。1978年美国诺贝尔文学获奖者艾萨克·巴什维斯·辛格(Isaac Bashevis Singer)的大部分作品都是用他的母语意第绪语进行创作的,但这并没有影响他犹太裔美国作家的身份。此外,在华裔美国文学中,与小说及戏剧创作相比,诗歌的影响力相对较弱。在诗歌创作方面成就比较显著的华裔诗人有宋凯西、李立扬、姚强及梁志英等人。但其诗歌作品没有引起像华裔小说戏剧那样的广泛的关注。因此,本书选取在美国本土出生的华裔作家用英文创作的小说及戏剧作品,只是因为对本书的研究来说更具有代表性,更能反映美国多元文化思潮的发展对处于美国主流社会边缘境地的华裔作家文学创作的文化诉求及话语策略的影响。

第二节 美国华裔境况的变化

华人移民在美国已经有一个多世纪的生活历史,为美国社会的发展做出了重大的贡献,然而他们却一直受到不公正的待遇。在充斥种族歧视的美国社会里,早期华人移民参与建设美国的历史却被美国人很少提及。由于美国华裔在美国社会所处的边缘境地有其特殊的社会历史背景,所以在不同的历史时期,华裔族群对其所处的边缘境地有着不同的回应。

一、失语与自闭

中国在与西方世界接触伊始,由于社会、经济、政治及军事等各方面都处于极度落后的状态,使得华人移民在美国社会一开始便处于被歧视的境地。美国独立宣言所陈述的那些"不言而喻的真理"显然不适用于美国华人移民。第一代华人移民不远万里来到美国寻梦,希望通过自己的辛勤劳动过上富足的生活。但是,在美国这个宣称自由平等的国家,华裔却自始至终被视为"他者"。虽然华裔先辈们参与了很多早期美国社会的重大建设项目,但他们的贡献却被美国主流社会所忽视。从1850年到1882年美国制定《排华法案》前的这段时间,美国曾大量吸纳来自中国的移民,其目的是让这些吃苦耐劳的华工参与当时正在修建的横贯北美大陆的铁路,以及开采美国西部条件艰苦的矿山。这些华人移民为美国的发展提供了大量廉价的劳动力,从而极大地促进了早期美国经济的发展,但华裔在这片土地上却一直生活窘迫,不断地受到歧视和排斥。早在19世纪50年代的加州淘金热期间,当时美国舆论就有一种排华论调,认为中国人跑到美国来是来发淘金财,是来抢美国人的饭碗。实际上,美国早期华人移民吃苦耐劳,他们大多干一些美国白人不屑于干的重体力工作。据史料记载,在美国西部各州从事采矿的矿工中,有三分之二是华工;修建横跨美洲大陆铁路的劳工中,华工更是占到了十分之九;而且促进夏威夷甘蔗种植业发展的主要劳动力,也是来自中国的华工。

19世纪末至20世纪初,美国通过《排华法案》后,使得华人移民的生活境况进一步恶化。美国排华的社会背景是种族主义的盛行,是完全针对华裔族群的敌视行径。此外,美国在内战后很长一段时间里经济持续低迷。为此,生活窘迫的美国劳工和一些借此转移国内矛盾的政客把这一切都归咎于在美国工作的华裔,华裔在工作生活以及移民数量等方面都受到严格的限制。面对困境,在美国的华裔唯一可以依靠的就是中国人所具有的坚韧不拔的精神力量和中华民族悠久的文化传统所赋予的强大凝聚力。虽然华裔不为美国主流社会所接受,但他们团结友爱、互相帮助,并逐渐在异国他乡建立起自己的生活区域——唐人街。然而,他们也将自己封闭起来,无法真正地融入美国社会。总之,第一代华人移民虽然身处异国他乡,但心中一直怀念祖国,仍然认为自己是中国人,因而他们生活在一个封闭的环境中,无法在美国主流社会中发出自己的声音。

二、迷惑到觉醒

随着民权运动的兴起,长期以来被美国主流社会边缘化的华裔美国人的族群政治意识逐渐觉醒,他们开始积极参与美国社会的政治、经济和文化生活,从而在充满霸权话语的美国社会发出自己的声音。年轻一代的华裔子女勇敢地走出唐人街,他们不愿再被看作永远的"他者",他们以积极的心态融入美国主流社会,为自己应有的社会和政治权益而斗争。1965年,新移民法使华人移民与欧洲各国移民条件相对平等,但是在美国的主流社会中始终存在着一种对华裔根深蒂固的偏见。与早期来美国谋生的华裔相比,新一代的美国华裔在经济状况和受教育程度等方面都有很大提高,并为美国社会的发展做出很大贡献，但他们仍然受到美国主流社会的排斥。而那些出生在美国、从小接受美国主流文化教育的华裔子女，认为自己是真正的美国人，于是开始逐渐与父辈、与中国传统文化疏远。然而，在现实生活中，他们发现自己还是无法成为真正的美国人，因为以白人为代表的主流社会依然把他们看作是少数民族，看作是中国人，关键时刻总会对他们采取歧视态度及行为。美国主流社会对华裔长久的种族偏见使得新生代的美国华裔对自己的身份产生了迷茫，他们意识到自己的尴尬身份：既不是完全的中国人，又不是完全的美国人。但是与早期大规模迁移美国做苦力的华工不同，从小在美国长大的华裔新生代有文化及政治诉求的自觉性与主动性，有更为开阔的视野。由于出生在华裔家庭里，华裔子女会潜移默化地从父母那里受到中国传统文化的熏陶。当华裔青年在生活及事业上不断受挫之后，他们就会开始冷静地思考自己的归属，进而意识到在狭隘的白人至上的民族中心主义社会中保持自身传统和文化的重要性，因为在日益文化多元的现代社会，如果不能坚守自己的文化传统，就会迷失方向，从而成为失去自我存在的根基的"浮萍人"。民权运动中美国黑人群体为了争取自身的平等权益坚持不懈地斗争，并取得了一定的成效，这也进一步激发了华裔族裔意识的觉醒。美国华裔最终意识到，只有在美国社会中保持自己的文化和民族个性，才能挺起腰杆做个有尊严的美国华裔。华裔族群意识的觉醒使少数族裔与美国主流文化霸权斗争的力量进一步壮大，从而推动美国多元文化主义运动的进一步发展。

三、同化与迎合

长期处于西方主流话语影响之中的美国华裔，每天耳濡目染的是西方媒体给他们灌输的价值观，于是华裔群体中的一些人逐渐被同化，他们开始认同美国文化，疏远甚至憎恨本民族文化。许多在美国的华裔，尤其是接受美国学校教育的华人移民后代，都以自己是美国人而自居。由于他们大多在美国公立学校就读，学习并接受了美国主流社会的文化价值观，对于中国文化已经十分陌生。因此，早在20世纪初，美国华裔中就出现了一批被称为"香蕉人"的群体，即外表是华裔，内心是美国人。在充斥着种族歧视的美国社会中，华裔如想保持自己的文化和民族本色，就很难为美国主流社会所接受。于是，在华裔群体中，就有一些文人学者屈服于名利的诱惑，为了得到主流社会的接纳而充当了美国的传声筒。他们通常以华裔群体的代表自居，为了迎合美国主流社会对东方的霸权话语，在他们的作品中着重描述东方的愚昧落后，描绘迎合西方人期待视野的东方形象。由于他们以本民族代表的身份述说，巩固了西方对于东方的看法的正确性，因而深得西方主流社会的赞赏。然而其背离事实、哗众取宠的做法，为许多华裔以及了解真相的西方人士所不齿。

四、离散与寻根

进入21世纪以来，随着全球化进程的加快，异质文化之间的交流日益频繁，各民族文化相互交流、相互影响，世界范围内的文化同质趋势越来越明显。美国新一轮的移民潮使美国人口比例发生重大改变，美国少数族裔的人口不断增加。新移民整体的教育水平、工作技能和家庭背景与早期移民相比也有很大提高。由此而带来的逐渐宽松的社会、政治、经济状况使得美国各少数族群的族裔意识有所淡化。但美国的现实并没有像他们想象得那样美好，"玻璃天花板"现象仍无处不在。这种无法完全融入美国主流社会而又因与母国文化日渐疏离的境况，使得美国华裔处于一种"居于期间"的生存方式和体验。美国华裔这种特殊的生存状态使他们的文化认同呈现离散与寻根两大倾向，这在一定程度上体现了全球化进程所带来的一种趋于多元共存的文化状况。这种多元共存的文化状况超越了以往明显的殖民和被殖民、第一世界和第三世界的二元对立模式，而是将多元文化的内涵扩展：既保持着各少数族群多样性的民族文化，又包含着各民族所呈现出的与人类共同命运息息相关的普遍性的文化价值观。当今多元文化共存的现状，经历了文化一元论、以白人文化为中心的文化多元论，正向多元文化平等共处、互相尊重的目标迈进。虽然目前仍然存在着许多不尽如人意之处，但是它所体现出的包容性和平等性正在为世界各国越来越多的人所接受。因此，无论是离散还是寻根，在一定程度上都是对西方文化中心论的一种反驳。

华裔在美国社会中是一个少数族裔群体。在美国多元文化主义的发展进程中，华裔族群的命运和文化身份也随之跌宕起伏，经历了从沉默的"他者"到美国多元文化积极构建者的转变。虽然美国主流社会的社会、经济、政治和文化机制在不同程度上制约着少数族群的话语，但是近年来华裔美国文学的发展见证了华裔为争取自身权益所做的努力与成就。分析美国多元文化主义思潮的形成与发展和美国华裔生活状况改变之间的内在联系，可以更好地揭示出美国多元文化主义的发展脉络及影响其发展的深层因素。在此基础上，可以深入地阐释华裔美国文学话语在反映华裔族群在美国的边缘境地、抵抗美国主流文化霸权话语的压制及其在参与美国多元文化主义构建等方面所起的重要作用。

第三节　华裔美国文学的价值

如果按照赵健秀的看法，把王粲及其助手们编纂的《英汉常用语词典》和华人移民在天使岛拘留处所写的诗歌当作华裔美国文学开始的话,那么华裔美国文学算起来有130多年的历史了。本书选取20世纪60年代后的华裔美国文学作为分析研究的样本,无暇顾及华裔美国文学的全部面貌。而且,就这一时间段而言,华裔美国文学也远不止我们提到的那些。我们更多地把目光投到获奖的、在美国文坛有较高能见度的那些作家和作品上面。

作为"新兴的"文学,华裔美国文学是在反对后殖民主义的总体背景下逐步展开的。作为普遍的"美国文学和文化"的挑战者,华裔美国文学作为华裔文化的艺术展现,必然在"本土""族裔文化属性""语言""艺术风格、文类"等方面表达自我,与美国主流文化对话、协商。

那么,一个相当严肃的问题是:既然主流还在,既然族裔文学还是"少数的""边缘的"文学,那么华裔美国文学的价值又在哪里呢?

这是一个相当棘手的问题。然而,行文至此,我们有必要正面回答这个问题。而在回答这一问题之前应该明白,价值从来就是一个关系范畴,是相对的,是在主客观关系中确定的。人世间并不存在绝对的价值尺度和价值观念,正如人类从未达成对"神"的共识一样。不同宗教都声称自己的"神"是绝对的,这种现象本身恰恰反映了所谓绝对价值的"相对性"。

主流和边缘、多数和少数、优秀和平庸等,也正是相对性概念。汉族在中国是主流民族,然而在美国多元民族社会中,华裔成了少数的、边缘的族裔。茅盾文学奖在中国是主流文化奖项,放置于国际背景上,它又是边缘的、地域的。卡夫卡、村上春树的文学,都以社会边缘人为主人公,然而却成为主流文学。问题在于评判者的角度和立场,所谓边缘与中心其实是根据位置和距离判断的,而主流和边缘则主要是权力或者势力的衡量。

价值的相对性还表现在主体与客体的不断变化导致的价值历史性上。就像西藏高原上的纳木错,对藏族人来说,可能就是灵湖或神湖,而对外地游客来说,可能仅仅是个风景。对于中国读者,日裔美国作家的作品可能根本不值得关注;对于美国普通读者而言,汤亭亭的小说可能明显比赵健秀的小说可爱。诸如此类。

因此,我们在此论断分析华裔美国文学的价值时,有必要先明白自己的立场和位置,厘清自己的评价标准。如果我们采用单一文化价值观来衡量华裔美国文学,即以"中国主流文化本位"或"美国主流文化本位",都极易造成误判、看轻或者无视其独特成就的问题。相反,如果我们放弃单一文化视角,以"全球化""后民族"的立场考查华裔美国文学的产生、发展和变化,就会有一些相当有趣的发现。华裔的跨文化生存、华裔文学的跨文化书写,在两种文化之间、两国之间、两代之间、两性之间等"间性"状态中,寻找自己、再定义自己。它是它自己,又是他者在它身上的"印象"和"镜像"。所谓华裔美国文学的价值,也应如是观。它是华裔美国自身生存经验的表达，又是中美两种文化再碰撞、再聚合的文学痕迹。对于美国主流文化来说，华裔美国文学的兴起标志了其普遍权利向边缘民族的落实；而对中国文化知识分子来说，华裔美国文学则展示了中国文化"西方化"的另一种可能。

一、华裔的"自我东方主义"

在全球与本土、普遍与特殊的二元对立中，族裔文化总是被作为一种边缘的"地域文化"对待的。这种"边缘性"，始终是它的位置，也是审定它的价值的依据。华裔作为美国的边缘族裔，曾经长期被局限在以"四大埠头"为代表的"唐人街"，因而"唐人街文化"也就相应地被认为是华裔美国人的"本土文化"。但这个美国国内的"异国他乡"，一开始就不是个封闭的地域文化空间，它不是中国文化在美国版图上的自然延伸，也不是典型的中国文化的切片。在中国与美国、东方与西方的现代国际关系的风云变幻中，美国华裔社区经历了巨大的变化，在主流文化的拒斥与接纳的复杂变奏中，华裔美国文化也在对抗与归化的双重节拍中，在中国传统和美国文化的接触地带形成着自身的面目。

华裔美国文化并非固守一隅，而是个变动的"想象空间"的文化。作为族裔文化的表达者，文学知识分子通过自己的作品，主要面向美国公众塑造着华裔美国人"想象的社群"的族裔生活、族裔性格及族裔文化。因为华裔美国文学诞生之初就包含了认同美国的前提，所以，作为"新兴"文化的文学表达，华裔美国文学也不是完全以美国主流文化的对立面出现的，而是在反对种族歧视和东方主义的前提下，谋求对美国文化的最大享有和参与。赵健秀等华裔作家团体围绕着"英雄主义族裔文化传统"的文化论争和文学表达，是对美国流行已久的东方主义话语的有力反驳，但也根本上认同了美国的力量文化。华裔女性作家借助女性主义和多元文化主义在美国文化界的上升势头，得以进入美国文学主流。以汤亭亭为代表的女性作家，也以女性主义为主要题材，对男性主导的华裔文学意识形态话语进行了强有力的挑战。在否定男权对民族主义理论的掌控上，女性来自性别下的挑战振聋发聩，但女性主义跨越种族的文化融合观念，在种族平等依然遥不可期的现实政治条件下，却依然是一个理想。女性作家笔下民族融合的美丽画卷，可能是文化接触地带的现实，但主流文化对女性作家此类作品的褒奖和积极推销，则有意无意间遮掩了种族之间的阶梯差。对华裔女性作家来说，赵健秀强烈的"民族主义"似乎是个难以消除的魔咒般的"超我"，他的长篇小说新著《甘加丁之路》表明了这个"唐人街牛仔"旺盛的创造力，也标志着他作为"华裔美国文学的良心"对文化民族主义信仰的坚持。赵健秀的话语也许太尖刻，其理论也许不完善，但在现代国家依然以民族国家为主要形态的世界文明状态下，当主流社会牢牢掌控文化权力并有效地将少数族裔文化审美化之时，他刺耳的声音对于弱势族裔来说,永远是个有效的提醒。

1999年,著名华裔剧作家黄哲伦曾经谈到过华裔艺术家的"脱域"渴望和以好莱坞为代表的美国文化对族裔作家的"松绑",他所列举的例子当中就有李安被允许执导改编自简·奥斯汀小说的电影《理智与情感》。黄哲伦自豪的是华裔艺术家的艺术修养终于得到了美国主流文化的承认。然而,有些东西似乎还在艺术的纯粹世界之外。李安挣脱了族裔体裁,但风格的"女性化""细腻"却似乎又是个"陷阱",或者是"玻璃天花板",即一个看不见的设计和障碍。在《甘加丁之路》中,赵健秀把少数族裔对主流文化的"臣服"视为一条漫长的"甘加丁高速路"。在民族文化的梯级差异体系中,种种后现代术语的大潮也似乎没有冲毁这条建构在文化机制灵魂之中的无形"公路"。族裔文化、文学、艺术,仍然在一个或明或暗的"隔离带"中憧憬着外面的"世界"。卢梭说:"人生而自由,却无往不在枷锁之中。"在这样的悖论之下,自由对于人的意义,就在于对奴役和枷锁的挣脱之中,无论这种挣脱是外在实践的还是内在想象的。

华裔美国文学也是如此。作为边缘少数弱势族裔,华裔文化的生存空间无疑是受限的。但文学作为想象的产物,依然可以自由地舞蹈,尽管舞者戴着沉重的镣铐。在任璧莲那里,幽默是组织材料包裹悲伤的艺术工具。外在的种族问题可能依然严峻,但无论如何,在艺术的世界里,来自族裔不平等的痛苦和忧伤还是得到了某种程度的缓解和宣泄。在文化工业朝着消费文化的方向大步前进,而后现代文学也无所谓地戏耍之时,族裔作家的文学却带着对弱势群体的深切同情,接过了传统人文主义的旗帜,给读者带来一股人性的温暖。对边缘人群的关怀,对各种形式的文化霸权的反抗,正是以华裔美国文学为代表的族裔文学的价值所在。

对中国读者来说,华裔美国文学也超出了文学而进入了文化领域。虽然有少数中国学者关注华裔美国文学作为文学的写作技巧和文学技法,但更多中国学者关注的是华裔美国文学中的文化认同问题。。在当代中国大步走向现代化、国际化的关口,文化更新与文化传承的矛盾依然存在。此时,先行一步的华裔美国人在文化认同方面的经验似乎正可作为参考。

如前所述,"东方主义"的"异托邦"一直是西方文化(当然包括美国文化)安置其"中国叙事"和"华裔叙事"的文化处所。它可能是充满谬误的、包含敌意的,也可能是满怀好奇、善意真诚的。但无论如何,差异、另类是这个"异托邦"园林的大字招牌。来自华裔文化知识分子自身的情感抒发和族裔叙事,无论是顺从,还是反抗、修正旧有的"东方主义话语系统",都必须从此展开。就华裔美国文学中的作家创作来说,其"中国文化叙事"或者"华裔文化认同"也以"东方主义"为坐标,或采取"自我东方主义"面目,或者根本相反,在重述个人族裔经验、家族史、民族史的文学写作中，重新表达自我的文化身份。

"自我东方主义"是个富有争议的标签，常常被自尊心爆棚的文化民族主义者拿来攻击那些"刻意迎合"美国文化市场的作家和作品。比如，"华女阿五"的作者黄玉雪按照美国白人的喜好，开设了一家中国陶瓷店，从而大获成功。作者玉雪也是按照白人编辑的意思，增加了"郭叔叔"一章，为落伍的、可笑的中国儒生画漫画像。畅销书作家谭恩美的常见主题就是写华裔生活中的鬼怪故事和离奇经验，暗合白人心中华裔文化愚昧落后的刻板印象。赵健秀等人因此大肆攻击黄玉雪、谭恩美、汤亭亭等，指控她们出卖华裔尊严，向白人兜售东方主义货色。然而问题在于，赵健秀等人的批判实践基于自己设想的男权的、民族主义的理想意识形态，而不是事实本身，他们既不关心中国文化的历史事实，也不关心华裔女性的经验现实。腐朽的儒生、鄙视女性的男性，在中国近代史上并不少见，在欧美现代文化的国际背景映衬之下，其落伍和可恶的印象其实并非向壁虚构。华裔女性作家的有些作品，只不过说出了一些民族主义者不愿意公开讲述的故事，因其向"外"，而被攻击。

事实上，从一开始华裔女性作家就不是在向壁虚构"自我东方主义"的故事以换取美国主流文化市场的接纳。女性作家只不过从女性的经验入手，以女性主义对自由平等的诉求为理想参照，重新反思自我文化经验以及文化身份。况且，华裔女性作家也没有沿袭白人种族主义文化的"东方主义"形象模板。相反，无论是自身经验还是家族史的叙事里，女作家都找到了文化认同的依据。

黄玉雪在"中国陶瓷"里找到了文化自尊，谭恩美在"喜福会"的麻将里找到了家族纽带，汤亭亭在"女勇士"里找了女性的自尊和坚强……尽管这些中国器物、中国人物形象等可能正是早先美国主流媒体中"中国文化"的主要"符码"，但经过华裔作家的话语系统之后，其文化意义已经完全不同。曾经简单的、负面的"刻板印象"已土崩瓦解，而代之以含义更加丰富、立体、具体的华裔生活场景和"华裔文化意象"。科学昌明曾让美国主流社会认为中国文化（包括华裔文化）充满了愚昧的鬼神迷信，但是汤亭亭《女勇士》中的"鬼魂叙事"不仅勾连了中国传统文化中的女性英雄故事，也连接了华裔女性遭受性别与族别双重压迫的生命经验。"鬼魂"对于汤亭亭已不是愚昧迷信的对象，而是生命被扭曲的结果，以及渴望自由与张扬的灵魂呼喊。

仇视黄玉雪、汤亭亭的赵健秀自己也难免从种族主义的"东方主义话语"出发，重新讲述自己的故事，重新编码"中国文化符号"。他自己的小说《唐老亚》中，小主人公也在唐人街的"狮舞"活动和"关公故事"中找到了民族自豪感。

如果说华裔作家自身的东方叙事是一种"自我东方主义"的话，从积极角度而言，它们其实是西方社会之"东方主义"的反话语。华裔作家对"东方"的重新"发现"和"认同"，以崭新的面貌开启了华裔文化认同的新篇章。

二、走进"成功学"的华裔文化认同

华裔美国文化认同的深度展开,则与另一个主题密切相关,那就是"成功学"。华裔美国人在美国的成功涉及各个领域,从教育到科学、艺术、经济、政治诸多社会层面都有优秀的华裔成功人士。而借助这些成功,华裔美国文化认同也产生了耐人寻味的变化。

传记文学一直是美国文学的一个大类,作为非虚构文学,其销量基本上依赖传记主人公的个人魅力。传记主人公越有特色、越有名,传记就越有市场。华裔美国文学最初也是从这里起步的,比如《华女阿五》作为华裔美国文学的开山之作,是一个华裔女性如何奋斗走向成功的传记。这种作为少数族裔的成功学范例,后来也成了华裔美国文学的常见主题。汤亭亭的《女勇士》、徐忠雄的《家园》、李健孙的《荣誉与责任》、任璧莲的《典型的美国佬》等故事的内核都包含着一个华裔在美国社会奋斗与成功的"案例"。2011年热销的蔡美儿的《虎妈战歌》,以"成功的美籍华裔妈妈"身份讲述"成功的育儿经验",从某种意义上也可以归入这个类型。

就文学的美学价值而言,华裔美国文学的这种传记形式并无什么突出的贡献。然而,从文化研究的角度来看,华裔文学对成功学传记类文学的借用和倚重,值得我们深思。西方现代主义文学自从资产阶级成功地占据社会的主导地位之后就开始与之分道扬镳,成为其批判者、反思者。就美国经典文学而言,菲茨杰拉德《了不起的盖茨比》、塞林格《麦田守望者》、厄普代克《兔子跑吧》等作品,视界都远在"成功学"之外,它们甚至以主流社会之失败者、游离者的故事,批判反思社会建制和成见,以对自由、灵性的守护对抗着资本主义对人心的荼毒。华裔美国人并非没有看到美国社会的问题,但是因为位置的不同、经验不同,所见也就很不一样。华裔社会的主要问题是欲求美国普通公民权利而不得,孜孜以求的是被美国主流社会、主流文化的接受与认可。在这一背景下,"成功学"自然而然成了华裔美国人奋斗的主题,同时也成为华裔美国文学的常见主题范式。

这种对"成功学"的偏好,有着鲜明的"族裔文化更新"的"种族志"主题,与现代主义以来美国文学反英雄、反主流、反体制取向大异其趣。华裔美国文学对成功主题的偏好更像是历史褶皱里的交叉线,记录着美国马克思主义批判家詹姆逊所言的"第三世界"民族文化现代化道路上的"成长日记"。

(一)背弃"中国文化"

成功是社会成员对该社会既定功利性目标的实现,隐含着功利主义的价值取舍和个人主义的思维方式。现当代社会,成功又必然勾连"幸福"这一伦理命题。与"成功"的功利主义单轨不同,"幸福"的标准是游移不定的,价值观、世界观、人生观不同,对幸福的理解和认同就有差异。成功不必然包含幸福,已经是当代资本主义的突出问题。然而,在相对稳定的社会历史时期,审美意识形态与社会政治结构是同构合谋的,大众文化、流行文学、类型文学等"向下"的文化的生产与传播,更多地充当了主流社会价值的复制者和传播者角色。在美国大众文化市场,成功学、名人传记等实用性、纪实性作品销量甚巨。这既与美国实用主义有关,也与对个人奋斗的"美国梦"的广泛认同有关,此种书籍的大批量生产与消费,既重复生产美国现代性价值观念,也持续生产美国主流群体的价值认同。

但具体到华裔美国人,问题则要复杂些。

华裔美国人成功的标尺更多是由外在的美国主流社会规定的,并由白人监督执行。换言之,成功学故事中的华裔美国人不是依循中国文化的内在尺度追寻成功和幸福的,更多的是"破茧而出"寻求外在主流文化的认同。对于华裔劳工移民、战争移民、教育移民、技术移民、投资移民们来说,美国文化的吸引力正来自其政治社会制度对世俗成功的保证,多数华裔背井离乡远涉重洋的目的,一开始也就是追求世俗的成功和幸福,而非挑战美国盎格鲁—撒克逊文化的霸权。但是,华裔文化与美国文化并不相同,价值观差异明显。比如中国文化的集体主义、伦理本位与美国文化的个体主义、法律本位就有重大区别。个体主义者必然否定集体对个体的压制。不管是在逻辑上还是在事实上,华裔个人(特别是第一代和第二代移民)在美国的成功都会面临文化认同的"选择危机"。这种文化认同的断裂、移位,必然破坏稳定的归属感,突出"代价感",从而降低"幸福感"。当然,如果置之于历史语境,考虑到世界现代文明史进程中美国与中国的差距,这种边缘族裔的认同分裂未尝不可以被理解为文化更新的阵痛表征。

华裔个体在美国社会的成功,首先意味着被美国社会的接受和认可。美国社会自19世纪以来对华裔的歧视性政策、法规,既阻碍了华裔社会文化的正常发展,也造成了华裔个体进入美国社会的心理障碍。少数族裔与主流社会的社会地位差异与文化差异重叠,内化为族裔个体的文化自卑感,更需要几代人的努力才能克服。在二元对立思维模式下,美国文化与中国文化"刻板印象"的对比,也容易促使族裔个体采取非此即彼的选择模式。而一旦人们接受二元对立模式(比如:白人/非白人、主流/边缘、个人主义/集体主义、男/女、同/异),我们常常忘记这种二元模式不是中立的描述,它暗含了"前者优越、后者从属的逻辑"。然而,社会符号学的认知并不能帮助我们消除这种二元差异在现实中的物化结构,对平等的诉求也是在不平等的结构中进行的。和平时期,作为少数族裔个体,诉诸主导性文化谋取成功是必然的选择。

对于华裔来说,要走向成功,就得冲破落后的"中国文化"的束缚,与父母辈"文化决裂",接受白人主流文化的教导与加持。正如"华裔美国文学之母"黄玉雪的社会学老师提醒黄玉雪时所说的那样:"当一个少数族裔的个体取得个人成功时,他(她)常常会背弃他的族裔。"然而,这种"背弃"并非一种需要受到谴责的行为,而是被视为文化革新(至少是"个人成功")的必然选择。这种"背弃"甚至也不是个体性的文化逃逸,而是集体性的"文化革命"。从华裔美国文学滥觞期(20世纪四五十年代)直至勃发期(20世纪90年代),这种源自文化分裂症的痛苦一直深藏在作家及其笔下人物的"奋斗"中。

从精神深层来说,全球化背景下日本近代史上的"脱亚入欧"、中国现代史上对儒家传统的批判,也与美国语境中华裔／亚裔文化认同的精神分裂异质同构,包含着对自我传统的"文化背弃"。"背弃"一词有着强烈的情感取向,尤其当我们考虑到中国文化的传承与家庭伦理的紧密勾连后,那种不得不为之的"背弃"更显出文化、价值选择的残酷理性。从20世纪40年代华裔美国文学的"冒现",到20世纪90年代的"繁荣",面对美国主流社会的开放涵化政策,华裔文化几乎是以"古朽面目"直接撞上美国当代西方文化的快车。个体乃至族裔整体的文化调整是必然的。由此,美国当代主流文化价值观念,包括自由、平等,乃至新兴的女权主义、多元文化主义、新历史主义等,构成华裔美国文学认同、反思的基础,而"中国文化"则沦为历史孑遗物,更多地成了反思的对象。中国文化的父权传统、男权意识、鬼神崇拜、中庸思想等,在华裔美国人个体面对美国主流文化整体的体制性排斥与诱惑时,更是难以摆脱被"污名化"的命运。比如中国人引以为豪的"勤俭""集体主义"等传统品德,在19世纪的美国媒体中并没有被当作"富兰克林式的美德"而是被视为"一种邪恶"。

《华女阿五》中"黄玉雪"的奋斗成功史,正是一个典型的"背弃(华裔传统)——归化(白人文化)"的案例。当然,小说中的"背弃—归化"并非单一模式的集体选择,而是在不同条件下不同程度地展开。黄玉雪的父亲是个"半归化"典型,他移民美国后,接受了基督教洗礼,成为唐人街华裔教会牧师、医院董事长兼工厂主。他反对给黄玉雪裹脚,但依然重男轻女,不支持黄玉雪读大学。儒生"郭叔叔"则代表了中国老人抱残守缺、食古不化的极致,他落魄困窘却不愿劳动,幻想开私塾,却又乞食于教堂。这种文化价值观与愚昧、落后的情景链接,使"中国文化"在黄玉雪心中彻底丧失了精神导师的地位,成为不得不克服的文化"命运"。此种背景之下,黄玉雪的奋斗就必然要冲破"规矩",与华裔老师"顶嘴",与父亲"顶撞",转而以白人之是非为是非,接受主流文化的人文、技术培训。之后,给白人家庭做仆人,为白人老师做帮工,都被黄玉雪视为走向华裔女性独立的进行曲。专科学校毕业后为海军做秘书更是被她视为成功的顶峰。二战结束后,黄玉雪成功开办了以白人客户为主导的中国陶瓷工厂,成了亚裔美国人"白手起家"的典范。

对于黄玉雪式的成功，赵健秀不屑一顾，甚至深恶痛绝。他认为黄玉雪向白人献媚，兜售"东方主义"，是对华裔美国人族裔的背叛和出卖。然而，赵健秀自己的作品中，并不缺乏这种"背弃祖宗"的情节。赵健秀是美国华裔，在文学内外，他都坚称自己与生俱来的美国属性。在早期戏剧中，主人公就对着从中国来、不会讲英语的老母亲大声怒吼，声称自己不是她的儿子；他也不认同懦弱的父亲，他把黑人拳击手当作自己精神上的"父亲"。

其实对于黄玉雪和赵健秀来说，都存在两个父亲或者两个母亲。一个是血缘的、现实的，一个是文化的、想象的。子辈对父辈的背弃和认同，其实是一种文化价值的选择和认同。与其说子辈背弃了父亲（或母亲），不如说他们放弃了父亲所代表的保守、落后的文化观念。当然，这一"父亲"的文化表征可能是合乎事实的，也可能是虚假的，包含着美国种族主义歧视压迫的历史和文化霸权的现实。

对于"献媚白人主流文化"的现象，文化民族主义者赵健秀及其同道愤怒之极。在他看来，在美国白人主流媒体持续歧视华裔、歪曲华裔文化的背景下，具有"华裔真性情"的作家应该群起而攻之，揭露白人宰制文化的种族主义，讲述英雄主义的华裔故事、展示理想的华裔文化。赵健秀所理解的英雄，是反抗的、呐喊的、斗士型的，而非合作的、沉默的、奋斗型的。进而，他所理解的"成功"，就不能以白人主流社会的标尺为准绳，而是反主流的。赵健秀本人乃至其作品笔下的主人公其实都有点20世纪60年代"嬉皮士"的风格，自由散漫、愤世嫉俗、尖酸刻薄，对主流的白人中产阶级文化嗤之以鼻。当赵健秀声讨白人主流文化的时候，他在意识深处已经把美国文化中的"英雄主义""男女平等""个人主义"当作当代文化的应有之义，进而认定"华裔美国文化"从来就是个人主义、英雄主义、男女平等的。赵健秀被称为"唐人街牛仔""华裔美国文学教父"，他钟爱的"嬉皮士"、牛仔精神，其实也是美国文化广为人知的一部分。因此，赵健秀笔下的华裔历史、华裔文化精神，实质上是他以美国文化价值观为依据对中国文化、华裔历史的"改造性重述"。在他的历史书里，酷爱冒险、英雄仗义的下南洋的华侨、旧金山淘金客，而非中国的农民，才是华裔美国人的真正先祖。勇武忠义的关公及其代表的兄弟义气，是华裔美国男性社会的真正精神，而龙凤呈祥图腾中的男女欢爱则表征了华裔社会对性别与婚姻的真正态度。赵健秀所背弃的"中国传统"，与其说是中国传统，不如说是被美国文化"污名化"后的"华裔文化刻板印象"。

与"父母辈"的文化决裂或者被动的文化断裂，在华裔美国文学作品特别是早期作品中屡见不鲜。"西点高才生"李健孙的小说《支那崽》和《荣誉与责任》中的"丁凯"，都以李健孙自己为原型。丁凯父亲自身就是个不听父母教导、一心向往西化的军官，继母则是一个白人。继母进入丁家后，几乎铲除了家中所有的中国记忆。在继母刻意营造的美国家庭环境中,丁凯学会了美式英语、打领带,学会了拳击,最终考上了父亲梦寐以求的西点军校,成为受名将施瓦泽德青睐的学生。在这部自传体小说中,白人继母既是生理学的事实,也是文化关系的隐喻。与白人结婚并接受白人价值观、生活观的全面指导,是丁凯父亲的婚姻选择,也是文化选择。被迫选择拳击保护自己的丁凯,面对白人母亲的管教,几乎毫无抵抗能力,在无奈中被迫地"美国化"了。

"去中国化"而"美国化",明显是少数族裔的华裔在美国走向成功的策略首选。进入20世纪80年代后,新移民对美国化的热衷有过之而无不及。任璧莲的小说《典型的美国佬》里,拉尔夫·张、亨利·刘等正是这样一种典型。他们在美国大学发愤读书、努力奋斗,终于获得了美国大学的终身教职,但内心深处又觉得读书、教书的沉闷生活不够"典型美国化",遂脱去甲壳,风风火火地走向彻底的个人主义,走向情欲自由与财富神话。

在文化差异等级化格局中,华裔走向成功的第一步就是进入美国主流教育机构。通观华裔美国文学,特别是自传性文学,华裔成功人士的教育都是在美国大学完成的,其间也常有一个友善的美国教师指导。华裔学生也几乎普遍选择实用性学科,以图在实用主义的美国安身立命,少有人选择反思性的人文艺术学科。我们甚至可以说,无论是个人还是集体,华裔首要解决的是生存问题,是一种"生存文化",其对"成功"的诉求与其说是势利的,不如说是一种面向自由未来的奋斗。在这一奋斗中,是否有益于达成"成功"也就成为检验其原有文化价值的试金石。这个有点类似于"实践是检验真理的唯一标准"。不同的是,这个检验和实践的语境都是当代美国社会文化,以"多元文化主义""女性主义"等为新旗号的后现代美国文化。当这些新的主义成为文化界的共识,或者成为文化消费者——美国中产阶级的基本共识后,所谓"标准"也就成了美国这些林林总总的新主义自身。

如此,作为少数族裔文化中的个体,可选择的道路其实并不多。这并非因为人口数量的弱势,更大程度上这种选择基于一种时间链条上的所谓的文化先进与落伍。当美国已经进入后工业文化时,它资料库中的"中国文化(华裔文化背景)"大概还停留在遥远的中世纪。背弃落后的族裔传统是一个必然选择,但这一决绝和割裂也必然伤害族裔个体的感情,从而形成文化认同的人格分裂和精神危机。然而,并非没有另外的选择。比如,黄玉雪就为自己的陶瓷器而自豪。诸如此类的肯定性民族文化遗产始终存在,等待着进入华裔文化认同的新结构。这个新的结构,笔者称之为"同声相应模式"。

(二)同声相应的华裔族裔文化认同建构方式

毋庸讳言,即便是华裔社团相对强势的唐人街,中国传统的会馆也难以支撑整体的"中国文化"传承。外在美国社会主流政治、经济、法律、传媒机制整体规约了华裔生存的

"大环境",使得唐人街时时处处受其影响。唐人街光棍村的畸形历史本来就是美国排华移民法案的产物;华裔青年的"去唐人街化"也与多元文化主义政策密切相关。但20世纪60年代以来,文化多元主义理想及实践并不能消除美国宰制文化的体制性存在与少数族裔文化的碎片性存在的矛盾并置的现实。碎片化的文化,除了依附整体性文化外似乎并无他途。当且仅当这些文化碎片、元素与外在强势的美国社会文化遥相呼应时,才成为华裔文化自信的源泉,进而成为华裔文化更新的基点。

在我们的研究样本中,这种"中国文化元素"与外在体系性的"美国文化"的对位"焊接",乃至"同声相应"现象是华裔美国文学"中国文化"反思性重述的主要模式。华裔美国人之所以有"模范少数族裔"的称号,也正在于这种文化合作、合力的取向。

在论述后殖民主义文化状态时,"文化杂交性"常被用来描述从属的少数族裔的文化认同状态,指涉族裔个体乃至群体在文化认同上混合原有文化传统与宿主国文化的现实情状。然而,正如印度学者艾贾兹·阿赫默德指出的,那种认为自己可以在生活中"任意重造自我或自我所在的社会"的想法,通常只是一种由财富过剩——金钱资本或文化资本或两者皆过剩所引起的幻觉。文化认同根本上与"位置(阶级、性别、种族结构中的位置)"有关。在美国主流文化宰制状态下,华裔文学知识分子的文化认同也是在其文化位置上的文化表述和文化宣言。位置不是任选的,华裔文化认同也不可能改变盎格鲁—撒克逊白人文化的主导地位。迄今为止,融合和同化从来没有在平等的基础上进行过,而一直是向主流文化归附的同化。"文化杂交性"并非自然的、自由的文化混合,而是在主流文化既有架构内对边缘族裔文化元素的接纳与吸收。

考虑到中国文化语境中"杂交"的感性色彩,笔者刻意回避使用"杂交性"来言说华裔美国文化认同的混杂状态。事实上,美国历史上对华裔的文化歧视与中国本土对"香蕉人"的评说都包含着一种所谓"正统"对"变种"的轻视。我们这里使用"同声相应"一词,回应了巴赫金的"对话"说,也回应了当代话语理论,以说明华裔文化认同的双声结构状态。华裔文化自信的获得,摆脱了弃绝父(母)辈文化而急求美国化的对立思维,转而诉诸挖掘中国文化传统中与美国主流文化相同、相通的元素。"中国性"此时已不再是中国文化的中国性,而是与美国主流文化价值观念"共振""共鸣"的美国华裔的"中国性"。

比如"女性主义"作为当代美国的主要思潮,倡导女性与男性的平等、自由,在相当多的华裔作家那里都得到了共鸣。汤亭亭的《女勇士》之所以成功,就在于这部小说诉诸女性主义的共同理想,讲述了中国女性反抗男性霸权走向自由解放的特色故事。在小说中,包括在华裔作家汤亭亭的文化认同结构中,"花木兰""蔡琰"等中国故事就不再是忠君爱国的封建主义叙事,而是具有了追求女性解放的女性主义的意味。就连敌视汤亭亭的赵健秀,也诉诸龙凤传奇,把讲究男女平等说成是中国传统文化的要义。

《华女阿五》中,就黄玉雪而言,是美国文化的男女平等观念与中国儒家传统遥相呼应,"合成"了她成功走向美国主流社会并回报社区的内在动力。

而李健孙《荣誉与责任》中的"中国文化"则在主人公丁凯的成长过程中起到了明显的精神支撑作用。丁凯考取西点军校,既是出自男性的英雄情结,也是他对父亲意志遵从（孝）的结果。他甚至视西点军校为中国的翰林院,以关公、孙子为楷模,进而把西点军校的军事文化当作焊接自己中国文化根基与美国文化现实的钎料。军校生活的纪律性、服从性、合作性,不仅连接了美国军校文化与中国兵家孙子、关公的精神遗产,也符合丁凯自己对儒家宗法制等级性、服从性、纪律性的理解。他没有因为选择美国文化而放弃中国文化传统,而是采取了"六经注我"的奇特方式,对中国文化做丁凯式的转译,配合他进一步美国化的精神历程。

与《华女阿五》中"郭叔叔"的形象相似,《荣誉与责任》中也出现了一个老儒——辛伯伯作为中国文化的代言人。与黄玉雪笔下迂腐可笑的"郭叔叔"不同的是,辛伯伯充满了智慧与爱心,不辞辛劳地以儒家智慧教导成长中的丁凯。他明确反对丁凯进西点军校,在他看来,军校是培养杀人机器的地方,与孔圣人教导的"仁义""礼让""君子之风"背道而驰。他反复对酷爱拳击的丁凯灌输"和"的概念,对越来越独立的丁凯讲述"纲常伦理",让其毋忘亲人。表面看来,"辛伯伯"以儒者的身份,站到了美国文化的对立面,引导丁凯遵从中国先哲的教导。然而,其实未必。

西点军校教官施瓦泽德少校作为美国文化的代言人,并没有像丁凯的白人继母那样处处站在中国文化的对立面。他教导丁凯,军人并非盲从的机器,在"服从纪律"之外还有一个更高的行为准则——"思想的自觉"与"保护人民"的使命。施瓦泽德少校身上有着一些"圣徒精神",超越了简单的暴力、秩序观念。

在丁凯这里,两位导师的教导看似不同,但其实并不互相抵触,而是可以互相阐发、互相补充的。基督精神与儒家崇德尚礼的价值观,在反对暴力、精神自觉这一问题上,是完全合拍、方向一致的。这种反思暴力的文化合力最终促使丁凯离开了军队。丁凯最终做到了施瓦泽德所要求的精神自觉,也遵循了辛伯伯有关"儒家纲常"的教导。丁凯在继母病床前,原谅了濒死的继母,也原谅了不会表达爱意的父亲;找到了被驱赶的姐姐;时隔多年后读到了妈妈的遗嘱。丁凯被美国继母撕裂的家庭,在更高的一个节点上又重新弥合。

在丁凯的成长史中,"中国文化"无疑扮演了更重要的角色,与黄玉雪、汤亭亭、谭恩美等笔下的"中国文化"其实是有区别的。它提供的不是异国情调的场景,而是文化坩埚中的精神熔炼。它与美国的传统文化和现代价值系统相撞击，以个人成长检验其成色，并最终熔炼成属于丁凯自我的"文化认同"。无疑，青年丁凯对"中国文化"的认同和接受，使其文化人格更加完整，也使其族裔文化背景置于一个更加有尊严的高处。换句话说，在丁凯的文化身份里，"Chinese"部分不再是低劣的、需要消除或者遮掩的，而是与其"American"部分同样高贵、同样有力量的。

华裔美国文化认同的"双重肯定"的"同声相应"模式，是面对宰制文化的一种文化认同的策略，它以不同的形式存在于华裔个体经验中。除却这种价值观念的求同之外，华裔对"中国文化"的认同，大多体现在其对特有的中国器物、节日、礼俗的体验认知和感情经验上，这种非系统的方式常常伴有发散性特征，极大地影响了华裔个体的文化认同过程。

但这种"同声相应"并不能被当作文化平等对话的"求同"取向，出于功利性的考虑，华裔个体常常会回避华裔文化（或者中国文化、华裔文化）与美国文化的诸多差异。这种规避了文化差异的文化认同，哪怕是"双声部"的合奏，也依然是一种对主流文化的"委身"。

（三）"去族裔化"的文化认同

相当多的华裔美国人并不喜欢自己文化身份中的分隔符，他们不喜欢被称为"Chinese-American"（美籍华裔），而更喜欢平等地成为"American"（美国人）。这部分源于族裔身份被歧视的历史，部分源于文明文化的非族裔性。也就是说，族裔文化是小写的文化，局限于族裔生存空间；而真正的、大写的文化或者文明是超越了狭隘的族裔空间的。去除文化身份分隔符，等于去掉了限制符，意味着公民个体在文化认同上更加自由、自主。

这种超越族裔性的追求，对华裔美国文学作家来说，起步于反对"东方主义"话语霸权，盘桓于文化民族主义运动，而最终达成于"后族裔"哲学。真正的、地道的"华裔美国人感性"说到底是一种"执念"，并暗含着族裔文化更新的陷阱。赵健秀对"中国文化传统"的"重新神话化"，并不能使华裔文化成为美国的神圣文化。相反，只有放弃这一执念，放弃文化与种族的铰链关系，文化才得自由，文化中的主体才得自由。比如，中国文化与集体主义并不是同义词，与个性自由、个人主义也并非反义词。

当成功与否成为文化传统的试金石之时，族裔文化主体和族裔文化认同依然面临着一个危机。成功与失败的二元对立，与族裔文化、美国文化的二元对立，很容易被线性排列，让人做非此即彼的选择，以及其实不明就里的连接。比如把失败归咎于族裔文化，同时把成功归于美国文化，或者相反。这种给文化贴标签的做法，其实并没有完全走出种族主义的逻辑。

第二章　华裔美国文学的叙述流变

第一节　华裔美国文学的批判现实主义叙述

批判现实主义源于西欧文学，它特指 19 世纪在欧洲形成的一种文艺思潮和创作方法。"批判现实主义"这一术语最早出现在法国无政府主义创始人蒲鲁东的《艺术的社会使命》一书中。批判现实主义突出的特点是真实地展示了社会生活的各个方面，着力于暴露社会的黑暗，批判现实的罪恶，对现实矛盾的揭示具有相当的深度。因此，批判现实主义文学创作在欧洲取得巨大成就之后，其影响波及世界各国。华裔美国文学中具有批判现实主义话语的特点是由美国华裔族群所经历的历史创伤及现实困境所决定的。早在华人移民美国初期，被羁留在天使岛的华裔便在岛上营房的墙上或木板床上表达他们对美国政府非法羁押审查的控诉和背井离乡美国寻梦的幻灭。这些天使岛上华人移民囚居木屋的即兴之作经后人收集整理成《埃伦诗集》。《埃伦诗集》再现了美国华人移民的创伤历史，因而也被视为华裔美国批判现实主义文学的源头。虽然美国政府的华人移民政策几经变革，但从整体上来看，美国主流社会对华裔族群的歧视从来没有停止。因此，为了维护美国华裔族群的尊严，华裔作家利用其文学创作对美国社会种族主义及其霸权话语的批判也一直在进行。尤其在 20 世纪 60 年代民权运动的影响下，美国华裔与其他亚洲国家移民联合起来，在社会、政治及经济等方面积极争取自身的权益。与此同时，美国华裔在文学创作方面也更加凸显其族裔诉求，反抗美国主流话语的压制。由此，美国社会进入族裔政治的多元文化主义时期，随之出现的华裔美国文学创作也以其批判现实主义写作策略对美国社会的种族主义予以揭露和批判。

一、族裔政治的多元文化主义与批判现实主义叙述

族裔政治多元文化主义的社会语境促使华裔美国文学创作摆脱了早期华裔作家向美国主流社会恳求或辩白的写作方式。华裔作家受 20 世纪 60 年代民权运动的影响，意识到利用文学创作为美国华裔争取话语权的必要性，于是华裔美国文学的批判现实主义文学得以发展。在族裔政治的多元文化主义思潮影响下，华裔美国文学的批判现实主义话

语揭示了美国社会的种族主义给美国华裔族群带来的伤害,并在一定程度上消解了美国主流话语的霸权地位。因此,梳理族裔政治的多元文化主义的形成与发展历史,有助于深入研究华裔美国文学批判现实主义话语形成的外部因素及其话语特点。

(一)族裔政治的多元文化主义与华裔美国文学的发展

20世纪60年代初,以美国黑人民权运动领袖马丁·路德·金发表的演说《我有一个梦想》为标志,民权运动在整个美国社会掀起了反对种族歧视和种族压迫的高潮。美国黑人民权运动的风起云涌,使得越来越多的美国少数族裔群体意识到,通过斗争来争取自身族群政治经济和社会平等的权利的必要性。因此,美国各少数族群的族裔意识逐渐觉醒,他们积极参与美国社会政治、经济和文化生活,努力摆脱自身在美国社会的边缘化境地。这一时期,美国少数族裔的主张主要是要求美国主流社会承认他们的差异性,承认他们的平等地位,承认他们的平等参政权力。此外,这一时期的多元文化主义者还从教育、就业、宗教等方面提出他们的诉求。因而,美国多元文化主义思潮在20世纪60年代民权运动的影响下进入了族裔政治的多元文化主义时期。因为长期以来,美国社会都是以盎格鲁—撒克逊为主的白人主宰着美国的话语权,各少数族裔群体很难在美国社会发出自己的声音。为此,在文学领域,美国各少数族裔作家开始通过文学创作对美国主流文化话语霸权发出挑战,争取他们应有的话语权。而到了20世纪七八十年代,在美国多元文化主义者的努力下,美国高校纷纷开设非洲裔学、亚裔学、拉丁裔学等学科,美国少数族裔学者希望以此构建其亚文化群体的话语体系,以此来打破西方文化中心主义的霸权地位,从而为美国各少数族裔群体赢得话语权。

由于美国华人移民多数以华工的身份踏上美洲大陆,他们在政治、经济和文化方面得不到应有的尊重和平等的待遇,因此在族裔政治的多元文化主义时期,许多美国华裔作家投身到批判现实的写作中来,以其文学话语真实地再现华人移民的悲惨历史,揭示华裔美国人在美国社会的艰难处境。过去的历史事实证明,"模范少数族裔"的虚假光环并没有给美国华裔族群生活带来任何实质性的改变。因此,受20世纪60年代民权运动影响的华裔作家开始以美国华裔族群代言人的角度进行文学创作,表达华裔群体的心声和政治文化诉求,因而他们的作品明显带有批判美国现实的特点。在族裔政治的多元文化主义时期,最有代表性的华裔文学作品就是由华裔作家赵健秀和徐忠雄主编的《哎——咿!美国亚裔作家文集》。这部文学作品选集以亚裔美国人的视角来重新书写亚裔美国人的历史及现实,矛头直指美国社会对亚裔群体的偏见和歧视,揭示了亚美移民在历史上所遭受的不公待遇及其当下的艰难处境,因而对美国主流话语予以颠覆和解构。《哎——咿!美国亚裔作家文集》虽然是一部亚裔美国文学作品选集,但文集所收录的文学作品大部分是美国华裔作家的作品。通过作家批判现实的文学话语,百余年来处于"他者"地位的美国华人移民及其后裔终于冲破主流话语的重重藩篱,向美国主流社会发出了自己的声音。华裔作家通过文学作品的抵抗话语,向美国主流社会的话语霸权吹响了战斗的号角,从而加入为各族裔民主权益而斗争的多元文化主义运动大潮之中。《哎——呷!美国亚裔作家文集》选集的前言中明确地发出了对美国种族主义反抗的宣言:"'哎——呷!'是亚裔族群在受到伤害、悲伤或愤慨时发出的质疑和诅咒,是受到不公正待遇时发出的难以抑制的哭诉、呼号和呐喊。"在20世纪60年代美国族裔政治的多元文化主义运动兴起之前,很少有华裔作家的文学作品出版。仅有的几部作品得以出版,如刘裔昌的《父与子》、黄玉雪的《华女阿五》,这些作品都流露出归属美国主流文化的强烈愿望。此外,作品中所描述的原始的、具有异域风情的中国文化,在一定程度上满足了美国白人的文化优越感。黄玉雪的自传体小说《华女阿五》经过美国主流话语的过滤与改写后大获成功。实际上,在小说出版之前,编辑伊丽莎白·劳伦斯就删去了原稿的三分之二。据黄玉雪本人说,删去的是"过多涉及个人"的部分。由此可见,《华女阿五》中包含的不只是作者对自己成长经历的叙述声音,而且还有美国白人主流话语的介入。因此,在黄玉雪的文学作品大获成功的背后,隐含着美国政府在当时特定历史时期对少数族裔作家的话语控制,以此来创造一个美国"大熔炉"神话,即一个来自神秘落后东方的少数族裔通过自我努力(当然还有美国白人的慷慨帮助),就可以获得成功。

但是,20世纪60年代在民权运动的背景下,面对各族裔的政治和文化诉求,美国政府也不得不做出一些让步,以缓解紧张的社会矛盾。正是在民权运动特殊的社会历史背景下,像《哎——呷!美国亚裔作家文集》这样具有强烈批判美国主流社会的文学作品才得以发表。事实上,美国主流社会做出的妥协也有利于摆脱自身的种族歧视的负面形象,但西方霸权话语的本质决定了美国主流社会的话语政治体系注定不会放弃其对话语权的控制。实际上,在美国主流社会对多元文化提倡与尊重的表象下,还存在各种隐蔽形式的种族主义意识。基于这样的社会现实,美国华裔作家的批判现实主义文学创作也表现出独特的写作风格。

(二)华裔美国文学批判现实主义叙述的特点

作为一种文艺思潮和运动,美国华裔作家的批判现实主义与西方批判现实主义文学有很多共同之处。作为一种用文学再现人类生活和经验的创作模式,现实主义文学作品有着一些被广泛接受的特点,如真实、再现、典型以及道德教化等。但是,在不同的社会历史时期,现实主义文学创作原则一直在不断地发生变化。19世纪的西方批判现实主义继承了文艺复兴时期文学中具体描绘人物性格的特点,接受了古典主义和启蒙时代文学中对社会因素进行分析的手法，而且汲取了浪漫主义文学中的激情。因其致力于揭露并批判社会弊端，并显示出对处于社会底层人民的深切同情，因而表现出极大的社会批判性。批判现实主义创作特点突破了浪漫主义文学主观性的创作倾向，这在世界文学发展史上具有里程碑的意义。现实主义文学历经不同历史时期的变迁，虽然其具体表现形式发生了一些变化，但是其社会批判性却一直被传承下来。由于美国主流社会对少数族裔的话语监控，因此带有明显批判性的华裔美国文学创作始终处于被边缘化的境地。然而，美国华裔批判现实主义文学话语对美国主流话语的压制一直进行着顽强的抵抗。处于20世纪六七十年代族裔政治的多元文化主义思潮影响下的华裔美国文学在与西方霸权话语的博弈中，借鉴了传统批判现实主义的写作策略，如典型环境中典型人物的创作原则以及客观呈现手法等。但是由于当时社会文化语境的影响，华裔美国文学的批判现实主义话语具有自己独特的表现形式：华裔作家一方面要用美国主流社会能够接受的方式讲述自己的故事，另一方面还要在其作品中融入自己的政治文化主张，以文学话语迂回的方式来反击种族主义对华裔族群的压迫及其对华裔历史的扭曲。因此，这一时期华裔作家的作品大都采用具有解构意义的华裔族群"小历史"叙事、"反英雄"形象的塑造以及反西方传统小说文类的变异等写作策略，彰显他们对社会现实的批判。为了深入研究在族裔政治的多元文化主义思潮影响下华裔美国文学批判现实主义写作策略及其文学话语功能，笔者将结合几部20世纪六七十年代有代表性的华裔文学作品来详尽地分析华裔美国文学作品中的批判现实主义话语。

二、小叙事与大历史——解构的叙事叙述

解构主义的重要代表人物雅各·德里达曾指出："我们的话语无疑是属于形而上学的对立物体系。我们只要用某种策略，让话语在这个领域及其努力范围之内反对它自身的种种策略，就可以产生一种混乱的力量并扩散到这一体系，从各个方面对其裂解并划定边界。这样，我们就能显示出那种成见的破裂。"解构主义力图打破结构主义的中心性，其深层意义就在于打破由处于在场中心的话语构建的意识形态体系及构建其思想体系的政治机制的话语逻辑。在文学领域，解构作为一种叙事策略，主要在于消解文本中的逻各斯中心主义，以作家自己的话语方式对某些事件进行重新陈说与书写，以此来解构或颠覆以往话语言说的价值与意义。因此，解构的叙事策略被广泛地应用于对西方主流社会宏大叙事权威性的挑战。

在20世纪六七十年代族裔政治的多元文化主义思潮影响下，美国华裔作家积极投身于争取自身政治及文化权益的斗争中，其中一个很重要的写作策略就是解构西方主流话

语所书写的"大历史"。因为在西方霸权话语的垄断下,只有西方主流社会的教育体系下讲授的历史才被认为是正统而真实的"大历史",其他边缘群体所书写的历史则被认为是片段化、个人化、缺乏客观性的"小历史"。然而,华裔美国文学作品中书写的家族变迁的"小历史"却从西方主流话语控制下的一个"裂缝"里成功地揭示出美国华裔族群被施暴、被抹杀的真正历史。如在华裔美国作家朱路易的小说《吃碗茶》和徐忠雄的小说《家园》中,两位华裔作家不约而同地通过书写华裔族群中某一个体或华裔家庭生活变化,真实地呈现了整个华裔族群的现实生存境况,从而通过其文学话语的小叙事揭示出被美国主流社会封尘已久的华裔族群在美生存的艰辛历史。

(一)唐人街单身汉社会的真实呈现

批判现实主义文学作品的主要特点就是真实客观地再现社会现实,关注社会中那些被边缘化的弱势族群或阶层,从而显示出朴素的人间情怀和人道精神。正如英国19世纪批判现实主义文学大师查尔斯·狄更斯所言,他的小说就是要"向那些被世人遗忘得太久、虐待得太久的人行一下按手礼,并向那些目空一切、丝毫不为他人着想的人说,那些人跟你们一样有行善的素质和能力;他们由同样的模型铸就,由同样的泥土生就……"批判现实主义文学作品能够客观地再现社会现实,主要通过对典型环境的描写与典型人物的塑造,因为只有把人物置身于某个政治、社会、经济的特定社会背景中刻画,才能充分彰显其反映现实的可信性。在华裔美国作家的朱路易的小说《吃碗茶》中,作者将小说的场景集中于纽约华裔"单身汉社会",通过真实场景的文学再现以及鲜活的人物刻画,向读者真实地展现了美国唐人街单身汉社会令人窒息的生活境况,从而揭示造成这一畸形华裔社区的现实社会根源,达到其批判美国种族主义的写作目的。

英国著名评论家莱斯利·斯蒂芬认为:"伟大艺术作品的最高道德……取决于作者是否能以不偏不倚的观察者的身份来揭示善之美以及恶之丑。"这里所说的"不偏不倚",就是尽量避免作者在小说中直接介入,而是以戏剧式呈现的手法,将一个客观的世界呈现出来,让小说人物自然地显露自己,让客观事实说话。乔治·艾略特的现实主义小说创作理论"镜像说"也强调按作者头脑中的镜像来忠实地记录并描述人和事。在其小说《亚当·比德》的开端,乔治·艾略特就点明了其写作意图:"埃及的巫师用一滴墨汁就可以当作镜子,承诺向任何偶遇者展示过去那远逝的景象。读者,这也是我为您所做的承诺。我要用笔尖的这滴墨汁,为您呈现公元1799年6月18日那天……"在华裔美国作家朱路易的小说《吃碗茶》中,作者并没有像许多其他描写华裔的作品那样,有意描述唐人街奇异的风俗习惯以吸引西方人的眼球,而只是真实再现了唐人街普通人的生活及他们的真实情感。然而,正是这种对唐人街畸形单身汉社会看似漫不经心的客观呈现,却使作品具有批判现实的强烈震撼力。

《吃碗茶》所呈现的唐人街真实地反映了早期华人移民在美国生活的现实境况。由于美国颁布的一系列歧视性法律（如1882年的《排华法案》、1924年的《移民法案》，以及《反异族通婚法》等），使得唐人街成为一个逐渐老化的光棍社会。所以在朱路易的笔下，读者看到的是美国唐人街单身汉心酸的生活境况。他们通常"在劳累了一天后，孤独地在街上闲逛，渴望到哪儿找点乐子，或者他们会去王华基那间潮湿、冰冷、漏风的地下室去打麻将"。这样类似对唐人街的描述在西方人的媒体中已司空见惯，因而唐人街在西方人的头脑中留下了极为负面的印象。然而，朱路易的小说反映出了唐人街单身汉们倍受压抑的真实情感：他们并不是西方人眼中嗜赌成性、不思进取的人，因为当返回家乡的愿望变得遥遥无期而家乡的亲人又不能来美国团聚时，打麻将便成为这些单身汉排解苦闷的一种方式。所以当工作一天之后，没有温馨的家庭，没有热盼的妻儿，单身汉们只得去麻将馆玩上一会儿。这在一定程度上能减缓他们工作的疲劳，更重要的是可以暂时让他们忘记独在异乡的孤独。然而，当麻将聚会结束后，这种独在异乡的孤独感又会重新涌上他们的心头，尤其是当他们收到家乡妻子的来信时，这种孤独感就愈发强烈。所以，在麻将聚会散后，王华基又拿出妻子给他的来信。每次收到妻子的来信时，王华基"不用打开信就知道妻子要对他说些什么，肯定还是那些希望他早点回去的话"。但是每次读完信后，王华基想起自己对妻子的承诺无法实现，便生出几许惆怅，于是总会情不自禁地想象着将来他衣锦还乡，在老家和妻子刘氏重聚的激动人心的场面。对王华基内心的憧憬，作者没有过多的评述，但却以平实的语言折射出美国《排华法案》给华裔所造成的伤害。在作品中，朱路易交代了王华基返回老家迎娶刘氏的时间是1923年，但之后的数年里，重返美国的王华基却再也无法与妻子团聚，因为1924年美国颁布的《移民法案》严格限制从世界各地前往美国的移民数量，法案中特别规定美国公民的中国妻子将被禁止入境。因而，《移民法案》使得像王华基这样已婚华裔成为事实上的单身汉。美国唐人街的"单身汉"们无法改变他们被美国社会扭曲、无法过上正常家庭夫妻生活的悲惨境况。在《吃碗茶》这部小说中，作者把这种常人难以接受的生活方式不动声色地呈现给读者，达到了一种让人欲哭无泪的社会批判效果。

华裔的内心深处有很强的家庭意识，血缘关系就是维系一个家庭的重要因素之一。然而，在美国唐人街的单身汉社会，很少有一个完整的家庭关系。所以，在许多唐人街华裔家庭中，血缘关系并不是维系家庭成员关系情感的唯一纽带。因此，《吃碗茶》向读者展示了在美国《排华法案》影响下的美国唐人街社会的特殊社会人际关系。在小说中，唐人街宗族会所"平安堂"在凝聚家族成员关系和维护唐人街秩序方面起着十分重要的作用。

例如，王华基的儿子宾来和其好友李刚的女儿美爱举行的婚礼就是由"平安堂"的会长王竹庭主持的。在婚礼上，本应是主角的王华基和李刚及其儿女却被置于配角的地位。婚礼开始，首先是王竹庭——介绍王氏会馆的各位长辈。这一特别的婚礼程序看似滑稽，但却从侧面反映出当时美国唐人街社会中宗族会所在凝聚华裔方面的主导作用。这一故事情节反映了"平安堂"在维持唐人街秩序方面所起的重要作用。朱路易的笔下所描述的"平安堂"再现了华裔社区独特的人际关系模式。作者通过"平安堂"评判王家婚姻的情节描述，颠覆了西方人眼中关于唐人街"堂会"黑社会性质的描述。因为所谓的"堂会"，实际上就是在异国他乡的华裔为了应对受白人社会排挤而形成的带有封建宗族色彩的会馆，虽然它秉承了中国封建父权制度的特点，但在当时特定的社会背景下却起着凝聚华裔团体和维护华裔社区秩序的作用。

在朱路易的《吃碗茶》中，作者还通过揭示破碎的华裔社群关系来呈现美国唐人街残酷的社会现实。小说呈现给读者的是处于一种扭曲"断裂"状态的华裔社群关系。"断裂"的表现首先是亲情疏离：由于生活的压力，王华基和他的儿子宾来很少有时间坐下来好好聊聊天，通常父子两人无话可说；李刚直到得知女儿出事才第一次去她家询问事情的缘由。但美爱在面对她父亲责问她与人幽会的丑闻时，却不敢把实情告诉父亲。小说生动地描述了美爱的复杂心理："她怎么能向自己的父亲承认这丢脸的事呢？如果她从小一直跟着他生活在一起，事情就简单多了。"华裔社群关系"断裂"状态的另一种表现就是包办婚姻导致的爱情缺失：宾来和美爱的婚姻就是双方父母一手包办的，他们的结合是典型的"金山客"回乡娶媳妇的模式。正是透过这种"断裂"的华裔社群关系，作者向读者呈现出一个真实的唐人街社会——一个与美国主流社会长期隔离封闭因而保留了许多旧中国封建传统的美国华裔社区、一个因美国《排华法案》而变得畸形的单身汉社会。通过描述这些不完整的唐人街华裔家庭所遭遇的生活困境，小说凸显出美国华裔社群关系的"断裂性"。这些破碎的人际关系就像一片片破碎的镜片，从不同的视角折射出被美国主流话语所遮蔽的排华历史。老一代华人移民，如王华基和李刚，来到美国淘金，期望在美国挣到钱寄回家里以改善家乡妻儿老小的生活。他们开始还都抱着有朝一日能衣锦还乡或把家人接到美国生活的美好愿望。然而，美国一系列的《排华法案》使得华裔的生活境况日趋恶劣，这使他们归家之日遥遥无期，把妻儿接到美国的愿望则更难实现。所以，一方面是无数像刘氏这样的妇女留在家乡，日日夜夜盼望丈夫的归来；另一方面，在美国唐人街，像王华基和李刚这样的"单身汉"每日辛劳，还要忍受美国《排华法案》带来的痛苦。因而，在朱路易的笔下，纽约唐人街华裔家庭是支离破碎的。几十年来，王华基一直住在条件简陋的地下室里；李刚二十年来也只是和另一姓李的同住一间小屋；宾来和美爱都是到了十七八岁才第一次见到自己的父亲，他们对父亲的认识仅限于母亲在乡下保存的一些老照片。虽然宾来被接到美国，但由于长期分离，他与自己的父亲还是有一种挥之不去的疏离感。为了防止宾来在自己开的麻将馆里染上赌博恶习，王华基请求王氏家族最有影响力的人物王竹庭，允许宾来在他开的一家餐馆里做跑堂，但宾来最后还是被店里比他年长的伙计带到纽约嫖娼。于是，老一辈华裔单身汉的生活方式又传给了华裔单身汉社会的年轻人。在孤寂的单身汉社会里，缺少父亲正确引导和慰藉的宾来在舍友的带领下，最终步入了和其他单身汉一样的堕落生活。通过描叙宾来一步步堕落，作者实际上是对美国《排华法案》所造成的唐人街畸形单身汉社会的控诉。阿辛使美爱怀孕闹得唐人街满城风雨，最终通过"平安堂"的裁定，阿辛被逐出唐人街，但宾来却与美爱继续维持着婚姻关系。后来宾来与美爱又有了自己的孩子，王家上下欢天喜地，开始计划准备第二个孩子的满月酒。受到《排华法案》的影响，讨到老婆对当时的华裔来说是极不容易的。另外，一个新生命的诞生对于老气横秋的华裔单身汉社会来说也是令人欢欣鼓舞的事情。因此，王家这一系列看似荒唐的故事情节却恰好真实地反映了当时华裔在美国社会令人欲哭无泪的生存现实。

由上可见，朱路易从一个美国华裔作家的独特视角，用写实的手法将美国唐人街残酷的社会现实呈现在读者面前。朱路易极具批判意味的"小叙事"不但折射出早期华裔族群的创伤历史，而且揭示了造成畸形的华裔单身汉社会的现实根源。

（二）穿越时空的个人叙述

在20世纪60年代多元文化主义运动兴起之前，华裔形象一直被美国主流媒体及文学作品所歪曲，华人移民被认为是来自东方的异教徒，是永远不可能融入美国的外国人。此外，华人移民虽然为修建横贯北美大陆的铁路以及加州农业大发展做出了重大贡献，但这些重要的历史事件却没有为美国主流社会的历史所记载。为了揭开尘封已久的在美国华裔历史，证明华裔在美国的历史合法性，华裔作家不断尝试以不同的文学创作形式来打破美国主流话语对美国华裔历史的遮蔽。华裔作家徐忠雄的小说《家园》利用"心理现实主义小说"的创作模式（即把对现实的描写、心理及性格的刻画与某些象征或怪诞手法融为一体的写作模式），真切地反映了华裔青年寻华裔精神家园的心路历程。小说《家园》就是通过华裔主人公雷因斯福德·张的"反记忆"展开故事叙事，讲述了他对家族历史的寻访，并以其一系列亦真亦梦的叙述，重现了华裔先辈在美国艰苦奋斗的历程，从而将华人移民在美国恶劣生存境况下的顽强抗争的历史一一展现在读者面前。因此，作品旨在通过华裔主人公的反记忆叙事，唤醒华裔族群集体历史及文化记忆，从而达到反抗美国主流话语霸权压制的写作目的。

美国学者斯诺德格拉斯曾指出:"迁徙是处于离散和流放生活状态下的华裔在美国的生活常态。"作为一个有着强烈族裔意识的华裔作家,徐忠雄在作品中特别重视对于华裔先辈在美国早期迁徙奋斗的历史的书写,因为它对于确立华裔在美国社会中应有的地位有着重要的史料价值。华人移民在美洲大陆工作生活有着久远的历史,为美国的发展做出了重大贡献,因此美国华裔族群的历史早已根植于美国的土地,是美国历史必不可少的一部分。在徐忠雄的《家园》中,作者以华裔青年的循迹之旅为主线,揭示了主流话语遮蔽下华裔先辈在美国的艰辛历史。

小说的开端,作者以一条具有寓意的天堂树的植物学词条开篇:樗树(臭椿),俗称天堂树,落叶乔木。各地带都能生长。原产中国。一个世纪前开始在加州引种,现分布广泛……春季开出不起眼的绿色小花,夏末会长出一簇簇漂亮的红褐色、带小翅膀的果实……常被当作野生杂树,因为它会吸收大量养分。值得称赞的是,它能在干旱、热风以及各种不良土壤等恶劣环境中创造出美丽。

很明显,作者用原产于中国的天堂树能在逆境中生存并创造出美丽的特性,来赞扬美国华裔先辈在美国这片充满艰辛的土地上落地生根、建立家园的坚忍不拔的品质。小说由此通过对主人公雷因斯福德追寻先辈的迁徙历程之旅,揭开了美国华裔族群被尘封已久的历史。

在小说中,作者通过主人公雷因斯福德在现实中追寻先辈的迁徙历程以及心理变化在梦境中的投射,从现实和心理两方面充分展现了华裔少年成长的心路历程。雷因斯福德有着不同寻常的身世背景,他7岁失去父亲,15岁失去母亲,由姨妈和姨父抚养长大。虽然雷因斯福德的身世背景是非典型的,但是丧失亲人的痛苦却让他之后对华裔先辈在异国他乡妻离子散的悲惨生活感同身受。小说中,主人公内心独白式的叙述时常出现在文中,作者以这种方式向读者展示华裔青年追寻先辈迁徙历程过程中的感悟,同时再现了华人移民先辈在美国艰辛奋斗的历史。雷因斯福德旅行的最初目的只是为了排遣孤独,所以他长大后常常在夜里开着车穿行于西部荒野和城市。"当我开始开车时,常常在夜里开车穿越山丘,穿越无人的街道,在夜间漫无目的地开车,就是为了避免思索我自己生命的目标,为了避免做梦看见父母。"但是他最终发现,"除非我追寻父母亲的生命,追寻我祖父、曾祖父的生命,否则我的生命最终将一片虚无"。实际上,雷因斯福德早在4岁时就跟随父母在伯克利和纽约两地来回长途旅行。童年时父亲开车带他游遍了美国所有的著名景点。旅行结束后,父亲自豪地说了一句"我们做到了"。身为海军工程师的父亲认为有能力让儿子游历美国,他们就是这片土地的主人了。但是当16岁的雷因斯福德在水球比赛中当选为学校"最有价值球员"时,他的教练当着一大群同学、家长和教师说他是这所高中历史上第一个在体育运动中获此荣誉的中国人。在颁奖时嘉宾又说雷因斯福德给球队、给这所学校和他的种族带来了荣誉。那一时刻,雷因斯福德突然意识到,无论他变得多么美国化,在美国白人眼中,他仍然是"异国的陌生人"。正如索尔伯格为徐忠雄的《家园》一书所写的"编后话"中所说的那样:"华裔很早以前就已经在这片土地上生活了,远远早于我们挪威人来到这里定居。没有人质疑我身上的美国身份、我在这里生活的权利,而华裔却一直以来都不得不面对一个完全陌生的世界。美国对于他们是陌生的,美国的法律不承认他们的公民身份,此起彼伏的种族主义仇恨不断打击这个绝大多数是男性的族群,华裔的长相也成了被辱骂的理由,他们始终不被接受。"

作者通过族裔意识觉醒之后的华裔青年之口,道出了华裔一直处于美国社会的边缘的境地:"在这个国家我们如同孤儿,现在我就认识到了自己是那无父无母的先期移民的嫡系子孙。"华裔在美国的边缘境地促使主人公努力寻找华裔先辈的历史足迹,借以探寻自己与这片土地的联系。他要通过追寻他的父辈在美国的奋斗历程来证明华裔族群在美国的生活历史。于是,雷因斯福德开始了一系列追寻之旅,他重返华裔父辈们曾经生活和辛苦劳作过的地方,追寻父辈在美国工作和生活的轨迹。在旅途中,雷因斯福德对祖父辈们被迫到处迁徙的艰辛感同身受,因而他头脑中时常会浮现出父辈们悲惨的生活场景:"他们总是在穿越美洲的旅途中。在横贯美洲大陆的铁路干线完成之后,华工们被赶出西部而被迫重新回到旧金山。他们被赶出矿山,为了免遭驱逐他们被迫烧掉自己的书信、日记、诗歌乃至一切有名字的东西。所以,华裔先辈们在美国工作、迁徙的经历没有留下任何痕迹。"最后,他发现自己的名字雷因斯福德原来是他曾祖父初来美国时落脚小镇的名字,但是这一名字在美国的地图上已经找不到了,甚至"没有任何记录表明它曾存在过"。为此,雷因斯福德感叹道:"在美国我找不到自己的位置,即使是在那里生活了四代以后,仍一无所有。"至此,雷因斯福德更加坚定地继续他的循迹之旅,他要通过给华工沿途路过的美国城镇重新命名的方式,来重构华裔先辈在美洲大陆的历史标界。

法国哲学家米歇尔·福柯曾指出:"地理的概念与政治、经济、历史以及文化有着紧密的关系,它蕴含着超出其概念本身的权利关系。"因此,小说主人公回溯其父辈在美国的生活足迹并对那些地方重新命名就具有了反拨美国主流话语的意义。作品通过华裔青年雷因斯福德对华裔先辈的循迹之旅,展现了华裔族群对美国"宏大叙事"下书写的历史的对抗性记忆,从而再现了华裔在美洲大陆劳作迁徙的历史,向读者展示出整个华裔族群在美国的真实生活图景。在小说的结局部分,华裔青年雷因斯福德终于完成了他追寻华裔先辈的迁徙历程之旅的目标,他沿着华裔先辈们生活、奋斗过的地方,用心绘制出了美国华裔在美洲大陆的生活轨迹。通过对华工沿途经过的美国地方重新命名,主人公实际上是绘制了一幅美国华裔的地图。这幅以在华裔在美洲大陆的生活轨迹为基础的地图，重现了成千上万华工在美艰难的迁徙之旅，重现了华裔先辈充满苦难的往昔岁月。由此，徐宗雄通过华裔青年一代回顾先辈的迁徙历程，揭示了被美国主流话语所遮蔽的华裔族群的真实历史，证明美国华裔为美国发展做出的贡献和华裔在为之奋斗的土地上生活的合法性。

雷因斯福德对于祖先历史足迹的追寻之旅不仅仅是地理意义上的旅行，而且还是华裔青年追寻精神家园的心灵之旅。在雷因斯福德孤独的旅程中，在一个圣诞节之夜，他曾遇到一名印第安人，但其祖父是中国人。共同的祖先让二人倾心畅谈。在谈话中，雷因斯福德强调自己从小生长在美国，是这片土地的一部分。但那位华裔印第安朋友反复告诫雷因斯福德："你得在外面寻找你的地方、你的家……你要找到属于自己的土地……这是你的国家。走出来，让自己有家的安逸。"但是雷因斯福德并不知道怎样才能找到属于自己的土地，于是这位印第安朋友具有深意的话语再一次启发了他："我之前说过，你必须找到你自己的土地，你知道，就是你的人曾到过的地方。"于是，在漫长的追寻之旅中，随着对华裔先辈们的艰辛生活了解得越来越多，雷因斯福德在心理上与父辈们走得越近。他甚至能感受到曾祖父当年"被铁链拴在地上，连呼喊求救都做不到，就像被老鹰折磨的普罗米修斯"的画面。在雷因斯福德的头脑中，经常会浮现出华工们工作生活的场景："春天是哀悼的时节，因为雪融化后露出了冻死的华裔；夏天是暴力的季节，在酷暑中华裔冒着生命危险炸开一块块巨型花岗岩；秋天气候温和凉爽，落日更炫目，太阳开始落山时，群山变成亮紫和橘红色……整个白天云朵保持着不变的光影，行进着飘过我们头顶；冬天比雇佣我们的人更残酷，风割我的肉，我的整个躯体成了一道伤口……寒湿像针一样穿透我的皮肤和整个身体。"

在对小说主人公追寻华裔先辈的历程展开描述的同时，作者成功地展示了华裔青年的心路历程。在旅途中，年轻的华裔青年越来越切身感受到父辈们的艰辛，他的心也与他们贴得越来越近。作者把主人公旅途中的内心活动通过一系列的梦境与想象连缀交融起来。有时候，雷因斯福德触景生情，感到自己变成了父亲祖父们，而有时候父亲祖父们又变成了他寻根之旅的灵魂伴侣，成为他不断向前揭开华裔先辈被美国社会所尘封历史的精神力量。追寻家园的心灵之旅使得雷因斯福德最终认识到，华工在美国这片土地劳作，与这片土地一起经历了春夏秋冬，他们有权利扎根于这片土地。因此，他要把华裔劳作过、受难过的地方都重新标记出来，因为他们属于那里。他的曾祖父修建了美国的铁路，但却无法在美国立足；他的祖父来美被关在天使岛，被迫接受移民官员的盘问；他的父亲成为一名工程师，但只能通过带家人游历美国地标性景物来极力证明自己已拥有美国。在小说的最后，雷因斯福德经过自己追寻华裔家园的心灵之旅，终于认识到当初父亲"宣称美国是自己的家"的想法过于天真，因为父亲的旅行只是地理意义上的，只是一个家庭的度假旅行；父亲所说的"我们做到了"也只是物质层面的。但雷因斯福德的旅行与其父亲的游览不同，雷因斯福德的旅程是其回溯华裔身份之根、追寻精神家园之旅。在小说最后，作者借雷因斯福德之口道出了美国华裔族群的心声："至今，我们一代代华裔在这片土地上已经生活了125年。美国应该承认我们这个民族传奇般的精神。我要用神话以及我父亲、祖父和曾祖父的名字来命名这个国家的众多宏伟的峡谷、干枯的河床和巍峨的群山。就像一个印第安人躺下安息时他的身体变幻成远方地平线的轮廓一样，我们华裔的灵魂也在这片土地上游荡。"

徐忠雄的《家园》通过华裔主人公旅途经历和其类似内心独白的个人叙事，旨在以个人化的"小叙事"来颠覆美国主流社会的宏大叙事。在小说中，主人公苦闷时常常写信给已故父亲，倾诉其漂泊无依的孤寂感和渴望在美国拥有一种踏实的、属于这里的、在家的感觉。在一定程度上，小说主人公的孤儿身份象征着全体美国华裔的生活境况。华裔祖辈们在这片土地上年复一年地劳作，但最后却被四处驱逐，而在美生活多年的华裔也不被美国主流社会所接受。正如台湾学者何文敬所说："生根与无家可归，道尽了华裔美国人处于主流社会中遭遇。他们在与白人强势文化的互动过程中，往往都有一段血泪交织、可歌可泣的民族经验……这些过去构成美国弱势族群集体记忆的一部分，是他们重建个人和集体属性的重要素材。"因此，徐忠雄通过叙述华裔青年雷因斯福德在美洲大陆追寻家园的心灵之旅，力图把华裔的现实生活与华裔在美国奋斗的历史联系起来，从而以华裔作家的"小叙事"发出"华裔拥有美国"这一不可辩驳的声音。

综上所述，无论是朱路易的《吃碗茶》，还是徐忠雄的《家园》，作品都是通过小说主人公个人或其家庭的"小叙事"展开，进而揭示出美国社会歧视华裔族群的历史。其中，朱路易通过唐人街王家的世事变迁，揭示和批判造成畸形华裔单身汉社会的现实社会根源；徐忠雄则通过华裔青年雷因斯福德穿越时空的个人叙事，展示其追寻华裔精神家园的心路历程，并以此来找寻美国华裔族群的历史及唤醒美国华裔的集体意识，从而打破美国主流话语对美国华裔族群历史的遮蔽。正如华裔美国文学研究学者赵文书所说："作者以华裔历史为主题，凸显华裔在美国历史上的贡献，为了证明美国就是华裔的家园。"所以，无论是对华人移民悲惨历史的书写还是对华裔族群祖先历史足迹的追寻，都反映了华裔作家对美国种族主义的批判以及对华裔精神家园的追寻。因此，华裔作家的"小叙事"看似个人化的叙事，实则是对美国主流话语的解构，是代表整个美国华裔族群对美国种族主义歧视的批判。

三、典型人物形象地塑造——华裔"愤怒青年"的抗争话语

(一)典型原则与华裔"愤怒青年"形象的塑造

英国著名评论家伊恩·瓦特在其《小说的兴起》中提出了现实主义小说创作的一个主要原则,即典型环境的描写和典型人物形象的塑造。典型环境和典型人物形象是密不可分的,因为典型人物形象主要是通过描述具体场景(如时间和空间的)的叙事方式,来实现小说人物的个性化塑造。但是,西方文学由于受柏拉图的永恒理念等哲学观的影响,大都表现出对时间维度的轻视或冷淡。例如,哈姆雷特这一人物以及围绕他产生的一切行动既可以被放置12世纪前后的丹麦,也可以被放置在17世纪的英国——具体的年代和时间和空间在这里所起的作用几乎可以忽略不计。文学人物与特定时间环境联系起来,是增强文学人物现实性的必要条件,与此同时,典型原则在强调文学创作与现实对应性的同时,又要求作品对现实的超越,即文学创作不能一味地照搬现实,它应该是作家对某一特定社会现实的感受、虚构和想象的结合。这样,文学作品才能高度浓缩现实中存在的问题,以便更好地展现与剖析人物命运与社会现实,揭示和批判造成种种黑暗和罪恶的社会现实根源。

1956年,英国青年剧作家约翰·奥斯本的剧作《愤怒的回顾》取得成功的关键在于:他生动地刻画了具有时代气息的"愤怒青年"形象。作者借这个典型人物形象的话语和行动,揭露当时英国社会的专制制度以及教会的伪善。而被称为"华裔牛仔"的美国华裔作家赵健秀也在其《鸡笼中国佬》和《龙年》两部剧作中成功塑造了华裔"愤怒青年"的人物形象。赵健秀在这两部作品中以美国唐人街为写作背景,刻画了弗雷德和泰姆这两个桀骜不驯、反主流文化的华裔青年形象。《鸡笼中国佬》和《龙年》两部剧作先后在纽约有相当影响力的美国天地剧场上演,这为华裔作家登上美国主流剧坛开辟了道路,也给美国社会对华裔的刻板认识带来了很大的冲击。作者通过对弗雷德和泰姆这两个华裔"愤怒青年"人物形象的塑造,表达了对白人主流社会的种族主义行径愤怒的呐喊,从而颠覆了西方主流话语对华裔逆来顺受的刻板印象,让主流话语听到了华裔族群抗争的声音。

(二)迷惘"华裔牛仔"的无望抗争

在《鸡笼中国佬》和《龙年》这两部剧作中,赵健秀的抗争话语主要通过弗雷德和泰姆这两个华裔青年的言行举止和内心活动来呈现。弗雷德和泰姆是那一时代具有代表性的华裔青年,他们生活在封闭的唐人街,受美国种族主义政策的限制,唐人街经济颓废,到处呈现出一片萧条的景象。现实生活中处处碰壁的老一辈华裔紧抱着中国传统作为自己生命中的精神慰藉,而唐人街上的青年则每日百无聊赖,看不到生活的光明前景。对此,在

美国出生、长大的华裔青年弗雷德和泰姆都表现出对自己华裔身份的迷茫与厌恶。他们在唐人街找不到自己的榜样，但是20世纪70年代美国民权中黑人所表现出的桀骜不驯、反主流、反文化的抗争精神令他们感到鼓舞。于是，迷茫中的两个华裔青年不约而同地开始效仿美国黑人，逐渐成为具有反叛精神的"华裔牛仔"。

在《鸡笼中国佬》中，华裔主人公泰姆从小崇拜的对象是一名黑人拳击手。受美国排华政策的影响，唐人街男人为了维持生计，不得不从事通常由女性从事的行业，如在洗衣店和餐馆中打工。从事这样卑微职业的父辈使得他们很难成为孩子心目中的英雄。但从那名黑人拳击手身上，泰姆感受到了当时唐人街男性所缺少的阳刚之气，因此泰姆便将那名黑人拳击手当作自己效仿的榜样。在泰姆的眼中，整个唐人街就像一个鸡笼，生活在里面的人奄奄一息、毫无生气。传说中参加过拳击比赛勇猛的"唐人街小子"长大后也成了一个默默无闻的洗碗工，还不时受到雇主白人老太太的骚扰。为显示自己作为男子汉的阳刚之气，反叛美国白人主流社会对亚裔男性的偏见看法，泰姆和他的一个外号叫"黑日本"的日裔好友谦次在言谈举止上刻意模仿黑人的做派，满口说的都是充满俚语的黑人式英语，而且他们见面也不像普通华裔那样与人握手，而是按黑人青年的习惯张开手掌上下相击来表示热情的问候。而《龙年》中的华裔青年弗雷德则与自己的父亲缺乏沟通与理解。弗雷德不明白父亲为什么还要在重病缠身、临死前忍着病痛准备在唐人街的春节庆典上做一次演说。在弗雷德的眼里，父亲的"洋泾浜英语"磕磕绊绊，而父亲中国家长的权威作风更令人难以忍受。弗雷德的父亲由于身体状况越来越差，准备在春节演说中正式宣布把一家之主的位子交给儿子，但弗雷德对此却不屑一顾。最终，弗雷德的叛逆言行导致了父亲的死亡。

爸：你是不是我儿子？

弗雷德：不是。

爸：你为什么说"不是"？

弗雷德：我的意思就是"不是"！

（爸掴了弗雷德一个耳光。弗雷德面对着爸，但是没有从椅子中站起来。）

爸：你是我儿子！（爸又掴了弗雷德一个耳光。）

弗雷德：（声嘶力竭地大吼）不是！

（爸一下又一下地打弗雷德，怒吼"你是我儿子！"弗雷德没有反抗，只是大吼"不是！"爸吼一声，他也吼一声。他们叫嚷着，砰然倒在厨房的地上。外面传来欢庆春节游行队伍的欢笑声。外面隐约传来舞狮子的锣鼓声。爸瘫倒在地上。）

弗雷德：不要啊！……爸？（拍拍他的脸，晃晃他的头）爸！

作者在剧作中塑造的弗雷德这个反中国传统道德规范、离经叛道的"华裔牛仔"形象，意在突出华裔青年对以父亲为代表的中国传统封建家长权威的反叛，因为封闭的唐人街华裔社会不能给予他光明的前景。弗雷德梦想成为一名作家，但他父亲却对此嗤之以鼻："你写故事，那又怎么样？没人会读你那玩意。"弗雷德讨厌自己做唐人街导游的工作，然而为了满足白人游客的猎奇心理，他又不得不每天不厌其烦地介绍唐人街古怪的风俗习惯。美国白人种族主义社会给华裔青年弗雷德的生存空间极为狭小，因而由不得他自由选择。令人压抑的生活困境使弗雷德心中的郁闷难以排解，于是他把满腔的怨恨都发泄在对父亲的反叛上。

无论是弗雷德还是泰姆，两个华裔青年在面对美国主流社会的压制时，都采取了竭力摆脱中国文化的做法，以此来证明自己不同于唐人街那些面对白人唯唯诺诺的华裔。但这种做法明显不起作用，因为虽然他们的做派已完全"美国化"，但他们的生活依然没有起色。

（三）华裔"愤怒青年"的觉醒

效仿黑人做派、极力摆脱中国文化影响的做法并没有使华裔青年被美国主流社会所接纳，残酷的现实使得迷茫的"华裔牛仔"逐渐成熟。当泰姆得知，他理想中的偶像（那位黑人拳击冠军）实际上是常常以欺诈和暗中犯规取胜时，泰姆一直所追寻的"理想父亲"形象彻底破灭了。在喝得酩酊大醉之后，泰姆与谦次一个叫莉的室友，一个皮肤白皙的卷发女郎发生了口角，莉指责泰姆满口黑人俚语，令人讨厌，但泰姆却不无嘲讽地说他讲的就是自己的母语，自己没必要把白人的说话方式当作标准。借着酒劲，泰姆还揭穿了莉的真实身份。原来一直以美国人自居的莉是来自香港有中国血统的女孩，她皮肤白皙所以以此来冒充白人。泰姆指责莉忘了自己的姓氏是"李"而不是"莉"。之后泰姆又大骂来找莉和好的前夫，指责他的成功是迎合白人口味编写了一本中国菜谱。虽然泰姆靠仿效黑人拳击冠军来重获华裔男子阳刚气概的梦想破灭了，但他认识到自己天真的做法后逐渐变得成熟。剧本以争吵结束，没有皆大欢喜的结局，但很明显泰姆对自身族裔的身份有了新的认识，即无论效仿黑人还是冒充白人都得不到别人的认同。最终，他意识到，美国华裔应该正视自身族裔的历史和现实，并积极抵制美国社会的种族主义偏见。于是泰姆借着酒醉道出了自己的心声："我是个鸡笼中国佬，我的拳头可能连一个鸡蛋也打不碎，但我不会倒下……他们称赞我很美国化，没有青少年犯罪……没有青少年犯罪是因为（唐人街）没有孩子！美国法律不允许我们华裔妇女入境……"由此，赵建秀借华裔青年泰姆之口向读者展现了华裔族群被美国《排华法案》排挤、压制的辛酸历史和华裔青年对美国种族主义行径发出愤怒抗争的呐喊。

《龙年》中的华裔青年弗雷德在父亲死后，生活境况愈发悲惨，最后不得不靠妹妹来帮助自己摆脱生活困境。弗雷德一心想成为一名严肃的华裔美国作家，却不得不接受他戏称为"小女人"的妹妹资助，这令他重新思索自己的生活定位。最后，他意识到他和妹妹都一样，都是用所谓的"异国情调"方式来吸引西方白人的眼球，因为这是在西方白人主导的社会中讨得一份生计的不得已选择。于是，弗雷德为白人游客做唐人街导游时，心中的愤怒转化成对白人"东方主义"式游览的戏谑："想知道在唐人街的什么地方吃上一顿吗？让我来告诉你吧。我这就告诉你们。唐人街有99家餐馆和杂碎店。我每家都吃过。我可以告诉你，你们听到的都是真的，你们听到的那一切……北京的烤鸭能让你做出三维的梦，上海的肉丁菜不但能解酒，还能把你的智商提高六个点！还有那无所不能的花生油炸货，它能调动你的每根神经，从中枢神经到每个指尖……在唐人街你花两块五毛钱就什么都吃得到。"

通过华裔青年弗雷德充满挫折与无奈的生活境况描写，赵健秀旨在揭示当时充满种族偏见的美国社会对华裔族群的排斥与压迫。弗雷德最终没能实现他成为一个严肃的华裔美国作家的梦想，因为在美国主流社会话语的监控机制下，他不能用自己的笔写出真实的美国华裔生活并将之发表。因此，弗雷德只能继续他的唐人街的导游职业。但在充斥种族歧视的美国社会经历了一系列挫折、失败的洗礼后，弗雷德已逐渐觉醒而成为华裔中具有强烈族裔意识的"愤怒青年"。在其现实生活中，弗雷德开始以自己的方式对美国主流社会对华裔及其文化的偏见进行反击。他通过自己夸大戏谑的导游词，对那些把唐人街视为具有异国情调"他者"的白人加以愚弄和嘲讽。

在20世纪70年代多元文化主义思潮风起云涌的时代背景下，作为华裔作家代表的赵健秀通过塑造华裔"愤怒青年"这一典型的人物形象，使读者听到了华裔族群在美国种族主义压制下愤怒的心声。虽然他笔下的华裔青年是群"反英雄"，他们经常表现得愤世嫉俗、桀骜不驯，有时甚至表现得粗俗不堪，但他们并不能完全代表华裔族群的正面形象。作品通过他们愤怒的呐喊以及挫折之后的自身反思与成长，旨在反映当时美国社会中存在的歧视华裔的种族主义现状，并揭示和批判造成这一社会现实的根源。通过塑造华裔"愤怒青年"这一典型人物形象的写作策略来表达华裔族群对美国主流社会的抗争，表达美国华裔作家解构西方社会对华裔偏颇的印象，进而达到批判美国种族歧视的写作目。

四、小说文类风格的变异——华裔反传统成长小说的叙述意蕴

成长小说是小说文类中重要的组成部分之一，通常意义上的英语成长小说传统一直被认为源于欧洲。在欧洲文学的发展历程中，青少年成长过程中，"遭遇困惑与走向成

熟"一直是一个常见的文学模式。其中,比较有代表性的成长小说有德国作家歌德的《少年维特之烦恼》、意大利作家阿米契斯的《爱的教育》、英国作家狄更斯的《远大前程》和《大卫·科波菲尔德》等。美国作家中也不乏像杰罗姆·大卫·赛林格在《麦田里的守望者》中对"青少年成长的艰难历程"进行书写的成长小说。在华裔美国文学的发展中,小说主人公的成长也一直是备受关注的主题之一。但因华裔作家创作所处的社会历史背景及其批判现实的创作主旨,他们笔下的成长小说在文类风格上与传统成长小说却有很大的不同,因而华裔成长小说具有其独特的话语意蕴。为了更好地研究华裔反传统成长小说的深层话语蕴含,有必要详细区分西方传统成长小说与华裔反传统成长小说各自的特点。

(一)西方传统成长小说与华裔反传统成长小说

对于成长小说的界定,学术界有很多不同的版本,其中美国学者莫迪凯·马科斯对成长小说的定义较为明晰地概括出它的特点。莫迪凯·马科斯认为:"成长小说这种文体主要被用来揭示年轻主人公在经历某种人生重大事件后原有世界观地改变——或自己性格地改变,或两者兼而有之。这种改变使他摆脱了童年的天真,并最终把他引向了一个真实而复杂的成人世界。在成长小说中,不一定要有成长的仪式,但必须有证据显示这种变化会对年轻主人公产生永久的影响。"

莫迪凯·马科斯对"成长小说"的这一定义强调,在青少年的成长中必定要经历与外部成人世界的碰撞,由此引发成长的困惑促使其进行自我认知的调整,以应对复杂的社会现实。虽然在莫迪凯·马科斯的定义中认为成长小说并不一定要有类似原始部落割礼、猎杀等仪式,以示主人公的成长,但是马科斯还是强调要有某种特殊时刻切肤之痛的经历以促使青少年的成长。而源于德国的成长小说则侧重于表现青少年在自身成长过程中获得的感悟,重在刻画青少年与成人社会的适应与性格的成熟,如对学业的挫折、爱情的失意、父母的禁锢等困惑与叛逆。但这一切会随着他的成长而逐渐趋于平和,主人公最终会达到思想上的成熟,学会面对纷繁复杂的成人社会。

西方传统成长小说重在描写青少年在人生成长的必然阶段所面临的成长烦恼。小说主要以叙述人物成长过程为作品的主线,通过对小说主人公成长经历的回顾,旨在呈现人物的心理从幼稚走向成熟的过程。因此,传统意义上的成长小说只侧重于对小说主人公个人成长体验和心理变化的反映,是对人生一个普遍又极其重要成长阶段的呈现,因而其关注的主题具有普遍性。

虽然作为人类社会中生命个体重要的体验,"成长"这一文学题材所关注的主题超越了国家、民族和文化的界限,但是在华裔美国文学创作中的成长主题却因华裔作家所处的不同社会历史背景而呈现出独特的话语意蕴。华裔作家由于其少数族裔的背景,以致在成长过程中不可避免地遭遇来自美国主流社会的歧视和压制,这成为他们挥之不去的梦魇,因此这也成为他们日后创作中重复出现的主题。尤其在20世纪六七十年代族裔政治的多元文化主义思潮影响下,华裔作家为了表达其对美国种族主义的批判,其笔下的成长小说具有与欧洲传统意义上的成长小说不同的特点。亚裔文学批评家刘丽莎在其著作《移民法案》中,明确指出了亚裔美国文学成长小说的意识形态功能:"被列为(某一族裔)经典的成长小说,因其能够引起读者对其种族形成的成长叙事的认同,都具有某种独特的地位。而小说叙事本身也是小说主人公个人的个性和差异与一个理想化的'民族'主体形式相融合的过程。"

基于刘丽莎对亚裔成长小说的认识,另一位亚裔美国文学研究者帕特西亚·朱进一步指出:"亚裔文学彰显与传统成长小说的差异而形成独具特色的成长小说文类的新风格,这不仅显示了(亚裔/华裔)作家的写作能力,也表明了他们通过文学表述来实现其政治及社会诉求的创作意图。"

刘丽莎和帕特西亚·朱两位亚裔美国文学评论家的观点阐明了亚裔/华裔美国成长小说的文化及政治诉求,显示出亚裔/华裔成长小说对欧洲传统成长小说这一文类风格的反拨。华裔成长小说重在展示华裔族群少年独特的成长环境和成长轨迹,揭露美国主流社会对华裔族群的种族偏见给华裔青少年成长带来的影响。因此,华裔成长小说是对以欧洲白人为标准的成长小说的超越,是以新的视角、新的评价标准对这一传统文类创作的价值重估。研究华裔美国作家笔下的成长小说批判现实主义的话语特点,对比分析华裔作家赵健秀的《唐老亚》和劳伦斯·于的《龙翼》两部华裔作家的成长小说,有助于揭示华裔反传统成长小说独特的文学艺术魅力及其蕴含的文化政治内涵。

(二)精神的流浪与回归

青少年时期是一个人思想、道德和心理成长的关键时期,而青少年又是文化的传承者和创新者,因此青少年的生存状态和精神面貌可以折射出一个时代的社会环境特征和文化背景。对于生长在美国的华裔儿童而言,中美两种文化的抉择是他们不得不面对的问题。华裔儿童从小接受美国主流文化的教育,每天都处于美国价值体系和行为规范之中,但同时华裔家庭中长辈们的言传身教又使其深受中国文化的影响。在西方文化中心主义为主导的美国社会,华裔儿童因其在美国学校所受到的教育,会不自觉地认同美国主流文化。然而,随着思想的成熟,华裔儿童会发现自身族裔文化的边缘性和主流话语所宣传"自由、平等和追求幸福权利"的虚假性。华裔作家赵健秀的小说《唐老亚》就是这样一部表现华裔儿童精神流浪与回归的作品。小说主要讲述了华裔少年唐老亚充满曲折的成长历程。在种族歧视盛行的美国社会,华裔族群被排斥在美国社会的边缘,华裔少年很难从本族裔身份中获得自豪感。因此,小说伊始,唐老亚对于自己的族裔身份持否定态度,他对于自己的名字、自己生活的华裔社区以及一切与中国有关的东西都嗤之以鼻:他的偶像是美国踢踏舞明星弗雷德·阿斯泰尔,而不是在唐人街开餐馆的名厨爸爸。即使在春节这个中国传统节日,唐老亚也不愿参加旧金山唐人街举办的庆祝活动。但在父亲及其华裔亲友的影响下,华裔少年的精神流浪终于找到了应有的归宿。在这部作品中,作者采用了带有明显族裔特点的成长小说创作模式,即西方主流社会的错误导向—族群文化的自我厌恶—族裔文化的正面影响—族裔文化身份的认同。在赵健秀的小说《唐老亚》中,华裔小主人公经历了两次顿悟式的成长仪式,这两次顿悟都是华裔家庭的中国文化教育对其潜移默化地由量变到质变的结果。唐老亚的第一次顿悟源于华裔英雄纸飞机事件所受到的中国英雄文化传统教育,这引发他在梦境中对中国文化的向往;第二次顿悟则是他在图书馆查阅关于华裔历史的文献资料所受到的现实教育。作者通过描叙唐老亚从最初对美国主流文化的认同到最后对中国文化的回归,充分展示了华裔少年充满艰辛的族裔文化身份认同的精神之旅。

华裔家庭的中国文化教育对于华裔少年的成长具有重要意义。在《唐老亚》中,作者通过小说的小主人公唐老亚的成长之旅,彰显了中国文化熏陶对于华裔儿童成长为具有独立思考判断能力的华裔少年的重要作用。唐老亚生活在一个家境殷实的华裔家庭,他的父亲是唐人街有名的厨师,经营着自己的餐馆。为了让孩子受到良好的教育,父亲唐·金送唐老亚到白人开设的私立学校读书,但美国白人学校的教育使华裔少年对自身族裔文化产生了疏离感,乃至厌恶感。眼见着一个华裔孩子日渐美国化,唐老亚的父辈们感慨万千。当唐老亚满怀厌恶地走过唐人街的店铺,他的唐人街伯父们就会对他喊道:"去你的那个自大的私立学校吧!它会把你掏空,变成憎恨中国文化的人!"春节将至,家里四处弥漫着浓郁的中国文化气息,但这令唐老亚感到压抑,唯有挂在客厅里的一百零八个纸飞机模型引起了他的好奇。当他得知这些纸飞机是父亲制作用来在正月十五到天使岛放飞、烧掉的时候,对华裔历史一无所知的唐老亚对此觉得很可惜。于是,到了晚上,他偷偷地拿走了一架战斗机模型,自己爬到屋顶点燃并放飞了它。这一情景恰巧被他的伯父发现,但伯父并没有指责他,而是坐下来跟他聊起了梁山好汉的英雄故事和华裔先辈在美国的奋斗历程。通过伯父的叙述,唐老亚得知这一百零八个纸飞机模型上,画的是梁山一百零八个好汉,唐老亚拿走的是画着梁山好汉李逵的画像。至此,偷偷放飞华裔英雄纸飞机事件使华裔少年了解到了自己的家族史:"祖辈们很早就来到美国修建横贯美洲大陆的铁路,他们勤劳勇敢,创造了每天铺十英里铁轨的记录,他们是美国边疆的开拓者。而梁山好汉的英雄形象也与白人口中所说的华裔形象大相径庭。"那晚,唐老亚听到的和他在白人学校里所学到的完全不一样,大伯讲的华裔祖辈们开创美国边疆的历史和梁山好汉一百零八将的英雄故事令唐老亚心潮澎湃,同时他又担心自己会因偷走父亲用来祭奠先辈的纸飞机被责骂,因此在新年这些天彻夜难眠。夜里伯父诉说的华裔先辈的历史情境经常进入他的梦里,他梦境中的华工就是梁山好汉一百零八将。在唐老亚的梦境里,他看到:

> 华工们住的是冰冷的隧洞,吃的是简单的粥饭,但干起活来一点也不输给爱尔兰工人。所以当结束一天的工作,爱尔兰工头克罗克得意扬扬地说是他们创造新的纪录的时候,华裔工头关(关公)马上予以回击:"你们创造了纪录?"说着他把铺铁轨用的铁锤从燕(浪子燕青)的儿子手中拿来,扔给骑在马上的克罗克,"你应该用这玩意儿去破纪录,而不是用嘴来说,你不觉得么?"中国英雄好汉的故事对唐老亚产生了影响,所以在他的梦境中,修建铁路的华工与梁山好汉融为一体。而在小主人公的梦境中,美国严酷的种族歧视社会环境也得以投射:"铁路华工所做的贡献并没有被白人老板们提及,因为在铁路修建完毕的庆功会上,受到表彰的都是白人,而华工,一个也没有出现。"

通过唐老亚色彩斑斓的梦境,读者可以窥见他逐渐摆脱美国主流话语错误导向的深层心理转变。因为梦醒之后,唐老亚仍坚定不移地认为,华裔先辈们在美国修建铁路的这段历史被歪曲了,那个自以为是的白人老师敏莱特和美国教科书都把这场爱尔兰工人与华工筑路速度较量的胜利归于爱尔兰人。偷放华裔英雄纸飞机事件促使唐老亚了解到中国文化的英雄传统与白人学校所讲授的华裔历史的差异。华裔英雄故事对唐老亚的激励使他内心对自身族裔文化产生了强烈的认同感。这一经历成为华裔少年成长历程的一个重要里程碑。

作者通过描述唐老亚逐渐对中国文化中英雄传统的认同来呈现华裔少年族裔意识觉醒的心路历程。经过华裔家庭的中国文化教育,小主人公已经有了初步独立思考和分析问题的能力,从而为其逐渐摆脱对美国白人学校教育的误导奠定了基础。偷放华裔英雄纸飞机那晚,唐老亚了解的华裔历史与美国主流历史教科书上所说的有很大差异,梦境中的华工表现出的梁山好汉的英雄气概令唐老亚久久不能忘怀。因此,唐老亚便有了强烈的渴望去查证美国华裔的真实历史。于是,他和好友阿诺德去图书馆查证历史资料,结果印证了他梦中显现的华工修建铁路的历史。而另一个事实也得到了印证:"没有一个中国华工名字。我们破了纪录,却没有我们任何一个名字。没有任何一个字记录了是我们铺就的最后一根枕木。"这里,唐老亚使用"我们"一词,显然,他已经从心理上完全认同自己的族裔身份并为华裔先辈们对美国所做贡献的历史被抹杀而气愤。之后,纸飞机上的李逵和他的梁山好汉兄弟们又不断地进入唐老亚的梦境,及时雨宋江告诉他:"如果这个世界对诚实公正的人不公的话,那你决定反叛时一定要来找我。"根据弗洛伊德的心理分析理论,唐老亚的梦境是他对现实世界的一种心理投射。由此可见,唐老亚已经由一个对中国文化嗤之以鼻的少年成长为一个有强烈族裔意识的华裔少年,他潜意识里已经具有反叛美国种族主义的心理。真实史料的查证使得华裔少年回归到自己真正的精神家园——中国文化英雄传统,而不是那些嬉皮士式的踢踏舞演员。这时,成长小说中重要的角色——少年成长的正面引导者、唐人街春节戏剧表演关公的扮演者——唐老亚的父亲唐·金,又进一步推动了他的成长进程。唐老亚的父亲对他说:"你现在已经知道真相了。是真相到你梦里来找到你,你又在图书馆印证了这个事实。你知道什么是真实的了,但一旦知道真相,你的生活就变得困难了,孩子,你需要做出选择。"就像《风中奇缘》中柳树老奶奶代表的印第安文化的智者一样,唐老亚的父亲就是一个代表中国文化的智者,他富有哲理的话语是对唐老亚的重要启蒙:"12岁的华裔少年是该自己学会思考、辨明是非的时候了。"这时,唐老亚突然发现,父亲的眼神与唐人街家家供奉的勇敢与正义化身——关公像的眼神一模一样。唐老亚把梦境中的英雄关公与现实中的父亲联系起来,这说明他已经完全领悟了父亲对他的启迪,感受到父亲的睿智与伟大。经过两次成长顿悟与父亲的引导,唐老亚已经不是从前那个不谙世事的少年了,他时常会缠在伯父或父亲的身边,让他们给自己讲关于中国文化的故事。以前对中国节日极其厌恶的他,现在却兴高采烈地参与到新年的舞狮队伍中。当课堂上白人教师又在歪曲历史事实、贬低华裔时,唐老亚挺身而出,义正词严地与白人历史老师争辩:"敏莱特先生,你说我们被动!没有竞争意识?这不是事实。是我们炸通了萨米特隧道,是我们顶着严寒在内华达高山上劳作了两个寒冬。我们为拖欠薪酬而罢工,中国工头为他们的工人罢工,而最终我们赢了。是我们创造出一天铺十英里铁路的世界纪录,是我们在普莱米特里铺上最后一根枕木。而你们这些白人却把我们排除在历史照片之外。"至此,华裔少年唐老亚俨然成长为捍卫华裔族群权益与尊严的斗士。

尽管赵健秀的《唐老亚》是一部成长小说,但是作者并没有照搬欧洲传统的成长小说模式。华裔少年独特的成长经历使作品具有了意识形态功能:小说中,主人公两次顿悟式的成长,使他从一个不谙世事的孩子成长为一个向往中国英雄文化传统的华裔少年。面对困境,华裔小主人公并没有像马克·吐温的笔下的哈克贝利·芬或杰罗姆·大卫·塞林格小说《麦田里的守望者》中的霍尔顿·考尔菲德一样,在其成长的过程中面对现实世界产生幻灭感和失落感,从而采取逃离现实世界的方式。在赵健秀的作品《唐老亚》中,在代表着中国文化智慧的华裔长辈引导下,华裔小主人公最终冲破美国白人种族主义教育的误导,最终在课堂上勇敢地站出来质疑白人教师所讲的错误历史,从而实现了其心理上的成长与对自身族裔文化身份的认同。因此,赵健秀的反传统华裔成长小说通过描叙华裔少年独特的成长环境和成长轨迹而使其作品具有了批判美国种族主义的话语内涵。

(三)童真的视角与深层意蕴

由于成长小说一般是以作品中小主人公的视角来讲述,因此小说通常会显得轻松活泼但缺乏深刻内涵。然而,在面对纷繁复杂的现实生活时,儿童天真无邪的视角往往能更好地反映出一个社会的真实面貌。美国华裔作家劳伦斯·于的小说《龙翼》就是在小主人公充满童真叙事的表层文本下蕴含着对当时社会所存在的种族主义问题的反思。小说以一个华裔男孩的成长历程为线索,通过小主人公童真的视角,真实地呈现出当时社会背景下美国华裔族群的生活现状,以及华裔作家对中西方文化超越种族偏见、和谐相处的美好愿望,因而这一华裔成长小说表现出一般西方传统成长小说不具有的话语功能。《龙翼》取材于一个叫冯求杰的华裔工程师于1909年在美国奥克兰首次试飞自制飞机的历史事件。小说讲述了一个8岁的中国男孩李月影远渡重洋与父亲团聚,并见证父亲李乘风实现制造名叫"龙翼"飞机梦想的故事。小说以一个华裔儿童的叙述视角展开故事情节,让读者透过孩子纯净童真的眼睛看到当时美国真实的社会现状,也使读者一起见证了华裔小主人公在美国的逐渐成长。在小说的前言中,劳伦斯·于明确地表明了自己创作《龙翼》的动机:作为华人移民的第三代,他深切地感受到华裔后代对自己祖辈历史及文化认识的不足,不知道他们在充斥种族歧视环境中的挣扎与困惑。因此,作为华裔的后裔,劳伦斯·于迫切地想写一本关于早期华人移民在美国奋斗的作品,以此来重现被美国主流社会掩盖的华裔历史。所以,在了解大量有关华人移民的史料和中国文化之后,作者创作了这部小说。因此,读者透过充满童真的表层文本,能清楚地感受到作品蕴含着对美国主流话语书写历史的反拨以及不同文化之间相互交流与尊重的美好愿望。

《龙翼》一开始就以八岁的华裔儿童月影的视角将读者带入了1903年美国旧金山的唐人街:

小商贩们的肩上挑着沉重的扁担,两边各有一个篮子。里面有的装的是蔬菜,有的是炸糕,还有的是糖果或玩具。他们的担子看起来很沉,洋鬼子的马车一过来,他们就得笨拙地躲闪,以免被马蹄子踢到。而赶马车的洋鬼子还是大声地对他们骂一些他们听不懂的话。

透过小主人公月影纯净童真的眼睛,作品向读者呈现出两个完全不同的世界:一个是温暖的华裔社区;另一个则是充满敌意的白人世界。初到美国,在三藩市入境检查站白人对他们的苛刻盘查令月影记忆犹新:

我心里害怕极了,月影回忆道。因为就在几年前,洋鬼子们就破坏了他们自己制定的法律，不让两万多他们以前的客人重新入境。这还不算那些第一次入境就被赶回来的。看来洋鬼子们下定了决心想减少金山唐人街的华裔。

通过月影孩子气的叙述，作者自然而然地使读者了解到美国《排华法案》的历史。跟随着小主人公的视角，作者又展示出一个因美国《排华法案》而变成的"单身汉社会"：

我看到唐人街的小镇，看上去与广东老家的镇子差不多……街道很窄，两边是杂货店、中药店、服装店和洗衣店……但是在街上没有女的，我看到的都是男的，熙熙攘攘的男人。也许唐人街的女人们都被锁在大楼的房子里面了。

刚到美国的月影对华裔在美国的处境还不了解，所以他天真地以为唐人街的女人们都被男人锁了起来。作者把月影到达美国初期的背景设定在美国排华浪潮的高峰期，那时大批美国白人把经济的不景气和他们的失业归罪于华裔，他们认为是华裔抢了他们的饭碗，赚走了他们的钱。所以，甚至有些激进的白人青年袭击唐人街的华裔，捣毁他们的店铺。于是，通过月影所目睹的一群白人暴徒袭击他家的洗衣店，使读者真切地感受到一个对华裔充满敌意的白人世界：

那时，我们都听到了玻璃窗震颤的声音。叔叔走下楼梯，左边的玻璃已经碎了，玻璃碎片散落一地。当砖头飞进来时我正好在窗户右边，我盯着落在干净但已破旧的木地板上的那块砖头和散落在我脚边的玻璃碎片。我能听到外面的嘲笑声和大叫声，过了一会儿，我又瞥见一帮由于仇恨和残暴而扭曲的红脸和白脸在嚎叫。一大群洋鬼子在我们店铺的大门外不停地走来走去。我听不懂他们在喊什么，但他们的意图很明显，他们想搞破坏。看着那一大群人就好像看到了人类灵魂中最肮脏的部分。爸的脸红了，他的拳头不停地攥紧又松开。拍手叔叹息道："也许他们一会儿就折腾累了。"

透过月影的眼睛，读者仿佛亲身经历了那场暴乱，感受到在面对种族暴力时，一个华裔孩子受到的心理冲击和长辈们的无奈。虽然白人的暴行令月影震惊，但唐人街华裔社区却给他带来无限的温暖。在他刚到美国那天，唐人街的大伯、大婶们便纷纷来看他，还给他带来很多的礼物。家族的长辈亮星伯虽然很威严，但对他却很和蔼。亮星伯在管理洗衣店之余教月影学说英语，以便他日后能够在"洋鬼子"的地盘上更好的生活。作为第一代到美国的华人移民，亮星伯的经历对于月影就像一个传奇：他的手由于当年在加州的河流里淘金已变得麻木了；他的左手食指也由于在修铁路隧道时的一次事故受伤变形了。在1906年美国旧金山地震引起的大火烧毁了唐人街后，是亮星伯领导大家与美国当地官员据理力争，使得华裔能在原址重建家园。所以，亮星伯这个人物就是月影成长历程中正面、积极的引导力量，另一个对月影成长起积极作用的长辈就是他的爸爸乘风。乘风接受过良好的教育，擅长机械制造与维修，他总梦想有一天能造出自己的飞机。当他从报纸上

得知莱特兄弟试飞他们制作的飞机获得成功的消息,他自己制造飞机的想法越发迫切了,月影看得出父亲的落寞与不甘:

"报纸上就是这么说的。一对叫莱特的洋鬼子兄弟驾驶着自己的飞机。"父亲不停地嘟囔着,"洋鬼子能做的,我也能做到。"父亲的眼神越来越深邃。

父亲不仅以自己的行动给儿子树立了积极向上的好榜样,还时常鼓励月影树立崇高的理想。洗衣店的亲戚们常送给月影一些日常用的小礼物,而他父亲却送给月影一个风筝,意在鼓励月影要像风筝一样志存高远:"别人送给你东西是为了你的身体,我送你东西是为了你的灵魂。"

华裔长辈对月影的正面引导使得他能够健康成长。月影不但聪明好学,而且吃苦耐劳。因家里开洗衣店大家都很忙,长辈们都不娇惯他,而是让他帮忙做一些力所能及的家务:

早晨四点左右,我起床帮白鹿姨生火做饭,然后再赶去唐人街学校上课,而晚上从学校回家后,吃完饭我还得洗碗和做其他的家务,然后再做功课。

尽管这样劳累,月影还是感到非常幸福,因为大家都把他当作一个大人来看待,而不再是个孩子。就这样,月影在家教严格又不失温馨的环境中快速成长,最后还成为父亲制造飞机的好帮手。当父亲为了集中精力制造飞机和月影搬到唐人街外面的一个白人废弃不住的公寓时,月影为了不影响父亲工作,主动承担起家务,并在课余时间做了一份送报纸的工作。

生活在充斥种族歧视的美国社会令华裔小主人早早地就意识到华裔在美国艰难的生活处境,这在一定程度上对于他的成长起到了促进作用。与此同时,小主人公的童真视角对于真实再现华裔在美国的奋斗历史、打破白人主流社会对华裔的消极印象也起着重要的作用。

此外,小主人公月影的成长不仅限于了解华裔历史,帮助家人做家务,还在帮助父亲制造"龙翼"飞机的过程中,月影通过与外界的接触,对中美文化有了更深入的理解,从而实现了他思想上的飞跃。

小说伊始,由于美国种族主义大环境的影响,月影在很长一段时间里对白人世界充满了厌恶感,因而在月影的眼中,女房东惠特洛小姐"大概有十英尺高,皮肤发蓝,而且脸上长满了疣……"而惠特洛的侄女"头发火红,看起来真像一只狐狸精"。而他对惠特洛小姐招待他们的食物也充满了抵制心理,"那牛奶看起来像牛尿,有一股怪怪的油脂味,姜味面包看起来像魔法药,吃了肯定会让人变成癞蛤蟆或什么别的东西"。由此可见,美国种族主义大环境给华裔小主人公心理留下了难以磨灭的阴影,以至于他对于任何白人、甚至对他们持有善意的白人，也都心怀芥蒂。不仅如此，月影对于任何美国白人的东西也都厌恶有加。在缺乏相互交流沟通的情况下，月影对整个白人社会的负面看法很长一段时间里都难以改变。但随着与惠特洛小姐的接触日渐增多，月影对惠特洛小姐的好感日益增强，月影的心理变化可以从他对惠特洛小姐的印象改变中看出来。月影逐渐觉得，"虽然她长得像洋鬼子，穿的衣服和说的话都令人讨厌，但在她内心深处有一股善良劲，待人和蔼又耐心，并且能坚持正义"。因为房东惠特洛小姐对华裔丝毫没有种族歧视，而且人又好，因此月影越来越愿意与她接触、聊天。而且当月影给他解释"龙"在中国的含义时，他发现惠特洛小姐非常愿意了解中国文化，并不固守自己原来西方教育给予她的看法。所以当月影告诉她大多数龙都是造福人类的好龙，只有极少数是恶龙时，她对中国人对于龙的崇拜有了新的认识，也明白了为什么月影父子要把他们制造的飞机命名为"龙翼"：

也许关于龙的含义是介于中国和美国两个版本之间，他并不都是好的，也并不都是恶的。他只是与自然和谐共存的一种生物。所以，就像自然一样，他可能非常非常和蔼，也可能非常非常可怕。如果你爱他，你就会接受他。否则，他就会摧毁你。

另一个白人邻居阿尔及尔也因为月影父亲乐于助人而对华裔有了新的认识。当他因汽车出现故障而束手无策时，月影的父亲主动过去帮忙。但阿尔及尔不相信一个中国人会修理汽车，因此不让月影的父亲动他的车。尽管如此，乘风还是坚持帮他检查故障。当乘风替阿尔及尔熟练地修好车并拒绝收钱时，这个白人非常惊讶和自责，他对月影父亲的态度由不屑转为友善，并递给乘风一张名片，告诉乘风如果愿意的话，可以随时到他那里工作。此后，阿尔及尔真的履行了他的承诺，为"龙翼"飞机的制造提供了物质上的保障。通过白人邻居阿尔及尔对月影父亲由排斥、不信任到接纳和主动提供帮助的态度转变的描述，作者旨在说明：通过相互交流，不同文化的人们可以彼此建立信任，消除误解。月影生活中发生的这一系列事情使他对美国白人也有了新的认识，而美国白人也对中国人有了更多的了解。尤其是惠特洛小姐，通过与月影父子的接触，她对中国文化有了更多的了解，她和她的侄女在中国新年时也贴上对联和灶王爷的画像，和华裔一起庆祝新年。在1806年旧金山的地震和大火中，月影父子从大火中救出惠特洛小姐，还帮她找回了自己丢失的财物；在月影父亲制造飞机的过程中，惠特洛小姐帮助月影的父亲邮信给莱特兄弟，以获得技术上的帮助。最终，在1809年的一天，月影父亲的双翼飞机终于试飞成功。

"龙翼"飞机制造成功得益于不同文化背景的人们相互交流与沟通并最后建立理解与信任的结果。很明显，制造"龙翼"飞机的历程具有深层的寓意，即向读者展示了不同文化的人们展开相互沟通的翅膀、冲破种族歧视壁垒的美好景象。而随着制造"龙翼"飞机这个过程中发生的事，华裔小主人公也逐渐从种族主义阴影下走出来，对美国白人世界有了全面的认识。从某种意义上来说,月影的成长也伴随着周围白人(如房东惠特洛小姐)的成长。在小说的末尾,月影父亲与惠特洛小姐之间的对话寓意极为深刻:

在中国的夕阳也这么美吗?惠特洛小姐问道。

是的,一样美丽,世界各地的夕阳也一定都一样美丽。

英国思想家伯特兰·罗素说过:"过去的历史已多次证明了不同文化对促进人类文明的发展的巨大作用。希腊学习埃及,而罗马模仿希腊,阿拉伯借鉴罗马帝国,而中世纪的欧洲又仿效阿拉伯。而文艺复兴时期的欧洲又借鉴拜占庭帝国的文化。欧洲在其发展过程中吸收了多种文化传统,因而极大地丰富了自身的文化。不同文化应该和谐共存而不应互相伤害,应该携手进步而不应该相互冲突。"小说《龙翼》正是通过一个华裔少年的童真视角及其成长历程,向世人,尤其是向美国带有种族主义偏见的白人,表达了不同文化和谐共存的美好心愿。

从总体上来看,华裔作家创作的成长小说是对以欧洲白人为标准的华裔美国文学中的成长小说的背离,华裔成长小说中所体现出的价值评价标准使成长小说这一传统文类具有了独特的话语意蕴。通过展示华裔族群少年独特的成长环境和成长轨迹,作者旨在揭露美国主流社会对华裔族群的种族偏见少年成长的影响。因此,透过华裔成长小说的表层文本叙述,读者可以感受到华裔作家对当时社会的批判与反思。因而,华裔反传统成长小说也成为华裔美国文学批判现实主义文学话语中的一种重要表达形式。

第二节 华裔美国文学的经典化之路

华裔美国文学伴随着多元文化主义思潮的发展,其话语形式经历了一系列的变化,但从总体来看,其最终目的都是试图通过文学创作争取在美国社会的话语权,并获得主流社会的认可。文学作品获得广泛认可的重要标志就是成为文学经典。总的来说,一部作品是否能成为经典必须经过时间的检验。但从历史的角度来看,文学经典的形成与文学自身艺术品质、文学接受以及文学史书写等因素密切相关。因此,当代文学研究者也应该从文学经典化的角度来研究华裔美国文学的话语流变。华裔美国文学的经典化过程面临来自西方传统文学经典以及文化和意识形态等多方面的压制,因此研究西方传统文学经典建立的标准与当代文学经典化的影响因素,有助于揭示华裔美国文学创作中存在的"边缘书写"的话语局限性及其走向文学经典的漫长之路。

一、文学经典化与华裔美国文学"边缘书写"的话语局限性

（一）文学经典与经典化

一直以来文学经典化都是文学批评界所关注的议题。对于文学作品经典的界定，可以追溯到柏拉图和亚里士多德提出的文学理论及对史诗和悲剧的界定。而根据《牛津英语文学手册》的定义："'文学经典'是一部被认为属于它那个种类中的顶级或卓越的作品，因而是标准，适合被当作典范或模仿。"但是，这一定义对于"顶级或卓越"的标准并没有明确的解释。由此可见，西方文学经典的最初建构是以一种自然的方式进行的，并没有外在的社会意识形态作用其上。关于"经典"一词的英文译法主要有两种：一种是 classic，《牛津英语词典》对其的解释是"一流的，最高级的，被证明是典范的、标准的、第一位的"，但 classic 一词特指用古希腊或拉丁语写作的第一流作者和文学作品。因此，西方文学经典在最初是与"古典"联系在一起的。古典作品因其时代久远，蕴含先哲的睿智和丰富的历史内涵，因而世代传习，备受尊崇。这一意义上的文学经典被认为是经得起时间考验的，并且是不含政治利益的，具有普遍性和永恒性。另一种英文译法是 canon，也是现代文学经典所常用的译法。它最初源自希腊文 kanon，是"芦苇"和"直棍"的意思，后演化成"尺度""规则"和"标准"之意。公元 1 世纪基督教出现后，"经典"逐渐成为宗教术语。公元 4 世纪，该词开始代表合法的经书、律法和典籍，与《圣经》中的新、旧约以及教会规章制度有关。因而，从"经典"一词的词源及其发展的脉络就可以看出现代文学经典建立的轨迹，即其具有一种权威性和准宗教的社会功能。在当代西方文学经典论争中，其焦点实际上就是具有 classic 含义的文学经典论与 canon 蕴含的文学经典论之争。持古典普适性文学经典论的学者认为，成就一部文学经典的不是来自外部的评论褒奖或大学课堂上的讲解和推广，而是一代又一代读者从作品的阅读中获得愉悦感和精神上的启迪，作品因此得以代代流传，成为文学经典。但强调经典意识形态意义的批评家则认为文学经典是在政治语境中被阐述的，因此任何经典的建立都必然会受到主流社会意识形态的影响。

在 20 世纪六七十年代，随着西方多元文化主义思潮的兴起，各少数族裔开始质疑西方主流文学经典。他们发现，所谓的西方主流文学经典几乎都是已故白人男性作家的作品，作者的阶级、种族和性别身份等因素成为影响文学作品能否成为经典的重要标准。于是多元文化主义的倡导者认为，文学经典应该代表真正的社会多样性和更宽广范围的文化遗产，应包括先前被排除在文学史和主流文化教育体系之外的作家作品。由此，传统文学经典的"自然形成"机制开始遭到质疑。自 20 世纪 60 年代以来，作为文化表征的文学经典受到少数族裔政治的多元文化主义、女性权益诉求的多元文化主义以及全球化背景

下的多元文化主义思潮的冲击,从而形成了一场声势浩大的反"西方正典"的新文学经典化的论争。在这场论争中,种族、阶级、性别以及民族、宗教等社会因素成为文学经典化探讨的重要议题。进入20世纪90年代以来,随着经济全球化的浪潮,文化全球化导致人们在对文化认同上产生了"多元性"和"自由性"倾向。人们对文化多元的接受使得许多少数族裔文学能够进入大学课堂。同时,代表少数族群及女性等"边缘群体"的作家越来越得到人们的认可。

在20世纪风起云涌的多元文化主义思潮影响下,美国各少数族裔文学得到迅速发展。然而美国主流社会对少数族裔文学一定程度上的接受,实际上是以表面上的文化多元来消解社会矛盾的尖锐冲突性。但美国黑人文学在各少数族裔文学中成就显著,在其发展过程中,有贝克、盖茨等一批黑人文学理论家为美国黑人文学开创了自成体系的"黑人美学"理论,并且黑人文学作品中蕴含着丰富的黑人历史与文化积淀,这对传承黑人文化、凝聚整个黑人族群具有积极意义。而与之相应的华裔美国文学虽然近年来发展迅猛,但在其兴盛的表象下,却隐藏着"边缘书写"的话语局限性。

(二)华裔美国文学"边缘书写"的话语局限性

华裔美国文学创作中,一直存在着"边缘书写"的话语倾向。这里所说的"边缘书写"主要是指作家的主观创作心态,即在其作品书写中"自我边缘化"或"自我东方化",以吸引西方读者的关注。这种倾向在第二代华裔作家作品中已初见端倪。美国的公立学校教育推行的价值观为那些在美国出生的华裔在同化过程中起到了关键性的作用。因而在他们的作品中,族裔背景及其文化属性成为他们极力摆脱的重负。在他们的作品中,以华裔父母及家庭为代表的中国文化观念被描述成传统、落后、令人压抑而被边缘化或遗弃。如刘裔昌在其自传体作品《父亲和荣耀的后裔》中回忆他与被描述成封建家长式的父亲反目而离家出走;黄玉雪的《华女阿五》中则重点叙述她在好心的白人夫妇帮助下通过上大学逃离了令人压抑的家庭并获得事业上的成功;李金兰自传体小说笔下的华裔女孩则不顾父母的反对而与白人男友私奔。这种对本族裔文化价值的否定性描述和对美国社会的理想化描写,使他们的作品备受美国主流读者的欢迎。但其作品的成功很大原因在于其"模范少数族裔"的话语迎合了美国主流社会的喜好,而不是因其文学价值。在因20世纪60年代民权运动而兴起的多元文化主义思潮影响下,华裔美国文学创作开始以不同的写作策略来表述其族裔文化诉求,华裔文学"边缘书写"的状况有所改变。然而,受中美双重文化影响的美国华裔作家,在中美文化的抉择上还是倾向于美国文化。进入20世纪70年代以来,华裔美国文学界涌现出一大批作家,如李健孙、任璧莲、黄哲伦等,同时一些老作家如汤亭亭、赵健秀及谭恩美等也不断推出新作。但是,在华裔美国文学欣欣向荣发展的表象下隐藏着阻碍其走向经典的各种因素。华裔文学创作中浓郁异国特色的"中国故事"有明显迎合西方读者"期待视野"之嫌；如果华裔文学只是被看作边缘族裔"他者"文学的话，那么华裔文学进入经典之列也只是一个虚假的幻象，在这个表象下掩盖的是美国文化霸权的实质。实际上，华裔美国文学中的"边缘书写"话语与西方白人作家作品中对中国的"东方主义"式的描述话语别无二致。在文化呈日益多元化的今天，华裔作家若再秉承"边缘书写"的写作模式，必将对华裔美国文学成为真正意义的文学经典具有很大的负面影响。实际上，许多华裔作家公开声称自己是美国公民，他们所写的是美国故事，宣扬中国文化并不是他们的职责。这本来也无可厚非，每个人都有选择自己文化价值观的权力。但是为中外广大读者所熟知的华裔美国文学作品基本上都是以中国历史或文化为背景的，他们笔下的中国大都是过去的中国，他们所着力呈现给西方读者的中国文化也基本上是一些现代中国社会所摒弃的封建残余。不仅本书上述提及的早期华裔作品，近年来华裔作家的作品中也频频出现类似的有意"边缘书写"，如黄哲伦的《蝴蝶君》、谭恩美的《百种神秘感觉》以及张邦梅的《小脚与西服》等。在世界各国交流日益顺畅的今天，一些华裔作品仍然迷恋于描绘愚昧落后的旧中国，这明显属于有意识的"边缘化"写作。正如华文作家陈若曦所说："如果我们略微检查一下华裔作家崛起美国的原因，不难发现，除了掌握语言和写作技巧外，最脍炙人口的还是作品中的中国因素……文化在作品中的呈现是多方面的，优良传统往往不如奇风异俗来得引人注目……不少作品涉及哗众取宠的辫子、小脚等等。"

由于中美存在文化和心理等多方面的差异，加之地域的局限性，使得两者在很长一段时间缺乏相互沟通和理解，这一状况在当今多元文化的语境中依然存在。至今许多美国读者和文学评论家还倾向于把华裔美国文学作品视为了解中国社会及文化的社会学、人类学文献，而不是文学作品。从黄玉雪《华女阿五》自传体小说备受推崇，到汤亭亭的《女勇士》被当作自传类作品而非文学作品的案例中，可以看到美国社会对华裔美国文学狭隘的偏见长期存在，这种现象的存在对身处美国主流文学边缘境地的华裔美国文学的经典化产生了很大的挑战。因此，在华裔美国文学欣欣向荣发展的表象下，研究者还有必要厘清一些问题，即其文学创作是否为主流文学市场机制所左右？其以多元文化代言人身份的文学创作（虽然一些作品已为美国主流社会所接受并被列入大学课程）能否代表华裔族群的心声？如果华裔文学只是被白人主流社会看作是关于"他们"的文学，从而美国人得以从中欣赏到多元文化的奇特风俗及景观，那么所谓的华裔美国文学进入经典之列只是一个虚假的幻象。在这一表象下掩盖的是美国的文化霸权。在日益多元的社会文化背景下，华裔作家的跨文化身份为其写作提供了丰富的素材和独特的视角，但是无论他们认为自己如何美国化，华裔作家仍然被视为中国文化的代言人。因此，华裔美国文学中的"边缘书写"话语强调中国文化的奇异与落后，也许可以博得西方人的猎奇心理，却无法赢得他们的尊敬。因为那些华裔作家自己无意中把自己放在了一个被注视、被观赏的地位上了。

二、价值重估——尼采美学的启示

进入20世纪之后，随着多元文化主义思潮的不断发展，人们对以西方主流文学为主体的文学经典提出了质疑。多元文化主义者认为，文学经典应该更多地代表不同社会群体的诉求及其文化遗产，因而在西方社会出现了捍卫传统文学经典与修正拓宽文学经典之争。来自不同少数族裔群体的作家都力图通过文学作品表达自身的文化和政治诉求。

对于文学经典化的策略问题，中外学者一直各持己见。如中国学者聂珍钊认为，文学经典化的形成可从"阅读、阐释和价值发现"这一模式得以实现。聂珍钊对于文学经典化的观点偏重强调文学的社会功能；而另一位中国学者刘象愚则强调文学经典"内涵的丰富性，实质上的创造性，时空的跨越性，无限的可读性"。英国新批评文论的代表人物托马斯·斯特尔那斯·艾略特则指出，文学经典"意味着那些文学形式和作品被一种文化的主流圈子接受而合法化，并且引人瞩目的作品，被此共同体保存为历史传统的一部分"。艾略特的观点表明，经典不是孤立的文化现象，而是渗透着权力的运作。美国学者哈罗德·布鲁姆则强调文学作品的美学力量。布鲁姆认为，作家及其作品成为经典的原因在于"陌生性"。布鲁姆指出："一部文学作品能够赢得经典地位，是由于作品有一种我们完全认同而不再视为异端的原创性。"此外，布鲁姆还提出另一个标准：神性和人性的爱恨纠葛。但是，无论是陌生性还是神性和人性的爱恨纠葛，都带有明显的西方文化和价值观的立场，因而难以成为世界文学所共同接受的文学经典化的标准。综上所述，单纯的审美本质主义或政治、经济、意识形态等外部因素都很难界定文学经典的本质。尤其对处于美国社会边缘境地的少数族裔文学而言，其文学作品的经典化不仅需要关注特定阶段与时代的文学规范与审美理想，还涉及文化权力之争，即少数族裔群体文化表征的话语权。文学经典的论争在一定程度上是文化战争的一部分，它是"民粹主义与精英主义、经典的监护人与差异的信徒，以及绝对的白人男性与被不公正地边缘化的人们之间的白热战"。德国著名哲学家尼采基于其酒神精神所提出的权力意志美学具有强大的解构性与建构性，其深厚的哲学蕴含和系统的美学思想可以为华裔美国文学的经典化予以积极的启示。

（一）尼采美学思想所蕴含的解构性与建构性

尼采的哲学思想寓于其美学理论之中，而其美学的思想内核就是酒神精神。在其著作《悲剧的诞生》中,尼采借用希腊神话中的日神阿波罗和酒神狄奥尼索斯两个形象来比喻艺术形成和发展的两种根本力量。日神是光明之神,它的光辉使得世间万物呈现出美的外观。所以,日神精神表征为一种超现实的梦幻精神,它使人沉湎于外观的幻觉,以美的面纱掩盖人生的悲剧本质,将人生当成梦境去观赏,而不去追究世界和人生的本真面目。酒神源于古希腊神话中的神祇狄奥尼索斯。狄奥尼索斯为水果、蔬菜之神,主管世间的酿酒和制糖事业。虽然随着四季轮回,果蔬会凋敝、枯黄,但其生命生生不息。因而在尼采眼中,酒神是人类意志与力量的化身。尼采的酒神精神打破了美丽表象的幻象,以本真的状态直视人生的悲剧,超越个体苦难的羁绊,追求艺术审美的永恒。此外,其酒神精神以对"意志""生命"的绝对推崇而开创了西方人本主义哲学,并对西方文学后现代的转向提供了理论基础,因而成为其美学的思想内核。

尼采基于其酒神精神所提出的权力意志美学具有强大的解构性与建构性。酒神精神推崇的人生态度是要相信自身是强大的、坚强的,人要勇于面对困难,勇于破坏和创造,要不断超越自我。尼采的权力意志美学提倡艺术的创造力。尼采认为,艺术创造的动力不是源于那种脱离现实的纯粹"美"的理念,也不是苏格拉底式的理性,而是不断追求、不断超越的权力意志。对于尼采而言,理性都受一定的社会规约所限制,权力意志即人生存的意志,其实质是人支配自己和控制未来的意志。因此,尼采呼吁人们应当"重估一切价值,彰显人的个体性,遵照自己的意愿行事,并克服普通人的信念和习俗而成为超人"。尼采把人们的信仰和生活的意义指向"超人"。从某种意义上来讲,尼采的"超人"即是那些勇于打破赢弱的传统价值,不断勇于超越自我的现实生活中的强者。超人哲学是权力意志的产物,也是艺术创造不断超越旧传统、打破旧权威,积极建构自身价值体系的信念所在。

(二)尼采美学对华裔美国文学经典化的启示

尼采美学思想及其蕴含其中的哲学观点颠覆了传统的西方道德和价值观的权威性,表现出后现代主义解构"逻各斯中心主义"的特点。在《道德感之外的真实与谎言》一文中,尼采明确指出:"真理是一支由暗喻、转喻、拟人组成的机动部队,简单来说,人们之间的关系被诗意般地在修辞上加强了,而这些修辞性的表达在长时间的重复中成为对人们有约束力的经典。"很明显,尼采上述话语表现出对于西方主流话语所构建的"真理"的公开质疑。因此,尼采美学思想对长久以来被西方主流话语打压、排斥的边缘群体的创作文学经典化具有重要启示,即被边缘化的文学话语要基于自身文化根基创造新的价值体系,打碎一切偶像,重估一切价值。

华裔美国文学创作从早期的恳求美国主流社会的宽容到后来的抗议歧视,其作品始终处于西方文学经典的范围之外。尤其在华裔美国文学的创作初期,华裔作家多倾向于表达其文化及政治诉求,而作品的审美层面未受到足够的重视,而对于华裔美国文学的相关评论也多局限于文化批评研究。此外,还有一些华裔作家为了迎合西方主流读者对其族群文化的猎奇心理而从事"自我边缘化"的写作。因此,华裔文学作品经常被当作华裔族群的文化标签而加以展示,以彰显美国社会的多元化。这一尴尬的处境会使华裔文学及其文化永久性地边缘化、渺小化、女性化,使其无法在平等的意义上与其他族裔的文化对话,更无法像多元文化的倡导者们宣扬的那样,使各种文化在美国这个号称自由、平等的国度里共生、共存、共同发展。从整体上来看,美国的华裔族群对于其文学创作中的文化价值观和审美观还没有统一的思想理论建构以挑战西方主流文学经典的霸权地位。而尼采美学以其对生命本体对艺术审美的永恒追求以及对"意志""生命"的绝对推崇,对西方传统的话语霸权予以解构,对西方现代文化的批判和对西方价值重估的哲学思想,对处于主流文学边缘境地的华裔美国文学从边缘到中心的经典化努力具有重要的启示作用。其启示就是要对西方现代文化霸权予以批判,并对西方主流价值观进行质疑、重估,对所谓的西方正典所宣扬的宗教观、价值观与审美观等文学经典建立的外部因素予以颠覆,并基于自身族裔文化的特点建构华裔美国文学的价值观和审美观,从而达到解构传统西方文学经典,建构超越西方主流话语束缚的少数族裔文学经典化的目标。在西方传统文学经典及其社会、经济、政治以及文化等因素的制约下,一个新经典的形成注定要经历许多挫折和磨难。然而,新经典的确立就是要在重重限制中打破西方传统文学经典的霸权地位。基于酒神精神的尼采美学思想指出,艺术创造要不断超越旧传统,打破旧权威。带给华裔作家的启示就是:不要消极地等待所谓的超验神灵的解救,也不要诌媚地迎合主流话语,而是要依靠自身的力量,从本民族文化中汲取所需要的营养,要勇于颠覆西方主流社会价值观的主导地位,建立自己新的价值体系。同为美国少数族裔的美国黑人女作家托尼·莫里森在这方面已经做出了很好的榜样。她在自己的文学创作生涯中逐渐认识到少数族裔作家构建自己族裔文学经典的迫切性。她认为构建经典就是构建帝国,而少数族裔文学创作经典化的努力就是保卫其族裔文化及民族尊严,因为无论哪个领域、哪种性质、哪个范围(批评、历史、知识的历史、语言的定义、美学原理的普遍性、艺术社会学、人类的想象等),关于经典的辩论都是文化冲突的体现,所有的利益都有归属。

在华裔美国文学的发展过程中,摆脱西方霸权话语的偏见、构建华裔文学经典的意识早在20世纪70年代就开始显现。自20世纪70年代以来,赵健秀等华裔和亚裔作家群体逐渐在美国文学领域产生一定的影响,他们凭借文学艺术手段,运用新的视角和新的言说方式对华裔和亚裔群体进行表征,从而改变西方白人眼中传统的、刻板的华裔形象,重新确立美国华裔的文化身份。随着华裔文学的兴盛和影响力不断增大,华裔美国文学也在一定程度上改写了美国文学史。自20世纪70年代以来，华裔作家就开始通过编撰一系列华裔和亚裔文学选集作为他们挑战美国主流文学遴选标准的策略，其中比较有代表性的华裔和亚裔文学选集有加州大学洛杉矶分校亚美研究中心选编的《根：美国亚裔读本》，赵健秀和徐忠雄于1974年主编的《哎——咿！美国亚裔作家文集》，以及赵健秀于1991年主编的另一本亚裔美国文学选集《大哎咿！美国华裔与日裔文学选集》。这三部美国亚裔作家文选集中研究、挖掘了被美国主流社会边缘化的亚裔和华裔美国文学作品，从而发出了华裔和亚裔美国作家们被压抑已久的声音，是亚裔美国人向美国文学界发出的"亚裔美国文学的独立宣言"。

多元文化主义的倡导者认为，文学经典"应该代表真正的社会多样性和更宽广范围的文化遗产，应包括先前被排除在文学史和主流文化的教育体系之外的作家作品"。多元文化主义者强调各文化族群文化特性的传承与发展，但这一构想在实施的过程中会受到各种复杂因素的影响。由于中美文化和心理等多方面的差异，加之地域的局限性，使得两者在很长一段时间里缺乏相互沟通和理解，而这一状况在当今多元文化的语境中依然存在。许多美国读者、甚至文学评论家都倾向于将华裔美国文学作品作为了解中国社会及其文化的社会学、人类学文献，而不是文学作品。从黄玉雪《华女阿五》的自传体小说的备受推崇，到汤亭亭的《女勇士》被当作自传类作品而非文学作品，我们就可以看到美国社会对华裔美国文学狭隘的偏见长期存在着，而这对于身处美国主流文学边缘境地的华裔美国文学的经典化提出了很大的挑战。美国华裔作家汤亭亭对美国主流社会强加给她的带有强烈族裔色彩的称谓就感到十分厌恶："'美国华裔作家'这样的名称概念在这个全球化时代也许过于狭窄，因为每个作家都想成为全球化的作家。"

因此，华裔美国文学要进入经典之列，就要摆脱西方霸权文化及其价值观的束缚，彰显本民族文化的优良传统。在文学创作实践中，华裔作家不应盲从西方主流话语制定的文学经典评价标准，而要彰显尼采美学所提倡的颠覆传统西方道德观和价值观权威性的主张，通过文学创作打破西方文化及其价值观优越论的神话，并最终建构华裔美国文学独特的文学审美及文化价值观。

三、普世价值观的诗意表达

（一）文学创作普世价值观的追求

早在1827年，歌德探讨文学的世界性与普适性问题时就曾指出，文学应是全人类共同的精神财富。歌德用"世界文学"来概括整合为一体的世界各民族文学："这是一种要把所有的文学统一起来形成一个伟大综合体的理想，每一个民族在这个世界性的音乐会上将演奏着自己的旋律。"在歌德所处的时代,具有普世价值观的世界文学这一提法还仅仅是一种理想化的设想,但在当今全球化的时代,这一带有乌托邦色彩的概念已逐渐被人们所接受并被作为一种审美标准。自古以来,中国文化也一直重视文学教化天下的功能。受此影响,中国的文人学者都致力于通过人文教育来提高人们的素质,以达到普天下大同文明的崇高目标。其中,以宗白华为代表的中国学者对文学艺术创作的价值做了深入系统的阐述。宗白华认为文学艺术的价值在于"美的价值""真的价值"以及对于宇宙生命的"启示价值"。这种"由美入真,探入生命节奏核心"的文学艺术的价值观充分彰显了超越"小我"的个体关怀到对"大我"的社会关怀和关注的文学艺术创作普世价值观的追求。文学创作中普世价值观的彰显在某种程度上使文学作品具有跨越种族、民族与国界等藩篱的特质。这在一定程度上有助于理解为什么有些作品,如莎士比亚的剧作、艾略特的《荒原》、赛珍珠的《大地》以及曹雪芹的《红楼梦》等作品能够经得起时间的考验,成为全世界共同关注的文学经典之作。

在20世纪初期,以托马斯·斯特尔那斯·艾略特、F. R. 利维斯、诺思罗普·弗莱等为代表的重要文学评论家还坚持认为,遴选文学经典主要应考虑诸如作者、天才、传统这样的理论范畴,文学经典被认为是经得起时间考验的、具有永恒价值的、远离政治利益的。但这种以文学自身的名义评判文学经典的标准,在西方社会普遍存在的"欧洲中心主义"影响下,文学作品中所蕴含的人类普遍价值观被无形地以西方"普遍价值"所取代。因此,20世纪60年代以来,多元文化思潮在学术领域的反映就是对传统西方经典的质疑,多元文化的倡导者认为是作者的阶级、种族、性别、身份决定了他们的作品被包括或排除于经典之列。在当今美国社会多元文化的语境下,文学经典之争通常表现为以"瓦斯普主义",即白种盎格鲁—撒克逊人中的基督教新教徒所信奉的宗教价值观与左翼"彩虹联盟"(由少数人群体话语的批评家、女性主义和一般后结构主义者等组成)主张的文化多元之争。其中,以"彩虹联盟"为代表的多元文化主义者强调多元性、多样性,其实质是对差异性的尊重与承认。从长远的角度来看,"和而不同"才是人类文学、人类文化的发展走向。因而,"彩虹联盟"的代表人物德国哲学家阿克塞尔·霍耐特在其著作《为承认而斗争》中,通过对德国哲学家格奥尔格·威廉·弗里德里希·黑格尔和美国社会学家乔治·赫伯特·米德的社会心理学分析,认为一个和解的社会应是一个自由公民组成的伦理共同体。人类主体的同一性来自主体间承认的经验。主体间承认的方式是友爱、法律和团结,而非强暴、侮辱和对他人权利的剥夺。多元文化主义蕴含对差异尊重的思想以及建构具有多样文化表征文学经典的主张有助于打破二元对立和分等级的价值观,摒弃狭隘的西方文学正典观,并有助于促进回归文学的人文主义传统以及那些在讨论经典时经常被忽视的东西,如文学作品的风格、愉悦以及启蒙方面具有普遍性的审美特质。因此,少数族裔作家的文学作品若想得到广大读者的重视,除了要摆脱西方霸权文化及其价值观的束缚之外,还需要超越狭隘的种族、民族的藩篱而对人及人性有深刻的理解。与此同时,少数族裔作家还应重视文学作品美学的力量,因为文学即人学,是以语言文字为工具艺术化地反映现实生活的媒介,文学作品在彰显其社会功能的同时不能脱离文学的自身艺术审美本质。虽然诸如意识形态力量、文学理论和批评观念对文学经典化的外部因素都不可小觑,但并不能以强行推广的方式令读者从内心深处真正接受某个作品为经典。对于文学创作来说,并不是展现了历史与现实的人文关怀就必然获得成功,其经典化的因素还包括作品的审美品质应达到一定的高度。如果一部文学通篇都是说教式的平淡无奇的语言,那么这部作品根本就不具有审美的魅力,自然也就不会引起读者的阅读兴趣,更不会进入批评家的视野。一部文学作品要以其内容、形式的愉悦性和启迪性相结合才能真正打动读者,而一部缺乏文学性及社会意义的作品,无论意识形态机构和文学评论界如何大力宣传,都不可能成为文学经典。一些观点偏颇、哗众取宠的文学作品可能在特定的社会背景下会暂时吸引人们的注意力,但随着时间的推移,它们必将被人们所遗忘。因此,摆脱以迎合主流权力话语为中心的文学经典建构范式,以文学话语诗意地表达普世的人文关怀应该是文学创作追求的目标。

(二)华裔美国文学普世价值观的诗意表达

从总体上来看,一部文学经典的形成一般受外部因素和内部因素两方面的影响。外部因素主要包括对文学作品的遴选及文学批评的关注;内部因素包括作品所体现的人文关怀、普世价值观以及作品的美学价值。一部真正的文学经典应该是能够代表其民族文学精华而进入世界文学宝库的典范之作,经典鲜明的民族性和地方特色并不是阻碍它作为人类共同精神财富的族群壁垒和疆域界限。因此,从文学本体上看,华裔美国文学具有文学经典的特质,其作品表现出自身独特的跨文化性和世界性因素。然而,在当代华裔美国文学的实际创作中,华裔作家多倾向于表达其文化及政治诉求而忽视作品的审美功能。针对华裔美国文学作品的评论也多局限于文化批评研究。迄今为止,在华裔作家群体中,对于华裔文学作品经典化的写作策略还存在着很大分歧:女性作家倾向于诉诸其女性主义权益,而男性作家则致力于彰显少数族裔男性的尊严。此外,还有一些作家出于商业利益的考量而迎合西方主流读者对其族群文化的猎奇心理而从事"自我边缘化"的写作。因此,在日益全球化的多元文化语境中,华裔美国文学在极力冲破西方霸权话语的藩篱、解构西方正典中宣扬的价值观之外,还应力求超越二元对立的思维范式,在作品中将自身族裔性与文学性有机融合起来,积极借助文学文本的力量来对抗和修正西方主流文化。华裔文学基于自身文学话语独特魅力对美国主流文学的不断挑战，也是对美国文学或文化范畴的不断拓展。在这种话语策略下，华裔美国文学可以以一种更为开阔的学术视野，突出其在多元文化语境中的独特地位，一方面要在一定程度上保留自身的族裔属性，另一方面又不再以"解构与颠覆"为其唯一目标。因此，虽然美国华裔族群所处的边缘化境地使得华裔作家大多在进行"反话语"的对抗性写作，但反西方霸权话语中心地位的目的并不是要走向另一个极端，即狭隘的民族主义。因此，华裔文学创作还要考虑作品的艺术价值及其社会意义层面的价值，要力求反映人类共通的人性心理结构和共同审美心理。文学的审美意识作为认识与情感的结合，它的形态应该是"诗的思想"，即文学话语普世价值观的诗意表达。唯有这样，才能充分激发广大读者阅读文学作品的兴趣和认同感。与此同时，美国华裔作家还要避免走向过多说教或追求纯粹"为艺术而艺术"的极端。虽然文学创作要追求语言文字的优美、情节构思的精巧和人物刻画的形象逼真，但还要达到对生命本质的追问以及道德教化的目的。唯有如此，文学作品才能使读者深入其境，领略作品的艺术之美和对生命意义的追问，从而达到读者与作者心灵的契合。

实际上，当代美国华裔作家一直在寻求颠覆传统西方霸权话语以及追求艺术之美二者间的有机结合，以作品的艺术价值及社会价值来探求人类共同的审美心理和人的共通性，在流变不息的世界中不断探索人类对于真善美的永恒追求，并以此来获得学术界及广大读者的认可。由于深受中西文化的双重影响，美国华裔作家的多语意识和情感使其能深刻地体会跨越国界、民族和种族的普世价值观对于解决错综复杂的文化冲突的现实意义，因而华裔作家创作的独特视角和文化心理可以使其作品融合中国文化传统与域外文化传统，同时又可以很好地整合其心理结构中的中华意识、中华情结以及他们所在国的现实生活。同时，华裔作品中现代美国的现实与中国文化智慧的结合，可以打破中西二元对立的传统思维，为建立人类公认的普遍价值，尊重各民族文化的特殊精神的、全球性的"彩虹文明"给予有益的启示。有着五千多年历史的中国文化，以其博大精深的文化内涵以及富于哲理的思想，以华裔作家的文学作品为媒介，给西方读者以超拔的精神启示和人生的启迪。21世纪以来，一些华裔作家的创作已经表现出一种超越族裔性的普世主义关怀。尽管要实现这样的不同文化之间的融汇性整合会面临很多现实困难，但文学话语的一个主要功能就是要构建一个人类理想的精神家园，一个关于人类共有文化的备忘录。

一部优秀的儿童文学作品就像一粒种子，可以将真善美等人类美好的愿望撒播在孩子们的心田；同样，在成人的世界也需要文学来构建一个理想社会，一个人类心灵栖居的诗意精神家园。中西文化就像人类文明"彩虹"的两端，两者各有其独特的魅力。华裔作家对母国文化的借鉴，在其作品中积极倡导"仁爱和平""群体和谐"等中国文化伦理，就是一种"跨越彩虹"的尝试。华裔作品超越族裔藩篱的普世价值观的诗意表达，打破了中西二元对立的传统思维。这种"和而不同"的文化价值观作为一种美好理想，在当今世界仍然是努力的方向，但是从长远的角度来看，文学经典的界定不应是某个阶级或某种文化权力运作下的产物。虽然不同国家、不同的历史时期会形成不同的文学经典，但是纵观世界文学的发展，能够经得起时间考验的经典作品常常会体现出某种程度的"超越国界"的普世人文关怀，成为文学经典不断发生变化中的永恒。

　　文学作品获得广泛认可的重要标志就是成为文学经典，而华裔文学的经典化过程要面临来自西方传统文学经典以及文化和意识形态等诸多方面的挑战。因此，华裔美国文学要进入经典之列，就要彰显民族文化的优良传统，对人类共同的正面价值，包括对跨越民族、国家和文化的"人类共同性"予以肯定和宣扬。此外，华裔美国文学所体现的对艺术审美的永恒追求，为脱离文学审美过于政治化的倾向，迎合西方主流社会读者期待视野的文学创作开辟了新的发展方向。因此，华裔美国文学对西方主流价值观予以质疑和重估，并以文学话语的诗意表达方式来倡导人类普世价值观，才能创作出具有深层追问和灵魂透视力度的作品，使其成为兼具文学性与社会性、族裔性与普世性的经典之作。

第三章　华裔美国文学中的身份认同

　　西方主流话语下的身份认同问题,一直是华裔美国文学研究的重点,它反映了处在多元文化语境下,华裔对待族裔身份的不同态度。近半个世纪以来,华裔作家为美国文学添上了浓墨重彩的一笔。一方面,流散者的身份使他们身处两种文化的边缘,使其可以凭借他者的独特视角观察并审视多元文化、民族和政治体制;另一方面,华裔身份又是他们苦恼、挣扎的源泉。针对华裔作品中体现的认同观,著名学者王宁一针见血地指出,华裔的民族文化身份日益模糊,介于两种或两种以上的民族文化之间,他们的民族和文化身份就不可能是单一的,而是分裂和多重的。

　　在当今后现代主义语境下,人们对身份的认识跳出了本质主义的窠臼,认为身份是流动的,并非固定不变的。身份认同的流动性在许多美国华裔作家作品中都有生动的表现,我们可以从中看到多元文化从对峙、融合到共存的发展趋势。

第一节　身份认同

一、身份认同理论的基本概念

　　身份认同是学术批评的一个热点问题,不仅出入于文学研究论域,也涉足教育、文化、民族、历史、种族研究,更与后殖民、女权主义等理论深度结合,具有强大的跨学科能力,是一种充满活力的理论话语。与流行于国内的诸多批评术语一样,身份认同这一概念也源于西方批评界。

　　何为身份认同?首先看一下它的词源背景:身份认同是由英文单词 identity 翻译而来,而 identity 一词源自中世纪拉丁语 identitas,它的词根是 idem(the same),意为"同一",identitas 是它的名词形式,identitas 释义为 sameness,而 identity 即"同一"。"同一"这个内涵被现代英语词 identity 继承了下来。各种英语词典尽管对 identity 释义略有差异,但概括起来不外乎三种:①身份;②使某人区别于他人的特点、感情、信念等;③同一,一致。中国台湾学者孟樊在《后现代的认同政治》中讨论了 identity 的中文译名问题:"'认同'一词,英文称为 identity,国内学者有译为'认同''身份''属性'或者是'正身'者。"然而,由于后现代语境下身份与认同紧密相连,加之identity原有"同一""同一性"或"同一人(物)"之意,因此也译为"认同"。但是笔者认为,任何一个译名都偏重identity词义的一个侧面,比较之下"身份认同"这一说法似乎稍显完备。

身份认同关注的问题是:我是谁?我从哪里来?要到哪里去?所以,身份认同是主体自我意识的觉醒,认同问题的核心其实就是主体问题。认同从根本上说是一个主体问题,是主体在特定社会——文化关系中的一种关系定位和自我确认,一种有关自我主体性的建构与追问。

为什么会产生身份认同?用一句话来回答,就是身份认同的产生源于认同危机。一个人在熟悉的环境里,与所在的共同体分享着大体相同的价值观、文化、风俗、思维方式,不会产生身份认同问题,或者说身份认同问题处于一个隐在的位置。这时候,认同就是一种熟悉自身的感觉,一种"知道个人未来目标"的感觉,一种从他信赖的人们中获得所期待的认可的内在自信。"认同危机"的概念最早由美国心理学家爱利克·埃里克森提出,用来指代人在缺乏自我认同感时所感到的混乱和失望。

身份认同是一个含义非常丰富的概念,依据不同的视角可以分为不同的类型。陶家俊把身份认同分为四类:一是个体身份认同。在个体与特定文化的认同过程中,文化机构的权力运作促使个体积极或消极地参与文化实践活动,以实现其身份认同。二是集体身份认同。文化主体在两个不同文化群体或亚群体之间进行抉择。受不同文化影响,文化主体须将一种文化视为集体文化自我,将另一种文化视为他者。三是自我身份认同。强调自我的心理和身体体验,以自我为核心,这是启蒙哲学、现象学和存在主义哲学关注的对象。四是社会身份认同。强调人的社会属性,是社会学、文化人类学等研究的对象。我国学者王成兵认为,身份认同的核心问题即为"主我"与"他者"的关系,以"我"为原点审视自我与周围他者的关系,认同是在这关系中确定"我"的位置感和归属感。笔者认为,这些分类关注的都是认同的主体,而从认同的内容来看,还可以分为政治认同、国家认同、民族认同、性别认同、文化认同、宗教认同等;就认同的方式来看,还可以分为语言认同、区域认同、身体认同等。然而,这些划分其实都是人为的。实际上,一个人的认同有时候无法严格地区分到底是哪一种认同,因为一个人在社会中扮演的角色绝对不是单一的,而是一个集社会角色于一身的复合体。所以一个人或一个群体的认同也是多重认同的融合。换句话说,认同本身具有多元性,认同从来就不是一种单一的构成,而是一种多元的构成。

二、身份认同理论的重要意义

人们为什么要进行身份认同?身份认同的必要性在哪里?如美国学者曼纽尔·卡斯

特所言:"认同是人们经验与意义的来源。"著名社会学家齐格蒙特·鲍曼则认为:"'拥有一种身份'似乎是人类最普遍的需要之一。"身份认同是人类的一种基本需要,在对自我主体的叩问和建构中,人们找到自我在社会中的定位和价值,同时满足自己心灵上的归属感和安全感。从形而上的意义来说,这是人类自我意识的觉醒和体现;从现实的角度来说,人只有在构建合理的身份认同前提下,才能有效实现自己的现实目的,满足自我价值感的心理需求。可以说,身份认同是人采取种种行为的最深层次的动机之一。

身份认同是一个主体问题,西方世界很早就开始了主体的反思,柏拉图在古希腊时期就提出要"认识你自己"。欧洲启蒙时期笛卡尔的名言"我思故我在"肯定了人的思想在建构主体意识的重要作用,人的自我身份几乎等同于人的思想。德国哲学家格奥尔格·威廉·弗里德里希·黑格尔在《精神现象学》中提出启蒙主体的发展路径:意识、自我意识、理性、精神、绝对精神。启蒙主体观高扬理性,认为认识是以自我为中心的一个统一体。以社会为中心的身份认同则强调各种社会力量和社会经验对自我存在的决定性。马克思认为生产关系才是个人身份的决定因素;后殖民主义、新历史主义、女权主义也纷纷强调社会、经济、权力、政治等因素对身份建构的影响。自尼采以来,相对主义大行其道,解构主义理论进一步加深了主体认识的危机,身份认同进入后现代去中心阶段。

心理学领域对于身份理论的丰富和发展做出了巨大的贡献。精神分析学的先驱弗洛伊德开创了一系列与人格和心理发展有关的认同理论,他用"认同过程"指儿童感情上或心理上与周围关系密切的人的趋同过程,或者儿童吸收父母之中某一位的品格特征而形成自己人格的过程。弗洛伊德在使用这一概念时,是作为一种病理性防御机制探讨认同与心理发育和人格形成的关系,他的全部关注点是人的本能和生物性,带有明显精神分析学派的特征。心理学家埃里克森也关注认同对于心理发育和人格健康的作用,并提出了"认同危机"概念。他认为,个人的健全人格正是在与环境的相互作用中形成的。埃里克森把人的一生分为八个时期,而身份危机贯穿每个时期。在认同危机的产生和解决方面,埃里克森强调了个人心理和社会文化的双重作用,这对于弗洛伊德的封闭性的生物认同理论,是一个很大的进步。同样重视社会作用的是美国社会心理学家查尔斯·霍顿·库利。库利认为,人的自我观念是在人与他人的交往过程中产生的。这一理念在他有名的"镜中我"理论中得到很好的体现。库利以"镜中我"概念来形容自我是自己与他人互动的产物:我通过他人的视角来审视和评价自己的行为和想法。库利之后,芝加哥学派的乔治·赫伯特·米德继续阐释和发展"镜中我"理论,并提出了"主我"(I)和"客我"(me)的概念:主我是作为一个独立主体的自我;而客我是通过扮演各种社会角色而获得的社会性的自我,是社会角色的内化。任何个人都是主我和客我的混合体。基于其符号互动理论,米德关注的是符号活动或人际沟通对于自我认同发展的重要性,强调了自我与社会之间的相互关联。法国精神分析学家雅克·拉康在解构弗洛伊德理论的同时,提出了自己的"镜像理论",这与库利的"镜中我"大异其趣。他认为,儿童在镜子中看到的我,只是一个图像,一个他者是宾格的"我",只是在母亲的确认下,才建立起自我与镜中图像的联系,正是通过对镜子中图像的想象性认同才建立起"自我"的概念。因此,镜像阶段是人格发展中的关键性阶段,是从儿童一片混沌的状态到确立主体意识的转折。心理学领域建立了一套认同话语体系,诸如"认同危机""镜中我"等,并大大拓展和深化了认同理论。

以上是身份认同理论发展的一个脉络梳理。虽然身份认同问题一直是哲学、社会学或心理学等学科的研究对象,并不断有理论资源问世,但是身份认同真正成为西方学界一个关注的焦点话题则始于20世纪90年代初。

三、身份认同理论的相关理论

结合以上梳理我们可以看出,身份认同已经拥有相当丰富的理论资源,甚至趋于错综复杂,让人眼花缭乱。但是从宏观角度把握,身份认同理论大致被纳入两个大的类型之内,即本质主义认同论和建构主义认同论。

何为本质主义认同论?本质主义的认同论认为,人有一种稳定的、本质的、统一的自我认同,即从研究方法上看,传统上对身份问题和认同问题的研究往往先从某种先验的"设想"出发,即把"自我"设想为某种固定的、独立的、自立的、自律的东西,认为身份与认同是对这种固定不变的"自我"的追寻和确认,并据此对某种不同于这种"自我"的、外在的"他者"作出回应。"从柏拉图到奥古斯丁直至的笛卡尔,无不秉承本质主义的身份观。笛卡尔之后的"以社会为中心的社会身份认同",虽然在社会历史语境中考查身份,但是仍然主张和谐统一的自我观念。

建构主义认同论随着"后现代去中心身份观"应运而生,在理论旨趣上与解构主义思潮形成暗合。建构主义认同论把身份看成是流动的、建构的和不断形成的,重视差异、杂交、迁移和流离,强调认同具有变化性、差异性、多样性和话语实践性。而持建构主义认同观的代表有英国社会学家斯图亚特·霍尔、美国学者本尼迪克特·理查德·奥格曼·安德森和英国历史学家艾瑞克·霍布斯鲍姆。霍尔认为:"身份并不像我们所认为的那样透明或毫无问题,也许,我们先不要那身份,而把身份视作一种'生产',它永不完结,永远处于过程之中,而且总是在内部而非在外部构成的再现。"霍尔的解构主义的认同观并没有完全否定和抛弃认同的概念,而只是在一种新的意义上重新考查认同。

身份认同是否与时间和空间有关?换言之,它是否存在一个时间维度和空间维度?答案是肯定的。在身份认同的建构中,始终存在过去、现在和未来三个互相关联的时间层面。德国社会学家阿尔弗雷德·格罗塞在《认同的困境》一书中,特别论述了集体记忆和个人记忆在身份建构中所起的重要作用:"我今天的身份很明显是来自于我昨天的经历,以及它在我身体和意识中留下的痕迹。大大小小的'我想起'都是'我'的建构成分。我的记忆由回忆构成,但不仅仅是回忆,它还包含了很多因素,吸收了我们称为'集体记忆'的东西。"同时他也指出,集体记忆在内化为个人记忆和身份建构过程中其实存在一些问题,比如个人的社会属性会埋没某些集体记忆(比如:并不是每个经历过2008年的人都必然对北京奥运会有深刻的印象);另外,有些集体记忆是后天习得,可能由于传播媒介(如家庭、学校、阶层、媒体等)所做的取舍(或有意无意地歪曲)会影响个人的身份认同。无论集体记忆还是个人记忆,都充分体现了时间维度中过去对于身份认同的影响。然而身份认同中最活跃也最有现实意义的还是"现在"层面,现在才是重组过去和面向未来的关键。时间向度中的未来层面对于现在的身份建构行为具有导向作用。面向未来的身份建构往往预设了某种身份理想,这种理想对于现在的自我具有召唤和吸引作用;或者是立足于现在的身份,主体在未来的身份发展趋势。身份认同中过去、现在、未来的三个层面实际上对应了三个问题:我曾经是谁?我现在是谁?将来我想变成谁,或者我会变为谁?但是这三个层面又不是截然分开的,而是相互纠结、相互影响的。换言之,过去的自我会对现在和未来的"我"发生作用,未来的"我"对现在的"我"和过去的"我"也可能会产生影响。现在的"我"既立足于过去,又面向着未来。

身份认同除了具有时间性外,还存在一个空间维度。任何一种身份的生成和建构,无不与特定的地域和空间相联系。所谓一方水土养一方人,充分说明了地理环境对人的影响。美国种族歧视盛行的时期实行的种族隔离制度,黑人甚至不能和白人同车而行,这是彰显不同身份的极端表现。不仅现实生活中如此,文学作品中同样参与身份的建构。《红楼梦》中的贾府,从外面看,高门大院,红墙彩瓦,里面更是亭台楼榭、花团锦簇,在空间建构上充分体现了贾府钟鸣鼎食之家的富足、煊赫。霍尔在思考加勒比人的文化身份时,也注意到了空间对于文化身份定位和重新定位中的作用。霍尔认为,三个在场,即"非洲的在场""欧洲的在场""美洲的在场"共同参与加勒比人的身份建构。"非洲的在场"是被压抑的场所,这种"在场"体现在加勒比人生活的方方面面,诸如生活习惯、语言结构、宗教信仰等,"非洲的在场/缺场成了加勒比人身份新观念的特权能指";而"欧洲的在场"是对加勒比人无休止的演说,是发号施令的角色;"美洲的在场"使得牙买加人成为移民社群的民族。霍尔从其后殖民的视野说明渗透着意识形态的空间是如何影响并塑造着被殖民者的身份建构的。

第二节 身份认同的流动性

一、关于身份认同的流动性的理论

在对认同问题的梳理中可以看出：身份是流动的，没有固定不变的本质，它受制于历史，随时代、地域、环境的不同而变化。在全球化的今天，在美国社会多元化语境下，无论何种族裔都可以按照自己的方式追寻自我身份的平衡点，绝对不变的身份是不存在的。身份总是处于不稳定的变动之中，不可能如我们曾经认为的那样本质地天然拥有。这种流动性可以通过分析华裔美国文学中对典型形象的表征来理解。

为了更好地理解关于身份认同的流动性，本书将运用斯图亚特·霍尔的理论，从瑞士语言学家费尔迪南·德·索绪尔和法国哲学家米歇尔·福柯两位大家的学术观点入手，解析华裔美国文学中典型形象的意义变化，以阐释身份认同的流动性是如何在华裔文学作品中表现的。

（一）能指与所指间关系的流动性

索绪尔的语言模式形成是身份流动性问题的符号学途径，他认为各种符号不存在确定的或基本的意义。而华裔美国文学中的典型形象就是这样一种符号，它的能指和所指间的关系并不是确定的。

在华裔美国文学的各种形象中，美国身份是作家们深为困惑、不断追索并力图探明本质的一个形象。华裔美国文学中，"什么是美国人"在各个时代、各种语境下有着不同的理解。除了印第安人外，美国人最初指的是第一批乘坐"五月花"号船抵达普利茅斯港的英国人。美国人这一能指后来固定为WASP（盎格鲁—撒克逊新教徒白种人），白人主流话语加深了这一所指，并凝固为一种刻板印象。后殖民主义理论家霍米·巴巴说过，文化身份是由差异的他者予以界定的。主流社会通过美国身份的表征，能够区分、隔离其他族裔、文化的"他者"，拥有身份的优越感和阐释的话语主权。

华裔作家普遍面临着一种阐释的焦虑，这种焦虑是华裔身份焦虑的文化表征。华裔在当时的语境下无法取得美国人身份，那么"我是谁"这种身份焦虑必然让他们滑向阐释的二元对立：或追求对白人主流文化的认同，或过分强调华裔属性。

20世纪60年代后，在民权运动和学潮引发的一系列社会运动的冲击下，美国社会涌现出对多元文化的关注热潮，对少数族裔更为宽容。那种成为美国人就要融入美国主流文化的观念被保持个性、按自己的方式追寻自我身份的观念所替代。因此，美国人这一能指又发生了意义的变化，典型美国人的标志已与肤色、文化无关，而是更关注其文化身份。

（二）在话语范围内建构主体位置

福柯关注的是作为表征体系的话语，他认为意义是在话语范围内被建构的。剥离历史语境来看待现象是毫无意义的。今天的西方主流社会已形成对东方的原型话语，身在这种话语氛围内是很难摆脱西方认知范式的。

在这种话语范围内，许多华裔作家需要通过介绍所谓的中国传统文化和历史传说来满足主流文化的东方主义视角，从而引起美国公众的兴趣，获得关注。如黄玉雪、汤亭亭、谭恩美、闵安琪、哈金等人都写过这类作品。前三位作家是第二代华裔，生长于美国，她们作品中展现的传统文化符码虽然包罗万象，但作家本人对中国文化知识却多是从先辈而得。汤亭亭本人在书中就多次表示她对中国文化迷惑不解，甚至区分不了什么是真实的中国文化，什么是美国电影中的中国文化。即使是移民作家，受政治、时代等因素影响，他们眼中的中国形象也未必真实。如哈金是一位20世纪80年代移居美国的流散作家，虽然他的作品带着军旅生涯的丰富阅历以及中国改革开放的亲身体验，并且作品还汲取了《水浒传》等中国古典文学的滋养，有鲜明的"中国性"，但是为了谋生，他不得不在中国题材里找读者感兴趣的内容。同时，哈金的小说多是描写20世纪80年代前的中国，30年的发展使中国发生很大变化，小说中并没有表现出来，并且他所塑造的落后的东方形象加深了西方人的成见。

华裔作家对中国文化的解读直接引发了汤亭亭和赵健秀等作家之间的论争。赵健秀认为，汤亭亭、谭恩美等华裔女作家篡改了广为人知的中国文化故事，充满异域情调是为了迎合白人读者。为了得到强势文化的认可，她们不惜牺牲本民族的尊严。

我们可以借助福柯"主体"的观点来解读"汤赵之争"。福柯认为，只有建构有效的主体位置，话语才能使自身有意义。汤亭亭的作品是面向西方读者的。生长在与中国相异的美国文化氛围中，她对中国文化的看法必然打上美国视角的烙印。她的这种主体意识决定了她站在"他者"的立场上对中国文化进行解读。赵健秀有强烈的重构华裔男子汉形象、颠覆西方华裔形象的决心，他的这种主体意识必然使他对其他作家歪曲中国英雄形象、迎合白人文化深表愤慨。而随着历史语境的变迁、主流话语的转换，今天的美国社会和我们对华裔文学的认识都更包容，使得我们能更心平气和地看待那场论争，看待华裔身份的流动性。

二、身份流动性

关于族裔的本质主义观点,最著名的莫过于"汤赵之争",即以著名作家汤亭亭和赵健秀为首的两派作家关于身份认同的争论。

汤亭亭对身份的认同采取的是审时度势的迎合策略,通过强化华裔"他者"色彩,她的作品为主流社会提供"异己"的形象。由于汤亭亭作品影响很大,这使得原本复杂、异质化的华裔文学单纯、总体化了。以赵健秀为代表的另外一些华裔作家对汤亭亭等的文化认同态度很是反感,强烈抨击她们背弃母国传统、扭曲华裔形象、歪曲文本寓意、曲意迎合主流社会价值观。在赵健秀编辑的亚裔文学选读中,他刻意排除甚至在导论中点名批判在美国文坛声望较高的汤亭亭、黄哲伦、谭恩美等人,以对抗这些他认为"媚外"的作家及作品,否定其学术地位和市场价值。

赵健秀从"原本"中寻找华裔文学的根源,以肯定个人诠释的权威性,重建华裔文学传统。他所谓的"原本"是指中文原著。比如,在对汤亭亭进行批判时,他把中英文对照的《木兰诗二首》登出,以此批判汤亭亭《女勇士》中关于花木兰故事的失真。但是正如法国后现代主义思想家罗兰·巴特所说的"作者已死",在作品完成之际,作者就完成了历史使命,其创作的文本具有开放的特征,其本身的意义可以不断被创造衍生,文本有无限的延伸意义。古代文学作品可以有多种诠释,赵健秀本着重建"中国文学的英雄传统"的信念对经典作品有一种诠释;汤亭亭等女性作家在美国社会中建构华裔文学,凸显自身作品的女性主义诉求,这是对经典的另一种诠释。在美国主流社会语境下,这种误读更有张力,事实也证明它对华裔文学的发展作用更大。

华裔文学的这场真伪之辩,说到底还是和作家的身份认同有关。赵健秀对华裔文学的看法是总体化、本质论的,他极力维护汉文学经典的本源,容不得误读误引,肯定个人诠释的权威性,而排斥他种诠释的可能。在身份认同上,他更倾向于认同母国传统文化。而汤亭亭等作家的看法同样是本质论的,她们出生或定居于美国多时,已经归化为美国人。也许会为族裔遭受歧视的际遇愤愤不平,但她们关注的是如何适应美国社会。在身份认同上,华裔美国人的身份是一种优势,要善加利用双文化背景,以弱势族裔的角度在当今的多元化语境下向主流社会争取话语权。

认同还是疏离,似乎摆在华裔作家面前的只有这对立的二元选择。但任璧莲对身份的认同却让人耳目一新:身份是流动的。小说家杰奎琳·凯利认为,任璧莲书中的每个人物代表一种类型的人,随着时间的推移,每个人则变成了不同类型的人。任璧莲认为,身份是由主体的差异性和多样性来决定的,没有固定的、本质的或者永恒的身份,这种身份流动性实际上是对在她之前许多华裔作家身份观的一种颠覆。

笔者从华裔美国文学中身份认同的角度,阐释了索绪尔、福柯等人的理论,并通过理论的建构论证了族裔身份的流动性。身份认同的流动性让我们跳出身份归属的窠臼,不拘泥于种属之别,从而可以从更宏大的历史、社会角度把握华裔美国文学的发展趋势,看清多元文化对峙,融合到共存的发展方向。

第三节　华裔美国文学中的身份认同研究

按照所使用的语言媒介,华裔美国文学可以分为美国华裔英语文学和华语文学两个分支,但无论是英语文学还是华语文学,都表现出对身份认同的困惑和执迷。虽然近年来优秀华语作家严歌苓的文学创作对普遍人性表现出更多的关注,何舜廉等新生代华裔美国作家也在作品中试图摆脱族裔属性的影响,都表现出超越文化身份认同的趋势和渴望。但是到目前为止,在绝大部分华裔文学作品中,身份问题都是挥之不去的阴影,萦绕在众多华裔作家的心头及笔下。这种现象其实不难理解。

从美国华裔英语文学的发展源流来看,早期的华裔美国作家(如水仙花等人)生活在美国种族歧视盛行的年代,当时中国人被称为"黄祸",这使得无论白人还是华裔都对中国人的身份格外敏感。在主流意识形态的影响下,白人的文学作品对中国人的刻板印象:华裔女性一般是性感、神秘、"龙女"形象,华裔男性往往行为怪诞、猥琐、瘦小,缺乏阳刚之气。白人对华裔的"种族主义之恨"和"种族主义之爱"通过两个华裔形象表现出来:阴险、狡诈、恶毒、冷血的异教徒傅满洲和矮胖、阴柔、对白人唯唯诺诺的陈查理。这样的社会现实迫使美国华裔在文学创作中不得不关注华裔的身份和形象:水仙花在《春香夫人》中努力构建华裔的正面形象;黄玉雪在《华女阿五》中树立华裔女性成为"模范少数族裔"。20世纪70年代华裔美国文学史上有名的"赵汤之争",其核心也是华裔的身份建构问题。更重要的是,华裔作家的血统提供给他们的不仅仅是华裔少数族裔这一身份,还提供了无尽的创作灵感和素材。黄玉雪笔下对唐人街华裔文化景观的陈列,赵健秀和汤亭亭对中国传统文化中《三国演义》《水浒传》及花木兰故事的征用,以及谭恩美对中国风俗和鬼怪故事的描写,都表现出强烈的"中国风"味道。从另一方面看,美国华裔作家笔下所展现的中国景观和东方神韵也强化了他们的华裔身份,是其中国血统的一种确认和传承。美国土生华裔,无论他们操一口多么纯熟的英语,思维方式和生活习惯多么的美国化,黄皮肤黑头发的生理特征仍会彰显他们在种属和血统上与白人的差异,他们的中国背景仍会给他们的创作带来或深或浅的影响。所以,身份认同问题在华裔美国文学中成为显学,实在是再自然不过之事。

对于华语文学创作而言,其创作主体往往是从中国迁居美国的新移民,移民经验是一种分裂的经验,意味着从熟悉的环境和文化连根拔起,移植入完全不同的异质文化之中,自己原有的伦理观念、风俗习惯、价值体系都不得不在"文化冲击"下重新调整,相当一部分人在这个过程中产生"认同危机"。只不过在危机过后,不同的作家主体会在中西方文化之间表现出不同的认同趋势:早期华裔作家如於梨华等笔下不断书写无根的文化乡愁,是身份迷失的极度心理不适;白先勇在《纽约客》系列中表现出对冷漠、浮华的西方都市文明的疏离和厌弃,是其强烈的中国文化认同使然;周励在《曼哈顿的中国女人》中自称"纽约女人",完全皈依西方文化,尤其是西方都市文化。凡此种种,都没有脱离身份认同带给华人移民的尴尬和焦虑。

从以上所述来看,以身份认同为切入点研究华裔美国文学实是一种恰切和直中要害的研究路径。国内的学术界也确实在此领域成果斐然,各种华裔美国文学研究著作都或多或少涉及身份认同问题,中国知网上关于华裔身份认同研究的文章更是数以千计。概括起来,国内学术界对华裔美国文学身份认同的研究集中在以下几个方面。

一、后殖民视角

从"天使岛"诗歌的源头开始,华裔美国文学就一直贯穿着美国主流社会对华裔的歧视和华裔对这种社会现实所做出的种种回应。因而,很多学者借用美国学者爱德华·赛义德和印度学者霍米·巴巴的后殖民理论,发现和阐述东方主义在华裔文学中的表征以及对华裔身份认同的影响。其中比较有代表性的是陆薇的《走向文化研究的华裔美国文学》和程爱敏的《认同与疏离:美国华裔流散文学批评的东方主义视野》两本专著。《走向文化研究的华裔美国文学》一书采用赛义德的"对位式阅读"和一系列后殖民理论话语,如含混、模拟、杂糅等概念,以黄玉雪、汤亭亭、赵健秀、伍慧明、黄哲伦的经典文本为分析对象,梳理了20世纪40年代至90年代的华裔美国文学,分析了种族主义和殖民主义带给美国华裔的精神创伤,挖掘了华裔作家通过各种抵抗策略解构白人社会对华裔的刻板印象并重构自我身份的努力。程爱敏的《认同与疏离》运用赛义德"东方主义"理论,探讨了华裔美国文学书写中表现出来的民族认同和民族疏离,前者以汤亭亭、谭恩美及赵健秀对中国文学经典和民间故事的重构为主线,讨论了华裔美国文学对中华文化和民族精神的认同;后者以哈金、闵安琪等作品中刻意丑化中国形象、自我贱民化等文学书写为依据,阐述了文学书写中与中华民族认同疏离的倾向,并挖掘了其社会历史根源。此外,一些学者以霍米·巴巴的第三空间理论分析华裔美国人在建构身份认同中的困境和焦虑。霍米·巴巴在《文化的定位》中提出了"第三空间"的概念,用以指代"既非这个也非那个(自我或他者),而是之外的某物"。"第三空间"的提出解构了殖民话语中的自我／他者、东方／西方、中心／边缘的分界,开辟了一片模拟混杂的居间空间,为彷徨于母国与移居国、母国文化与移居国文化之间为身份问题所困扰的华裔及华裔作家重新检视身份认同、社群归属和跨越种族藩篱提供了新的视角和启发。《在"第三空间"建构文化身份：＜女勇士＞中文化移植和改写现象的后殖民解读》以及《＜沉没之鱼＞中陈璧璧的"第三空间"身份解读》都属于此类文章。

二、流散视角

流散理论本属于后殖民理论范畴,是后殖民理论发展到 20 世纪 90 年代与后现代身份政治相结合的产物。而流散文学批评则是针对全球化过程中出现的流散现象和流散写作,力图解读流散文学创作写作的一种理论和批评话语,尤为关注流散者的生存困惑和文化身份认同等问题研究。1991 年,一本名为《流散》的杂志创刊,专门从事"流散者"研究,并聚拢了一大批流散理论家如卡锡克·托洛彦、苏德西·米什拉和伊恩·钱伯斯等。空间流散批评主要研究的对象是"由于政治、经济、战争或文化等原因,自愿或被迫远离故土到他国／乡寄居、创作的作家或作品。虽然这些作家居住在移居国(host country)内,但从感情和思想意识上又和自己的故国(home country)保持着千丝万缕的联系。他们既具有强烈的全球意识,在心理上又不轻易认同任何国家、文化,时刻保持着跨界的清醒与独特视角"。从上面的讨论可以看出,华裔美国文学显然属于流散文学。汕头大学的李贵苍教授在《文化的重量：解读当代华裔美国文学》中探讨了流散文学对于华裔文学的研究意义。众多研究者从流散文学角度探讨华裔美国文学中的身份认同问题,其中既有流散文学与华裔文学结合的理论追索,也有把流散理论与具体文本结合的文本分析。从理论层面来说,王宁教授较早发现了流散文学与文化身份认同的关系,在《流散文学与文化身份认同》一文中,分析了全球化背景下流散现象的出现以及流散写作的历史演变与传统,并对华裔流散文学身份认同的多重性进行了探讨。此外,陈公仲在《离散与文学》中强调"离散"是海外华文文学的特色和优势。学者庄伟杰认为,海外华裔作家在流散中更能体会中西两种文化的差异,具有双重文化的优势,因而"流散书写不仅充实了海外华裔的生活,更为东西方文化的比较提供一个相对理想的具体参照"。深圳大学的钱超英认为,海外华文文学的近期发展凸显了一个潜在的总主题,即"身份的焦虑,因而'身份问题'是流散文学的核心问题"。他提醒学界在运用流散文学批评时需摆脱对西方理论的盲目追随,避免过度阐释,并在此基础上提出流散文学与华文文学研究结合的三个维度,即历史的维度、社会结构的维度和审美的维度——这对于华文文学从流散视角研究身份认同具有很大的指导意义。从流散理论与文本结合的实际操作层面上，出现了大量以具体作家和文本为研究对象，以流散批评为理论资源的论文，如晁婧、赵爱、杨慧等人的硕士毕业论文都是以流散视角分别分析了谭恩美的《接骨师之女》、伍慧明的《骨》、白先勇的作品及其身份建构问题。除此之外，还有一些期刊论文，如陈爱敏的《流散书写与民族认同——兼谈美国华裔流散文学中的民族认同》、郑海霞的《美国华裔流散写作中的身份焦虑》等也采用了流散批评的视角。

三、性别视角

从性别视角研究华裔美国文学中的身份问题肇始于20世纪70年代的"赵汤之争"。所谓的"赵汤之争"，是指华裔美国作家汤亭亭在出版《女勇士》之后引发的一系列有关种族意识和性别问题的论争。赵健秀指责汤亭亭在该书中歪曲了中国历史和文化，并败坏了华裔美国男性形象，是美国主流意识形态中华裔刻板印象的"黄种代言人"。而汤亭亭则认为，作为作家，自己有权利拥有个人的艺术眼界，没有义务代表除了自己之外的任何人。而后，众多华裔文学批评者参与了此番争论，纷纷发表自己对此问题的看法。韩裔学者金惠经在其著作《亚裔美国文学：作品及社会背景介绍》中以"唐人街牛仔和女勇士"为题专章讨论了赵汤二人的分歧和矛盾，她认为赵健秀激烈的否定言辞和男性沙文主义以及他笔下的男性华裔形象"难以克服种族歧视对华裔美国男性的灾难性影响"，并且认为二人在试图获得主流认同方面，共同之处大于分歧。凌津奇对以赵健秀为代表的华裔男性作家只注重华裔男性困境，不考虑父权制度下女性处境做出批判，但是他又对女性作家群体对赵健秀的抗争态度有所保留：在他看来，华裔美国文学"一直以呈现妇女问题为主，好像男性不必置身性别的社会机制之中就可以说清楚自己的性别体验，女性的表述也不需要考量相关历史就可以自然而然地建构她们的主体"。尹晓煌认为《女勇士》在刻画男性华裔形象上面有失公允，客观上附和并强化了主流意识形态对华裔男性刻板丑陋的形象刻画。但是他也反对赵健秀对华裔女作家的批评和非难，他认为："美国华裔妇女和男性都是误导下的白人公众之偏见与种族主义的牺牲品。"赵汤之争开创并奠定了华裔美国文学研究中注重性别身份的传统。而后，众多国内外学者都曾从性别的角度切入身份研究。美国华裔学者大卫·英格的博士论文《亚裔美国文学男性气质》以种族和心理分析为切入点，关注了亚裔文学中的男性气质。黄秀玲在《亚裔美国文学中的性与性别》一文中提出，性和性别是理解、表达和建构人的种族身份的最基本条件之一。张卓的博士论文《美国华裔文学中的社会性别身份建构》，以社会性别理论为基础，集中探讨性别主题，提出华裔性别身份建构是重建华裔形象、置换被美国主流文化歪曲形象的基础，也是华裔在美国获得平等的国家身份和广泛社会认同的基础。肖薇在其博士论文《异质文化语境下的女性书写》中探讨了汤亭亭、谭恩美、聂华苓、严歌苓等华裔女作家的女性书写特质及其与主流男性作家写作方式的差异。李丽华也在博士论文《华裔美国文学中的性与性别》中，以黄哲伦的《蝴蝶君》、赵健秀的《甘加丁之路》和汤亭亭的《第五和平书》为例，分析了在族裔背景下华裔文学中生物性别和社会性别的相互及多元流动特征。除了相关硕博论文之外，还有相当数量的期刊论文以性别视角讨论身份认同。

四、文化视角

华裔美国文学中的华文文学作家大多数是从中国移民美国的新移民，在美国生活期间无可避免地会遭遇"文化冲击"，因而文化冲突成为华文文学中一个突出且不断绵延的主题。华裔美国作家虽然没有经历这个过程，但是身后的中国背景和中国传统也以各种方式显现于作品之中。因而从文化角度探寻身份问题成为一个无法回避而且顺理成章的研究路径。事实上，这几乎成为华裔文学极为老套的批评方式，无怪乎有的学者召唤要走出"唯文化批评的误区"。但还是有很多研究者在这方面做出了贡献。赵文书2009年出版的《和声与变奏——华美文学文化取向的历史嬗变》，在多个章节中涉及文化取向与族裔身份、性别身份的建构问题。关合凤的博士论文《东西方文化碰撞中的身份寻求——美国华裔女性文学研究》以"文化批评"为理论依据，解读美国华裔女作家作品中族裔身份和性别身份的寻求。除此以外，还有大量期刊论文以文化为视角，探讨身份认同问题，此处不再赘述。

以上是国内外对华裔美国文学身份认同的一个梳理，大致可以反映美国华裔身份认同问题研究的总体图像和脉络。令笔者惊异的是，以空间切入华裔文美国学尤其是华裔文学身份认同的研究何其之少：在 ProQuest 和 EBSCO 上，以 space/place+Chinese American literature 为主题词搜索，没有与文学相关的结果。这显示出：作为少数族裔文学的华裔美国文学，还没有将空间理论与华裔美国文学研究结合的先例，这在国外暂时还是盲点。从国内来看，虽然对空间理论的研究已经起步并有学术专著问世，亦有将空间理论与文学批评相结合的研究，但是就目前笔者所掌握的资料来看，没有任何专著是有关空间理论视域中的华裔美国文学研究的。这不能不说是一种缺憾。中国知网搜索结果，相关论文也不过十篇左右。其中，黄继刚的论文《空间批评中的文化身份维度》首次将空间批评与文化身份结合起来思考，很有前瞻性和开创性，但是在空间批评与身份认同结合适用性、合理性方面，还欠缺理论挖掘和深度思考。天津理工大学的徐颖果教授较早发现了空间批评对于解读华裔美国文学的意义,在《空间批评:美国族裔文学阐释的新视角——美国华裔作家赵健秀短篇小说评析》一文中,以赵健秀的短篇小说《铁路标准时间》中的"铁路"等空间意象为例,探讨了空间在重塑华裔男性形象、建构族裔身份中的作用,并提出了一些空间与族裔文学相结合的研究视角。吴翔宇的《论新移民小说的空间诗学建构》讨论了在新移民小说中的空间想象中,两个并置的物理空间"原乡"与"异乡"如何通过异质对立、交融补充,实现文本意义的增殖,而移民主体在文化空间中的身份认同及行为意向的文化选择是空间意义的重要来源。许锬的《<接骨师之女>中的空间设置与华裔的身份认同》是在华裔美国文学研究中把空间设置与身份认同结合的可贵尝试。该文试图从记忆中的中国与想象中的美国两个空间维度讨论华裔在美国的身份建构问题,但是该文空间意识不强,未能很好地论证空间如何参与身份建构。董晓烨《史诗的空间讲述——<中国佬>的叙事空间研究》从章节编排、情节展现和空间寓意三个方面探讨了《中国佬》中,空间化叙事方式、空间意象与文本意义生成和主题表达之间的关系,理论意识较强,实现了空间叙事与华裔美国文学个案文本的结合。江西师范大学邹创的硕士论文《在真实和想象的空间中建构自我身份——读华裔美国作家伍慧明的<骨>》,将空间理论和身份认同理论相结合,并据此对《骨》进行分析,提出"身份空间化"和"空间身份化"两个很新颖的概念。但是该文在空间理论与身份认同结合上缺乏论证过程,两个概念的提出稍显突兀和空洞,并且该文在运用霍尔"三个在场"理论时过于机械。

第四章 华裔美国文学故事类与身份认同

第一节 故事类地志叙述与身份认同

结构主义叙事学家将叙事作品划分为"故事"和"话语"两个层面。"故事"是叙事的"是什么";而"话语"是叙事的"如何"。换言之,"话语"是文本的表现形式,而"故事"指涉叙事文本中的虚构世界。文本是对现实世界的一种模仿,而现实世界里的人物需要活动的场所,事情的发生需要位置和背景,即现实世界中存在一个物理空间维度,这个空间维度也必然折射于文学文本的故事层面中。因而,作为一种文学形式,小说天生就具有地理属性。小说的世界是由方位、场地、场景边界、视角和视野构成的,地志空间是文学作品中不可或缺的一个空间层面。但是文学作品中的空间虽然是对现实世界空间的模仿,又不等同于现实世界的空间,二者之间的关系相当复杂:一方面,文学作品中的空间因素曾被当作一种资料来源,为地理学等领域提供参考资料(尽管准确性并不可靠),并且文学作品还会改变现实世界中的地理景观(如华兹华斯对大湖区的描写使之成为旅游胜地),但是文学作品对现实世界的影响是文化地理学的研究任务,不是本书研究的重点;另一方面,文学作品中的空间又不同于现实生活中的空间,它带有强烈的主观性和人造性,它是经过作家滤镜透视的结果。文学中,空间这种主观性特征并非一种缺陷,因为是这种主观性说明了地点和空间的社会意义。文学作品中的空间观念有了根本改变,不再是原来空空荡荡的容器,而是成为负载着作家精神追求和主体诉求的空间表征或表征性空间。文学中的地理范畴以及空间建构成为作家表达主题意蕴、道德伦理、价值观念、思想感情的重要方式,直接参与文本意义的建构。

具体到华裔美国文学中来,华裔美国文学创作主体分为两类:一类是从中国移居美国的移民,一类是美国土生华裔。对于移民美国的创作主体来说,首先是从原乡到新土的地域变迁,随之而来的是附着于地域变迁上的伦理秩序、价值观念等一系列精神层次的深刻调整,进而是在新环境中对自我身份的追问和重构,所以空间的变迁和身份的重构往往纠结在一起。对于美国土生华裔来说,虽然没有从一地迁居另一地的移民体验,但是他们的中国背景以及身上的中国血脉致使他们在一个被白人包围的环境里拥有强烈的身份意识,这种意识也深深影响着他们笔下的空间建构。

华裔美国文学作品表现出强烈的空间意识和身份意识。这首先从众多华裔作家作品的命名上可见一斑,这几乎成了华裔作家惯常的题目命名方式。对身处异域的敏感和身份的焦虑萦绕于众多华裔作家的心头,成为其关注的重心和作品中的核心主题。那么,华裔作家的身份认同如何影响笔下的地理空间建构呢?作品中的地理空间表征与作家的身份认同是一种什么样的关系?这将成为本节讨论的重点。

值得注意的是,依据不同的标准,空间可以划分为不同的层次或者不同的空间概念,这在第一章里已经有所论述,在此不再赘述。本节所说的空间,是指作品故事类的地志叙述,指文学文本所建构的虚拟故事世界里,人物活动的场所、故事展开的环境和背景。所以本章的地志叙述包括了传统文论中的环境、场景、地点等要素。

一、华裔美国文学中地志叙述与身份认同的隐喻模式

在进入华裔美国文学地志叙述与身份认同的讨论之前,笔者试图解决以下问题:何为隐喻?它是一个修辞学概念还是一种思维模式?文学作品中的地志叙述与人物身份是否存在一种可能的隐喻关系?

(一)作为思维模式的隐喻

隐喻,无论在西方学术视野还是中国学术传统之中,首先是作为一种修辞概念被阐发的。在古希腊时期,亚里士多德在《诗学》中对隐喻做出如下定义:"隐喻字是属于别的事物的字,借来作隐喻,或借'属'作'种',或借'种'作'属',或借'种'作'种'或借用类同字。"亚里士多德认为隐喻是一个词替代另一个同一意义的词的重要手段,两者是一种对比关系,而隐喻的主要功能是其修饰作用,主要用于文学作品之中。受隐喻"对比论"影响,罗马修辞学家马库斯·法比尤斯·昆体良提出了"替代论",认为隐喻就是一词替代另一词的修辞现象。由亚氏开创的传统修辞学研究始终把隐喻看作一种修辞现象,局限于语言层面和修辞学层面,是一种可有可无的增强语言表现力的修饰手段。20世纪30年代,I.A.理查兹的著作《修辞哲学》问世。在此书中,理查兹提出了影响深远的隐喻"互动理论"。他认为:"隐喻的规律就是当我们使用隐喻的时候,关于不同事物的两种角度的想象产生相互作用,并被导向一个语词,或是句子,而该词或句子的意义正是这一相互作用的必然结果。"理查兹将隐喻从词汇层次提高到句子层次,并开始注重隐喻的语义功能。

隐喻作为一种思维模式始见于意大利哲学家维柯的《新科学》。在该书中,隐喻被认为是人类诗性智慧的重要构成部分,在人类思维、文化发展和形成过程中起着举足轻重的作用。德国哲学家恩斯特·卡西尔在《语言与神话》中所倡导的思想与维柯异曲同工。卡

西尔挑战了逻辑思维在哲学领域中的统治地位，认为神话的隐喻思维才是人类最基本、最原始的思维方式。

由以上叙述可知，对于隐喻的认识和理解历经了一个从修辞学到语义学再到认知和思维方式的发展过程。在笔者看来，隐喻的不同概念和阐释是可以并行不悖的，对于文学文本而言，只是观照的层面和诠释方式不同而已。但是，以上的梳理至少可以让我们确认一点：隐喻作为一种思维模式对文学文本进行诠释是可行的。

（二）《纽约客》与《典型的美国人》的文本分析

笔者试图以隐喻思维来诠释华裔美国文学中空间与身份认同的关系，这个想法首先受惠于我的导师刘俐俐教授。在《"文学"如何：理论与方法》一书中，刘俐俐教授指出："隐喻与转喻也可以成为叙事性文学作品的艺术构思方式……隐喻采用相似原理，某形象通过一些艺术手法形成了意象，除了起到形象原有作用之外，还暗含了某种对于全篇来说重要的意义、价值等方面的东西，这时，隐喻就发生了……大部分小说作品都以隐喻性思维方式结构而成。"在对《厄歇尔府的倒塌》进行文本分析时，她发现："人的死亡与厄歇尔府的倒塌两个意象形成互为隐喻的关系，用房屋的倒塌喻人的死亡，以人的死亡来加强房屋倒塌的恐怖"，厄歇尔府这个空间意象对于人物的命运起了暗示或者同构的作用。那么，在华裔美国文学作品中，空间建构与人物身份认同之间是否也存在类似的隐喻关系呢？我们先看几个案例分析：

案例分析1：白先勇《纽约客》系列中的空间书写与身份认同

白先勇被夏志清先生誉为"当代短篇小说家中少见的奇才"，才华初露。留学美国之后，白先勇的创作进入一个新的境界，短篇小说集《纽约客》便是这一时期的重要收获。在1964至1965年的《纽约客》短篇小说创作中，由于身处异域的现实触动，白先勇更多地关注处于文化夹缝中的海外留学生的生存状况和精神困境。这些留学生怀揣着对西方文化的向往，漂洋过海奔赴异域，却发现在强势的西方文化面前根本无所适从，难以融入。这种因文化失衡而导致的精神痛苦和西方社会边缘人的现实境遇也渗入白先勇笔下的空间描写和空间意象之中。在白先勇《纽约客》系列中，无论景观空间还是生活空间，常常可以做象征性解读，这些空间意象和象征与作家的主观情感以及作家对西方世界的体认水乳交融，形成一系列意蕴深远的文化表征空间。

1. 地下室：文化边缘人的生存隐喻

《芝加哥之死》中，吴汉魂所栖居的地下室，"空气潮湿，光线阴暗，租钱只有普通住房三分之一"。恶劣的生存环境不仅形象地表现出以吴汉魂为代表的中国留学生在西方社会中现实生活的窘迫，更象征着一个与美国文化、中国文化相隔绝的"真空带"。这个位于芝加哥城中区南克拉克街的二十层楼的地下室,与故乡台北隔了千万里。在这里,曾经情真意切的恋人由亲切熟悉到慢慢疏离,最后终于嫁做他人妇;在这里,他辜负了母亲的殷殷企盼,让母亲带着憾恨而终,自己也没能回去看她一眼。恋人和母亲的离开象征着吴汉魂对母体文化的所有维系被斩断。故乡,或者母体文化,对吴汉魂来讲,已经失去了所有吸引力。

白先勇在小说中多次提到地下室的窗口:吴汉魂读书时,"尘垢满布的玻璃窗上,时常人影憧憧",吴汉魂只得用手塞了耳朵,"听不到声音,他就觉得他那间地下室,与世隔绝了一般";冬天下雪时,雪把窗户完全封了起来,吴汉魂便觉得很有安全感。窗,众所周知,是人们从一个封闭空间向外界获取信息的途径以及与外界沟通和连接的出口。吴汉魂地下室的窗口,便隐喻了他对西方世界的了解和认知:一方面,对于窗外灯红酒绿的芝加哥都市文明,吴汉魂不是不为所动的,也曾经"分神"向往;另一方面,对于西方世界,他又感到隔膜,("尘垢满布"的玻璃窗不可能使他认清外面的世界)甚至是排斥,因为只有窗口被雪完全封闭,他才会觉得安全。然而,吴汉魂对西方文化这种鸵鸟式的逃避态度并不能维持多久。毕业之际,在开放的芝加哥大学广场被晒了三个小时之后,吴汉魂衬衫湿透,头晕目眩。如果说这象征着吴汉魂对突然展现的芝加哥都市感到震撼和不适,恐怕并不为过。对于西方文化,吴汉魂也是一个不折不扣的"他者"。那个远离中国母体文化也与西方文化隔绝的地下室,吴汉魂不愿回去也回不去了,死亡似乎成为这个中西两种文化边缘人的唯一结局。而吴汉魂所栖居的狭窄逼仄的地下室,在现实生存空间的表层意义之上,也获得了一种形而上的象征意义,隐喻吴汉魂与中西文化双重隔离的边缘境遇。

2. 街道、摩天楼、地下酒馆:西方都市文明的象征

"摩天楼"是在《纽约客》系列中反复出现的意象,它"既有高度发达的现代都市文明的傲人光环,又闪烁着玻璃和金属的冰冷光泽"。《谪仙怨》里的黄凤仪迷失在纽约钢筋混凝土的丛林中,仰头看见"摩天大楼一排排往后退,觉得自己只有一点点大"。摩天楼给人心理上巨大的压迫感,不由让人觉得渺小和迷失。《芝加哥之死》之中的"幽黑的高楼,重重叠叠,矗立四周,如同古墓中逃脱的精灵",摩天楼给人感觉诡异、神秘甚至夹杂着死亡的气息。在《上摩天楼去》中,摩天楼更是一个贯穿始终的空间意象:玫宝初到纽约,看到曼赫登上的大厦"像一大堆矗立不动,穿戴深紫盔甲的巨人";与被西方文化熏陶异化的姐姐见面之后,一个人去看帝国大厦,看见它"高耸入云,像个神话中的帝王,君临万方,顶上两简明亮的探照灯,如同两只高抬的手臂,在天空里前后左右地发号施令"。摩天楼的形象高大、威严,甚至如神明般令人膜拜,但同时它也冷漠、遥远、不近人情,甚至带了几分粗暴和专制。摩天楼成为一种符号性的空间,隐喻了霸道强势、高高在上的西方文化与卑

微渺小的中国人之间的对立。

《纽约客》系列中有多处对于芝加哥和纽约街道的描写。《芝加哥之死》中关于街道的描写多达九处:"街道如同棋盘,纵横相连""城中区的街道挤满了人流车辆""街上卡车像困兽怒吼""街上华灯四起,人潮像打脱笼门的来亨鸡"……这些描写形象地展现了西方都市的繁忙、喧闹、嘈杂和拥挤。吴汉魂沿街行走,眼睛所到之处,一派富丽奢华景象:大厦"金碧辉煌,华贵骄奢",街道橱窗里"琳琅满目"。这与《上摩天楼去》中玫宝的所见惊人地相似,"密密麻麻的报摊、水果摊、精品食物铺,一个紧挨一个,看得玫宝目不暇接"。然而,在白先勇的空间建构中,物质文明高度发达的西方现代都市影像读来却并不使人愉悦,而是充斥着浮躁、世俗和功利色彩。

酒吧是西方文化的另一个典型象征。《谪仙怨》中的地下酒馆,"里面挤满了人,玫瑰色的灯光中,散满了乳白色的烟色";《芝加哥之死》中的红木兰酒吧充满了"呛鼻的雪茄"和"泼翻的酒酸"以及"女人身上的浓香""空气闷浊""坐地唱机一遍又一遍地播着几个野性勃勃的爵士歌曲"。白先勇通过声觉、视觉、味觉等多方面细致地构建了一个充满沉沦气息的声色场所。这样的一个空间符码象征了作家对西方文化的体认,暗示了作家在文化认同上的态度:在作家貌似客观冷静的第三人称叙述中,透露出对声色犬马、灯红酒绿的西方世界的厌弃。

在白先勇的笔下,"地下室"隐喻了吴汉魂被中西两种文化隔离的边缘处境,而摩天楼、街道和地下酒馆所代表的西方大都市则被塑造为冷漠、浮躁、喧嚣、杂乱的"魔都"形象,这正是白先勇对西方世界和西方文化的索引和暗示。就白先勇的个人经历而言,他自小深受中国传统文化的浸泡和熏染,中国传统文化以及与之相关的价值观念、审美情趣、思维特征已经深植于他的血脉之中。因而在白先勇的心中,对中华文化有一种由衷的喜好与向往,他自己曾明确表示:"我们的文化史多么渊博、深沉,每一回顾,我就会感到我身上的 burden(重担)"。白先勇到美国后,有感于西方文化的挤迫与嚣张,几乎是本能地对西方文化产生了一种心理上的异质感和距离感,而对自己的母体文化兴起一股不无情绪化了的依恋和维护。白先勇在《纽约客》中的空间书写与他的文化认同显然是互为映照的。

案例分析 2:《典型的美国人》中的空间书写与身份认同

出生于 20 世纪 50 年代的任璧莲是继黄玉雪、汤亭亭、谭恩美之后又一位打入美国文坛的华裔女作家,她以机智流畅的文风和特有的"金色幽默"重新诠释了美国华裔在美国社会的身份认同和身份建构问题。任璧莲摆脱了谭恩美和汤亭亭笔下经常出现的异国情调和东方主义色彩,突破了关于华裔的本质主义的认同论,更强调华裔身份建构中的流动性;换言之,她更感兴趣的是"外人如何从边缘进入主流"。《典型的美国人》就是这样一部作品。

《典型的美国人》于1991年出版,是任璧莲的第一部长篇小说。该书一出版便好评如潮,《纽约时报图书评论》《洛杉矶时报图书评论》《波士顿环球报》等报纸都对此书赞誉有加,现在《典型的美国人》更是被列为华裔美国文学研究中的经典,成为文学论文的一个常见选题。该书以拉尔夫·张一家人(包括拉尔夫的姐姐特蕾莎、妻子海伦)在美国的生活为主线,探讨了具有普遍意义的移民故事以及移民在美国环境下身份的转型和困惑,引导读者重新思考家庭、美国梦的定义以及到底什么是"典型的美国人"。拉尔夫原本是中国上海一个富商家庭的儿子,接受的是中国传统文化的教育和熏陶,移民美国的目的是拿到工程学博士学位,成为父亲的好儿子,为张家光耀门楣。在赴美的船上,他为自己设定了一系列目标,包括要保留美德、为张家带来荣耀、不跟女性有任何瓜葛等。然而,随着拉尔夫在美国生活一步步展开,他不仅违背了对自己许下的承诺,爱上了漂亮的美国女人——留学生秘书凯米,还自觉接受了美国的成功学和金钱观,后来在美国大骗子格罗弗的蛊惑之下,放弃了自己在大学的终身教职,鬼迷心窍地追逐物质上的成功,开了一家炸鸡店,最后却因炸鸡店坍塌而负债累累。不仅拉尔夫经历了价值观和文化认同的嬗变,他的妻子海伦、姐姐特蕾莎也不同程度上有意无意地接受了美国思维方式和价值观念的渗透,慢慢成为曾被他们所不齿的"典型的美国人"。

这本小说通过描写拉尔夫一家人居住空间的改变,昭示了他们身份的改变,一系列空间意象的设置,也暗示了拉尔夫一家人在与美国社会交往碰撞过程中思想观念、思维方式的悄然转变。拉尔夫在美国的生活大体可以分为三个阶段,每个阶段都对应着一个典型的空间建构,而相应的空间建构也承载着他们思想意识的变迁,蕴含着他们对自己身份的认知和设想;从外在的角度来看,也反映出其社会地位的改变。因而,《典型的美国人》中的空间场景便具有了浓重的象征意味,与人物的身份认同呈现一种同构关系。

在《典型的美国人》中,任璧莲赋予笔下的房屋空间以象征性力量,不仅用来定义个人的物质成功,也代表华裔在美国社会的地位和身份;空间的转换和流动也象征着人物身份以及价值观的改变。《典型的美国人》中的张毅峰一家人从最初对美国人和美国文化充满反感,到不知不觉接受了美国社会的价值观和行为方式,最后成了"典型的美国人"。这也间接说明了任璧莲的流动身份观。在任璧莲看来,一个人的文化身份并不是一成不变的,而是在环境的压力和个人的主观因素作用下,经历明显的迁徙和流动。

以上,我们以白先勇和任璧莲的作品做个案分析,发现文本中的地志叙述和空间意象与作家的身份认同旨趣密切关联。不仅这两位作家如此,众多的华裔作家把关于自己身份的困惑或思考,以隐喻的方式实现对中国形象或者美国形象的构造,使身份认同与空间建构呈现一种同构关系。

人文地理学认为,地方和空间也会参与到个人和群体的身份建构当中,人们通过有意无意的想法、信仰、情感等与周围的地域空间产生互动,以此确定自己的身份定位。白先勇等人对美国形象的负面建构,正喻示了其对西方社会与文化的疏离态度。反之亦然,也正是由于对西方文化的不认同,才会将美国地志空间表征为负面的他者。

二、华裔美国文学中地志叙述与身份认同的反讽模式

认同,即认为自我具有从属于某个群体的身份,是在诸种所属群体里,激活对自己所属的民族这个群体的忠诚、归属感和身份的自我。但是这种激活的背景,往往发生在个体遭遇异质的文化背景产生文化冲突的时候。个人对某个群体的认同和归属感,在熟悉的环境和同类族群中,是以隐在的方式存在的,并且往往附着于相应的地域和空间。"家园"和"故乡"以两种形态存在于游子的头脑和心灵中。从精神层面来说,"家园"和"故乡"是温暖的人文环境;从物化层面来说,"家园"和"故乡"是居住空间的一砖一瓦、一草一木,是河流山川、村落庭院。精神层面和物化层面的家园与故乡水乳交融,共同唤起进入异质文化的移民和游子对于所属国家民族以及文化的认同感。然而,移民美国的身份主体却与熟悉的生活空间相剥离,面对完全陌生的异域。尽管美国相对于中国,尤其是20世纪七八十年代以前的中国,在物质条件和生活环境上有诸多优越之处。但是,这并不必然唤起移民主体对这一方土地和其中的文化伦理秩序的认同。相反,移民主体由于文化差异、种族歧视等原因,对美国的一切产生深度不适,优越的条件和宜人的环境在移民心中产生的是强烈的隔膜感和异质感,即移民主体的身份认同与地域空间呈现一种反讽模式。

(一)现代反讽的意义内涵

反讽是一个流行于西方文学批评界的术语,它经历了从古希腊文论由德国浪漫主义到新批评的变化过程。在古希腊文论中,反讽是一种佯装无知、运用听似傻话实则包含真理的语言击败自视高明的对手的角色类型。18世纪末至19世纪初,德国浪漫主义文论家施莱格尔兄弟和卡尔·佐格尔等人复活了反讽概念,它不再局限于一种局部性的修辞手法,而扩展成为一种文学创作原则。20世纪上半叶,"新批评"学派则把反讽概念变成诗歌语言的基本原则,甚至成为诗歌的基本思想方法和哲学态度。从功能的角度看,反讽可分为言语反讽、情境反讽、结构反讽和模式反讽。以新批评反讽话语转型为分界,反讽又分为古典反讽和现代反讽。古典反讽主要是作为一种文学修辞手法来运用,而现代反讽不仅是一种文学修辞手法,还扩展成一种文学结构原则而运用。在现代反讽视域下,"姹紫嫣红开遍,似这般都付与断壁残垣"就是一种反讽,姹紫嫣红的赏心美景与断壁残垣之

间构成对峙和悖谬,两个意象并置产生一种反讽效果。本书正是从"现代反讽"的意义内涵上使用反讽这一概念的,即本书的反讽更强调互相矛盾的、异质的元素之间的并置或对立,而不是单纯指一种"言在此意在彼"讽刺性言语。正如美国学者安德鲁·H.浦安迪所言,它是作者用来说明小说本意上的表里虚实之悬殊的一整套结构和修辞手法。

(二)《陪读夫人》与《安乐乡的一日》的文本分析

具体到华裔美国文学来说,地志空间与身份认同的反讽模式是指空间书写或空间意象与人物的身份认同形成悖谬。如果说隐喻模式是建立在地志空间与身份认同的相似性或同构性基础之上,那么反讽模式则是基于空间建构与身份认同的悖谬和不协调。

王周生的《陪读夫人》讲的是一个名为蒋卓君的中国女性弃职携子到大洋彼岸为在美国求学的丈夫伴读,迫于经济压力而到一个美国家庭做保姆的经历。

蒋卓君是一个六岁孩子的母亲,拥有中华传统文化的很多美德:谦逊、内敛、含蓄、宽容、忍让,富于牺牲精神。她在搬入西比尔夫妇家做住家保姆之后,发现自己与身为主妇的露西亚在生活习惯、价值观念等各方面相去迥异,从起居饮食到育儿观念、从恋爱婚姻到法制信仰,蒋卓君随时处于中国文化与西方文化的冲突和对抗之中,并经历了从不适、忍让到自尊受损、愤而离家出走的过程。

按照心理学和精神分析学对于认同的定义,认同是指个人与外界的对象之间产生心理上、情感上的结合关系,并通过心理的内摄作用将外界对象包容到自我之中,成为自我的一个组成部分。蒋卓君自小生活在中国传统文化之中,中国文化的价值观念、生活习俗已经成为其自身身份构成的无法剥离的部分,蒋卓君对中国文化的认同是自觉自愿并且深入骨髓的。对于露西亚所代表的西方文化,蒋卓君虽不至于排斥、抗拒,但在内心里却是不以为然的。她虽然接受了露西亚给她起的英文名字"艾拉",但在心里非常反感,而更喜欢自己儒雅文气的中国名字"卓君"。虽然蒋卓君对露西亚让孩子趴着睡、允许孩子随便吮手指、在太阳下曝晒等要求照办了,但是心里对露西亚的育儿理念很不服气:"不管有什么不一样,我们的孩子都成长得很好。在国际比赛中,我们得的奖不比你们少"。露西亚以性感为标准的审美观以及金钱至上的婚恋观在蒋卓君眼里看来更是"奇谈怪论",无法理解,更谈不上认同和接受。在西比尔家中,露西亚拥有女主人的优越位置,蒋卓君本身寄人篱下,在生活习惯、育儿观念上需要处处让步;更加之露西亚本人自私、强势、爱争辩、对金钱斤斤计较、从不考虑他人感受,客观上形成以露西亚为代表的美国文化对蒋卓君所代表的中国文化的压制。蒋卓君在这场没有硝烟的文化战场上处处落于下风,这对于外表柔弱、内心自尊的卓君来说是一种巨大的伤害。两种文化的交锋因一张八角三分钱的电话单达到高潮:露西亚本着"永远不要轻易开你的支票,哪怕只有一分钱"的金钱理念,查对一个长途电话,在蒋卓君解释后仍然怀疑是她打的,这对于中国传统下的知识女性无异于人格的侮辱。虽然蒋卓君用自己的方式证明了清白,但是她还是深受以露西亚为代表的西方文化的压制和伤害,蒋卓君能做到理解西方人及其价值观念已属不易,遑论从心理上接受和认同并使之"成为自我的一部分"。

与蒋卓君对以露西亚为代表的美国文化的龃龉和不满形成巨大反差的,是小说中优美的景观空间和舒适的生活空间建构。小说总体采用第三人称外聚焦叙事,但是叙述视角很多时候都与小说人物蒋卓君合二为一,叙述者通过蒋卓君的眼光向读者展示无数优美宜人的画面:

长长的擦得发亮的黑色餐桌上铺上雪白的桌布,银色的莲花吊灯闪着幽暗的光,透明的玻璃杯擦得亮晶晶,精致的餐具里盛满了中国菜……

一股清新的带着泥土和花草香味的空气从窗口涌进房间,她深深地吸了一口气。窗前是一个菱形的大草坪,草坪两侧是高大茂盛的树林……

浴室很大,分隔成两间,一间是粉红色椭圆形浴缸,绿色的植物从四壁挂下,壁灯照在这些植物上,青翠欲滴。

一望无际的高尔夫球场像仙境一般,绿绒似的草坪,从脚下一直铺到远处的山坡,山上的树葱绿苍翠,枝繁茂密,一棵棵高大的狗木树缀满簇簇白花,像一朵朵棉花状的云萦绕山间。天空湛蓝湛蓝,蓝得像海。

八月的洛杉矶,阳光灿烂带点妩媚,空气温热带着夹着花草的馨香。茂密的树林环绕着整座花园,花坛里开着五颜六色的玫瑰花、天鹅花、紫铃花。绿丝绒般的草坪上一只小松鼠悠然自得地坐在她身旁……

无论叙述者、作为故事人物的蒋卓君还是读者,都会被这样舒适美好的空间建构所吸引。但是正如前文所述,优越的物质条件和良好的环境并不必然唤起人物对此处的认同感。对于蒋卓君而言,她对这里不仅无法认同,甚至多次以"监狱"做对比:"感觉像是在监狱里一样""我被囚禁在这里了""像在地狱里一样"。

关于空间对于身份的意义,新文化地理学代表人物迈克·克朗曾有过这样的论述:"我们通过空间速记的方法来总结其他群体的特征,即根据他们所居住的地方对'他们'进行定义,又根据'他们'对所居住的地方进行定义……空间对于定义其他群体起着关键性作用。""我们"和"他们"身份上的差别,也通过划出空间界限得到确认和强化。在蒋卓君这里,"他们"以一种更生疏并且带有反感意味的"别人""人家"的字眼来代替,对美国文化的疏离也以空间上的分界清楚地表现出来:

觉得自己竟然像个乞丐似的在人家花园里乞讨……

> 八月的洛杉矶……很美，可是这是人家的花园……
>
> 我为什么来到这儿，坐在别人的花园里，面对不属于我的一草一木，浪费我的生命和精力……

优美的空间建构与人物的身份认同之间出现悖谬和背离，蒋卓君无心享受这些舒适和美好，反而倍觉辛酸和压抑："这儿是那样美丽，这里有那么多欢声笑语，自己为什么就高兴不起来呢？就像江水和海水有明显的分界线那样，她觉得自己和这里的一切都那样格格不入"。虽然在露西亚的挑战和质疑下，蒋卓君也曾对中国文化产生迷惘和困惑，但是她依然坚持中华传统文化的本位认同，坚持让儿子森森学中文，自觉维护"黄皮肤、黑眼睛、黑头发的中国人"身份。

在这个貌似舒适的美国大房子里，在这个传说中自由的国度，蒋卓君找不到归属感和家园感，反而数次产生逃离的念头，因而空间建构与主体身份认同因相互背离而呈现一种反讽。

《陪读夫人》是王周生基于自己在美国伴读的经历并糅合了其他陪读夫人的故事写成的，应该算是一部半自传体的小说。但值得注意的是，作者王周生超越了狭隘的民族主义身份认同，更多表现出一种世界主义情怀，一种胸怀开阔的大爱精神。就像她在《陪读夫人》后记中所讲的："我把我的同情给了作品中所有的人物，无论是中国人还是美国人，无论是男人还是女人，无论他们的性格有着怎样的差异，无论他们有多大的矛盾冲突和情感纠葛，一切都可以在他们各自的文化传统里找到存在的理由，体现其合理性……无须追求同一，我们需要的是理解。无论东西方有多大的差异和冲突，只要心灵上能沟通就行。"因此，作者在《陪读夫人》里特别设计了"狗木树"的意象，象征人与人之间沟通的可能；还在小说结尾设计了西比尔夫妇为蒋卓君庆祝生日一节，象征不同种族和文化背景的人和睦相处的理想。但是理解两种文化的差异以及愿意追求沟通的可能，并不代表认同那种文化。王周生在1988年返国，她称之为"倦鸟归林"，或许是她身份追寻的最好答案。

相对于《陪读夫人》中人物身份认同与空间建构的断裂，白先勇《安乐乡的一日》具有更强的反讽意味，这不仅体现在空间描写中，也体现在情境设置之中。

从小说题目"安乐乡的一日"中，读者会自然联想起桃花源式的黄发垂髫、怡然自乐、亲戚邻里和睦相处的平安喜乐景象，然而故事的主人公依萍在这个叫作"安乐乡"的小镇里丝毫称不上安乐。

安乐乡是位于美国近郊的一个小城，是美国中上阶层聚居之所，市容整洁。这里的人收入丰厚均匀，对于住在这里的美国家庭而言，可能确实是一片乐土，但是对于身为中国人的依萍而言，则大异其趣。依萍一家是这个小镇唯一的中国家庭，所以周围的美国人对她报以过分的热情和好奇,不断向其询问关于中国的风土人情。这种将她区别对待的他者化,更使依萍敏感于自己的中国性,促使她在这些美国主妇面前下意识地表演自己的中国特征,这样做的结果又使她不胜疲累,只好慢慢断了往来。社区的其他活动,也因为各种原因,使依萍不能很好地融入。依萍住进了美国高档社区,但并没有因此就成为美国社会的一员,在被安乐乡他者化和自我他者化的过程中,依萍产生深深的孤独、寂寞、压抑和疲惫,找不到归属感和认同感。周围的环境带给她的不是安乐,而是独在异乡为异客的郁闷孤独。不仅在社区里依萍是个异类,甚至在自己的家庭里,她也被深深美国化的丈夫和女儿边缘化了。

依萍对中国的民族文化有很强的认同感,尽管在美国居住多年,依萍依然不改自己是中国人的初衷,维护自己的中国人身份,并且坚持让女儿宝莉学中文。但是才进小学二年级,宝莉就不肯讲中文了,不仅记不住父母的中文名字,甚至对依萍直呼其名(英文名Rose)。与女儿的矛盾与其说是两代人之间的代沟,倒不如说是中西方文化冲突。这种冲突在依萍与女儿关于中国人的争吵中达到高潮:宝莉坚决不承认自己是中国人,认为同学叫她中国人是一种侮辱,而依萍强行向宝莉灌输她是中国人的概念,"我一定要你跟着我说:我——是——一——个——中——国——人——"。依萍和女儿宝莉之间的冲突,集中体现了海外中国人身份不明、精神和文化无所归依的状况。

因为坚持中国人的习惯和身份,依萍在安乐乡无法像美国化的丈夫和女儿那样怡然自得,更像是衣食不缺的笼中鸟。依萍在安乐乡所感觉到的深深的隔膜感和异类感,与题目"安乐乡的一日"形成悖谬和反讽。

这种反讽还体现在作家对空间的描述中。白先勇显然把同情的目光投射给了依萍。在小说一开始,有五段关于安乐乡地貌环境和社区居民日常生活图景的长篇铺陈。在这段空间描述之中,已经透出对所谓"安乐乡"的鲜明反讽意味。白先勇的空间描写中,经常出现空间比喻联想和空间描写的悖逆,在本体和喻体的矛盾统一体中体现了浓郁的反讽意味,生成了强大的艺术张力。小说开头描述安乐乡时是这样写的:"市容经过建筑家的规划,十分整齐。空气清澈,街道、房屋、树木都分外的清洁。没有灰尘,没有煤烟。"照常理推断,这本应该是一幅清新宜人的景象,这个小镇环境幽雅、宜居,然而接下来的几句话却发人深思:"好像全经卫生院消毒过,所有的微生物都杀死了一般,给予人一种手术室里的清洁感。"干净整齐的宜居小镇唤起的居然是卫生院和手术室的恐怖联想,本体和喻体之间产生巨大的意义断裂和悖谬,反讽意味油然而生。在这种空间反讽中,安乐乡的冷漠色彩和非人本质昭然若揭,作者对这一处所谓安乐乡的质疑和批判也不言自明了。类似的例子还有多处:"城中的街道,两旁都有人工栽植的林木及草坪,林木的树叶,绿沃得出奇,大概土壤经过良好的化学施肥,叶瓣都油滑肥肿得像装饰店卖的绿蜡假盆景。草坪由于经常过分地修葺,处处刀削斧凿,一样高低,一色款式,家家门前都如同铺上一张从Macy's百货公司买回来的塑胶绿地毯"。在作家貌似客观冷静的克制性陈述中,字里行间却充满了反讽,"绿蜡假盆景"和"塑胶绿地毯"是对"绿沃"和修葺严整的林木草坪的辛辣悖反,以及小镇过分人工而缺乏个性的揭伪去蔽。从更深层次来讲,这是对西方文明冷漠和非人化的深深质疑。

三、华裔美国文学中地志空间与身份认同的对比模式

对比来源于差异;没有差异,也就谈不上对比。对于进入美国的新老移民而言,感受最深的便是东西方之间、中美之间的差异。这种差异体现在两个方面:一方面是物理环境的差异;另一方面是文化观念的差异。物理差异处于显在层面,文化和价值观的差异处于隐在层面,这两个方面水乳交融,思想感情、文化观念附着和内含于特定的地点和空间,而物理环境、空间和场景又体现和表征着价值观念的差异。华裔作家有意无意地形成了中西文化的比较意识,这种比较意识又渗透于笔下的空间建构,在这种比较和选择中,华裔作家自觉不自觉地确定身份认同的方向。对于用英语创作的土生华裔作家群而言,中国印象是从父辈那里继承下来的模糊轮廓,在中国想象和现实美国之间,也会自然形成一种比较,他们的身份认同也在这种比较中自然显现。

(一)《又见棕榈,又见棕榈》文本分析

於梨华的《又见棕榈,又见棕榈》以牟天磊去国十年回台湾为线,勾连起过去、现在、未来三个时间,小说频繁采用意识流的写法,不断穿梭于回忆与现实。小说以牟天磊的意识为中心,将客观世界的所见所闻化作牟天磊主观世界的精神影像,使人物在中国台湾现实场景的触景生情之中,不断牵扯出在美国生活的记忆。小说看似游记体,实则是主人公的寻根记。在美国,牟天磊陷入失根的迷惘和苦闷之中;出国十年之后重返故乡,发现故乡同样陌生,迷惘、感伤、寂寞、痛苦成为他挥之不去的情感梦魇。在当时大批中国台湾留学生赴美的背景下,牟天磊的境遇超越了特例化的个人书写,成为一个时代的剪影,牟天磊也被称为"无根一代"的代言人。牟天磊和他的故事反映了在特定的历史条件下,漂泊海外的中国人在寻求文化上的认同和事业上的归宿时表现出来的苦闷心态。

牟天磊在台湾的居住空间只有六个榻榻米大小,靠窗的是一张狭床。但是这个小小的空间却承载了牟天磊的青春记忆,满溢着亲情和爱情的温馨,是他原乡记忆的重要部分。他在美国的居住地点是柏城的地下室和北芝城的公寓。求学时居住的"狭小、屋顶交叉地架着热气管,地下铺着冰冷的石板,只有小半个窗子露在地面上,仅靠电灯带来一丝

光亮"的地下室,目睹了牟天磊打工时经历的屈辱和求学时的艰难,是"眼泪往肚里流"的寂寞和辛酸。北芝城的公寓,有三间房加一个宽敞的厨房,客厅里有宽敞的沙发,厨房里是新式的电气设备,但是他却最怕回家,最怕醒在宽敞的卧室里,面对渐醒的早晨与满室的寂寞。

对于牟天磊而言,能让他产生家园感和存在感的地方绝不是美国的地下室和公寓,这是两个他"怕想起"的地方,带给他的是无穷无尽的寂寞。在美国,他不过是一个匆匆过客,在美国任何一个地方,无论景致多好,也不过一时赞赏,人始终是"属于自己国家的人"。只有在自己的家里,在故乡,他身上的肌肉——在美国那种因防御、因挣扎、因努力而逐渐抽紧的肌肉,才会完全地松开。

在异乡的孤独、寂寞是作为美国社会"他者"和"边际人"难以融入美国社会的心理投射,牟天磊的一段心理独白更将这种美国社会局外人的处境表露无遗:"和美国人在一起,你就感觉到你不是他们中的一个,他们起劲地谈政治、足球、拳击,你觉得那与你无关。他们谈他们的国家前途、学校前途,你觉得那是他们的事,而你完全是个陌生人。不管你个人的成就怎么样,不管你的英文讲得多流利,你还是外国人。"

难以融入美国的艰辛使得牟天磊们在文化选择上自然地倾向于中国,华人移居海外,常会由于生活在从语言到文化习俗、风土人情全然陌生的社会而强烈地思乡,又由于受歧视、不为该国社会完全接受而牢牢固守本国的传统。牟天磊的思乡情绪和对传统文化的坚持一方面体现在他拒绝吃洋饭上——不管功课多忙、身体多累,他依然坚持回公寓做中国饭吃;另一方面体现在对中文报纸的贪恋上,牟天磊在美国的十年像"饿狼"似的,到处借中文报纸来看,贪婪地咀嚼报刊上的每一个字。他强烈的乡愁竟至听到《万里长城》《念故乡》等负载着中华文化韵味的旧曲时潸然泪下。

就牟天磊而言,他的文化身份认同在观看和理解美国社会景观发挥的作用不容小觑:这不仅影响了他观看的方式,也决定了他看到了什么。经过牟天磊的认同和感情"透镜"过滤过的美国景观,呈现出与台湾当地人想象中的美国迥然不同的面貌:

芝加哥三十几街一带的脏和穷,比我们这个巷子里还胜十倍。

美国各地,没有地方特色……每个地方都差不多,加油站、热狗站、肉饼店、冰淇淋店、汽车行,一切都差不多……美国有很多古迹,也不过一百年左右。在我们中国人看来,算得了什么!虽也有名胜,但却相当地商业化,未免摧毁了自然的美,这和我们中国的名胜古迹是没有办法比较的。

从柏城到芝加哥的高架电车……经过的路线都是大建筑物的背面、大仓库的晦灰的后墙、一排排快要倒塌而仍旧住着贫苦的白种人或生活尚过得去的黑人的陈旧的公寓的后窗,后窗封着尘土,后廊堆着破地毯、断了腿的桌椅、没了弹簧的床……

或许芝加哥的穷和脏、高架电车上看到的城市的破败,甚至美国的古迹缺乏个性和岁月的洗礼都是客观事实,但是牟天磊们选择把这样的城市地图绘入自己的脑海并陈列出来,这本身就表明了一种态度和倾向。与美国的负面形象相反,中国的景貌给予牟天磊更多的愉悦和亲切感:台南碧绿的田野和重叠分明的山峦,让他感觉安宁;田间的茅屋、竹林和小溪及牛羊没有唤起任何贫穷和落后的联想,反而使他感觉熟悉和亲切;台东的岩石、月光、海风和潭水唤起一种久违的诗意,甚至记忆中故乡台风的癫狂,在他眼里也竟然有了一种暴戾的美感。

尽管文本一再提及牟天磊对台北的陌生感:"他仍像个圈外人一样,观看别人的快乐而自己裹在落寞里""我和这里脱了节,在这里,我也没有根"。但是就牟天磊的情感倾向而言,他显然更希望"活在自己的人群"里。牟天磊一直在回美国和留在台北之间徘徊。文本的结尾是开放式的,并没有确切地告知读者牟天磊最后的去留和情感归宿。但是,我们有理由相信:他心中的家园,不可能是美国。

(二)《丛林下的冰河》与《曼哈顿的中国女人》的文本分析

中国台湾留学生对于美国的负面表述和故土的乡愁情结到了新移民作家这里发生了嬗变和逆转。在新移民作家中美两种空间建构和表征方式中,美国处于明显的优势地位。新移民作家有在中美文化夹缝中悬荡的感受,又往往在西方物质文明的强大吸引之下,不自觉地偏向于美国社会和物质文明。因此,在新移民作家笔下的中国和美国的空间建构中,往往呈现出贫穷/富有、落后/先进、拘束/自由等比较明显的二元对立的空间描绘。文学作品中的空间表征与作家的意识形态有着莫大的关联,美国人类学家温迪·J.达比曾经说过:"风景,无论是再现的还是实际的,都是身份的附属物……人与风景之间存在富有象征意义的意识形态和恋物化的认同"。新移民作家的空间对比隐隐透露出作家对于中美两种文化的态度和情感。

在新移民作家查建英笔下的《丛林下的冰河》中,中国是贫穷、落后、陈旧的。故乡的小城闷热依旧,家里的老巷子黑黢黢的,家里依然没有淋浴,"车太挤,人太多,服务员眼珠朝天,公共场所常常垃圾遍地",与故乡的亲朋故交也早已没有了共同话题;旅行而至的西北小县城依然是砖房土房,茅厕肮脏龌龊,人们的生活娱乐是露天里观看老掉牙的美国电影;在家里,"我"穿露肩的背心见客遭到父母斥责。中国于"我"而言,成为一片陌生和疏离的空间场域。从物质上到精神上,中国都成为异质的"他者空间"。与此相反,我在美国却如鱼得水:初到美国时,就"口鼻清爽,行走如飞",美国这片土地上"一片片应接不暇的青坡秀水,旖旎风光""铺满青草和鲜花的小径",连监狱里也让人丝毫不觉任何肮脏不雅。

文学作品中的地理空间作为一种文化表征，渗透了作家的价值取向和精神趣味，通过中美两种空间对比，我们大致可以判定作家身份认同的方向。尽管众多研究者认为查建英在《丛林下的冰河》中构建的是一个徘徊于两种文化边缘的"悬浮者"形象，但笔者却认为，查建英笔下的"我"更认同西方文化和物质文明。文中的"我"也承认，"大约我骨子里企盼着脱胎换骨，做个疯癫快乐的西洋人吧"。尽管"我"无法摆脱已经"泡"入身体和灵魂深处的文化记忆和历史重负，也曾经在出国前放出"一定会回来，回来就不再走"的豪言壮语，但"我"实际的做法是在回国之前诚惶诚恐办好了各种证明，生怕一不小心回不了美国。"我"从中国回到美国的种种表现，就像是笼中鸟飞出了牢笼，终于可以享受自由和惬意：开着丰田车到小城兜风，到城郊小店吃墨西哥快餐，在校体育馆尽情游泳冲热水澡，一派怡然自得景象……我们可以明显感觉到，尽管"我"曾经对美国文化有着隔膜和陌生感，但是只有美国才能满足"我"的生活理想，故乡是再也回不去了。

空间对比对于作家身份的表征作用在周励的《曼哈顿的中国女人》中更加明显。周励以美国社会亲历者的身份和视角，急切而充满炫耀地向国内读者描绘所谓的"美国生活方式"：在纽约公园里漫步，在悬崖下欣赏瀑布，去购物中心和音乐厅休闲和娱乐。每到一处或一景，又不自觉地进行一番比较。这种对比手法在作者参观柯比夫妇的郊外住宅时得到清晰的展现：

在两天的时间里，柯比先生和乔治亚带我去了 11 个朋友的家庭，并且把我介绍给他们的朋友。我第一次像雷击般地被震动了：原来每一座房子的外形不同，但里面全部都是那种豪华设施，每家的客厅中都有名贵的油画和大钢琴，客厅之外是起居室、书房。主人房之后又有育儿房、客人房。家家都有举办鸡尾酒会的酒吧，每家都有室内游泳池和游戏室，再加上车库、地下室、储存室……房前的草坪鲜花盛开，房后的果树橘橙累累，河中有他们的游艇，不远处是绿茵茵的高尔夫球场……这一切使我眼花缭乱，使我震惊。柯比先生的朋友大多是退了休的普通美国公民，没有一个是费罗洛斯那样的富豪，可是他们的生活与中国人的生活，有着多么不可想象的距离啊！

20 世纪 80 年代的中国社会在物质条件上与美国确实存在不小的差距，叙事者在中美比较时对这种差距毫不掩饰，浓墨重彩地铺排美国生活空间的豪华、阔绰和宜人。上述对于美国社会的空间描写在文本中还有很多处，这为当时的中国读者描绘出一个"人间天堂"的幻象，作者本人亦完全陶醉于这种物质满足当中。作者还在文本编排上使用了双线结构，穿插讲述自己的美国经历和中国生活，更形成了鲜明对比。这种空间表征方式昭显了作者对西方文化和物质文明全面倾倒的臣属心态，这也可以解释为什么作者被美国人当作"完全美国化的中国女人"时，内心充满了"激烈奔涌的情绪"。

《曼哈顿的中国女人》折射中国人在相对落后的中国与富裕发达的美国相遇时的自卑心理和迎合欲望，在物质利益和欲望渴求的驱动下，他们毫不犹豫地抛弃相对贫困的中国，以他乡为故乡。这种畸形的文化心态在他们笔下的空间建构方式中也表露无遗。

四、"唐人街"书写与身份认同

法国空间理论先驱亨利·列斐伏尔认为，空间里弥漫着社会关系；它不仅被社会关系支持，也被社会关系所生产。空间本身在各种人类行为和社会生产进程中形成，却又反过来影响、改变甚至指导人们在社会中的行为方式。法国哲学家米歇尔·福柯的空间权力思想认为，现代国家对个人的管理和控制正是借助空间这一手段，通过规划空间赋予空间一种强制性，使空间成为国家政治统治的工具。列斐伏尔和福柯的空间思想都高扬了空间的政治文化意义，关注融合在空间中的民族、身份、阶级等社会内涵。这为我们诠释华裔美国文学中"唐人街"这一独特的空间建构提供了最为恰切的方式和途径。

（一）"唐人街"的形成与其刻板印象

"唐人街"又被称作"华埠""中国城"，是海外华人在世界各地聚族而居的场所。美国有大约12个较大规模的唐人街，分布在纽约、洛杉矶、旧金山、费城、芝加哥等地，其中数纽约曼哈顿唐人街和旧金山的唐人街最为有名。现在的唐人街已然成为美国境内具有鲜明族裔文化特色的族裔聚居区和新老移民聚会、思乡的场所。但是唐人街最初形成的历史，却见证了早期华人移民在异国他乡筚路蓝缕、饮辱含悲的艰难历程。

华人成批移民美国始于19世纪中后期。当时的中国内外交困、民不聊生，而美国正值西部开发和工业发展时期，需要大批劳动力。因此，广东沿海地区的农民为了维持生计，在中间商的蒙骗利诱之下，纷纷出海来到美国。早期华工为美国的西部开发和铁路建设做出了巨大贡献。但是此后不久，全美各地掀起了排华浪潮：在加州北部矿区和洛杉矶等地，发生多起白人暴动，华工遭到袭击和杀害，华工住宅也被劫掠和焚烧。据1857年的《沙斯达共和报》记载："近五年来，中国人遭暴徒杀害者，当在数百名以上，简直无日不有中国人被屠杀之事，而杀人凶犯被拘惩罚者，只闻有二三人而已"；1871年的洛杉矶暴动中22名华人被杀死，数百名华人被赶出家门，价值35 000美元的财产被窃。更有甚者，美国国会1882年通过了《排华法案》，驱逐非正常途径进入美国的华人，禁止一切华工入境和归化成美国人。严苛的社会环境迫使华工退居一隅、守望相助，于是出现了最早期的唐人街。因此，美国唐人街是种族冲突的直接产物，也是美国种族隔离制度的结果和表现形式，正如美国社会学家周敏教授所言："唐人街是法律上的排斥华人、制度上的种族主义和社会偏见，这三者综合的产物"。

根据美国对华政策的调整和中国移民在唐人街的生活方式,可以把唐人街的历史划分为三个时期:① 1849 年—1943 年,"分裂家庭"时期,唐人街基本为"单身汉社会";② 1943 年—1965 年,唐人街由"单身汉社会"向家庭社会的转型期;③ 1965 年以后,华人家庭社会时期。"单身汉社会"是美国华人历史上绝无仅有的一种畸形社会形态,是美国排华政策的直接产物。由于《排华法案》禁止华人入境,断绝了华工妻眷来美团聚的可能性,导致唐人街内男女比例严重失调。同时,由于美国政府明令禁止华人与白人通婚,使得唐人街内的大部分华工沦为单身汉,缺乏正常的家庭生活,在终日劳累和孤独寂寞中艰难度日。在相当长的时间里,唐人街是自治性的,美国政府在唐人街内没有正式的控制机构,采取的是不闻不问、放任自流的政策。更有甚者,美国政府人员从唐人街赌场中抽取相当的利润,甚至进行敲诈勒索。以上表明,唐人街为主流社会所不齿的种种罪恶现象固然有一部分华人自身的原因,但更大程度上应该归咎于美国社会。

但是在《排华法案》前后的很长一段时间里,美国社会并未反思过其对华人的各种不公待遇,反而在根深蒂固的种族歧视之下,形成了关于华人和唐人街华人社区的种种偏见和刻板印象。美国主流社会的文学作品成为制造这种刻板印象的帮凶,文学与空间的关系并不是简单的再现反映,文学表征着空间、生产着空间,文学直接参与了社会性、历史性与人文性的表征性空间建构,赋予空间以意义与价值的内涵。美国早期主流媒体的唐人街文学为了服务于其排华政策,将唐人街刻意表征为罪恶和贫穷的"他者空间"。福兰克·诺里斯、格特鲁德·阿瑟顿和很多二三流白人作家都曾写过这类作品。其中流传最广的当属萨克斯·罗默的"傅满洲"系列。通过十三篇"傅满洲"小说,对中国一无所知的萨克斯·罗默扬名西方社会,使得"傅满洲"这一阴险、狡诈、冷酷、凶残、怪异的中国人形象在美国家喻户晓,成为"黄祸"的化身和代言人,而其中的"唐人街"也随之成为罪恶的渊薮和神秘的黑暗世界。20 世纪 20 年代后,随着美国族裔政策的调整,美国社会又炮制出一个"模范少数族裔"的华人侦探陈查理,他身材矮胖、笑容可掬,虽然代表着正义和善良,却对白人唯唯诺诺,没有任何男子气概,再加上满口洋泾浜英语和之乎者也的孔孟哲言,使这个所谓的华人正面形象大打折扣。美国主流文化对唐人街极尽丑化和妖魔化之能事,塑造了一个令美国读者啧啧称奇的"他者空间",满足了主流社会的猎奇心理和自我优越感,使唐人街在与主流社会的互动中处于极大的劣势,也给居住其中的华人带来有形无形的巨大伤害。

(二)华裔美国文学中的唐人街书写与身份认同

美国的唐人街不仅仅是一处独特的物理空间,作为华裔族群聚居的场所,它也在事实上保留了中华历史和文化,并构成了美国华裔真实的生活方式,既是华裔族群魂之所系的精神原乡，又是他们承受种族歧视、遭受陋巷区隔的伤心之地。社会空间倾向于具有象征空间的作用，这是一个生活方式，以及具有不同生活方式的地位群体所形成的空间，作为一处具有鲜明族裔特色的空间建构，"唐人街"成为代表中华文化传统的地理符号和美国华裔的身份能指，它的意义超越了单纯的华裔聚居社区的命名指向，而成为华裔族群文化坐标、种族认同和精神归属的空间象征。

华裔美国文学与唐人街有着剪不断、理还乱的深刻渊源关系：一方面，唐人街及其价值观念、生活方式、文化传统为华裔作家们提供了文学想象的空间和素材；另一方面，华裔作家们也把自己的情感焦虑和身份困惑赋予笔下的唐人街书写和建构之中。正如文化地理学家克朗所言："在文学作品中，社会价值与意识形态是借助包含道德和意识形态因素的地理范畴来发挥影响的。"因此，通过华裔作家诠释和表征"唐人街"这一空间建构的方式，我们依稀可以追索他们的文化立场和身份焦虑。

1. 和谐温暖的华裔社区：水仙花、林语堂构建正面华裔形象的努力

水仙花原名伊迪丝·莫德·伊顿，被赵健秀和林英敏等华裔评论家公认为华裔美国文学的先驱。20世纪70年代著名的华裔美国作家汤亭亭称自己是水仙花的"精神曾孙女"。水仙花于1865年出生，1914年逝世，她生于美国种族歧视盛行的时代。水仙花的父亲是英国人，母亲是中国人，她本人实际上是一位欧亚混血儿。在外貌上，她的中国人特征并不明显，但是她本人却一直坚持自己的中国人身份，并且给自己起了一个中文笔名"水仙花"。华裔学者林英敏指出："笔名的选择是自我创造的一种行为，是对身份的选择。""水仙花"这一内含中华文化意蕴的名字正体现了水仙花对于自己种族身份的认定。

水仙花的短篇小说集《春香夫人及其他作品》中，有些故事便是以唐人街为背景。在水仙花时代，种族歧视猖獗，当时流行的"黄祸"文学竭力将唐人街妖魔化和他者化，大肆渲染唐人街的堂会巷战、鸦片烟馆等种种负面事物，塑造鸦片烟鬼、恶棍等华人刻板印象。但是在水仙花的笔下，这些负面形象很少出现，偶尔提及，也只是寥寥几笔，只作为一个浅淡的背景呈现。水仙花注重对华人生活和情感的现实主义呈现，不仅塑造了一批有血有肉的正面华人形象，也构建了一个温暖和谐的"唐人街"华人社区。

在《一位嫁给华人的白人妇女的故事》和其续篇《她的华人丈夫》中，白人妇女米妮走投无路之际，唐人街向她伸出温暖的援手，给她提供栖身之地和经济来源。这里的华人不仅家庭成员之间互相帮助，对外来者也亲切友善，让白人妇女米妮感觉到家庭的温暖和人生的意义。她感叹道："我与刘康海一家生活在一起……我第一次感觉到了活着的价值。看着我的孩子与华人孩子一起长大，我感到由衷的安心和满足。"以至于当她受到白人丈夫胁迫而不得不离开唐人街时，感到非常"难过和遗憾"。

《摇曳的映像》的女主人公潘是一个欧亚混血儿，与父亲居住在唐人街里，机缘巧合认识了白人记者马克·卡森并与之相爱，最后潘因为卡森否认自己的华人身份而断然与之分手。在这篇小说里，唐人街是没有种族偏见的社区，不仅把身为欧亚混血儿的潘当自己人看待，甚至对她的白人朋友也热情欢迎。而与之相对的白人社区却令潘感到"陌生和拘束"，他们"好奇的审视"就像"锋利的刀剑"一样让潘退避三舍。卡森作为白人记者，其思维模式和价值观念完全是主流社会种族主义意识形态的翻版。潘和卡森对身份定位的差异通过二人对"唐人街"这一空间建构的认知表露无遗。卡森和潘站在屋顶的露台上眺望着"灯笼照亮的、人迹混杂"的唐人街景象时，卡森不由自主地说："上面多美啊！下面却那么丑陋！"潘反驳道："可能这里并不漂亮，但是这是我居住的地方，是我的家。"卡森和潘对唐人街的认识分歧凸显出白人和华人之间的种族冲突和斗争。卡森出于其自己的立场，不仅否定和丑化现实的唐人街，还在其报道中对唐人街大加鞭挞，复制主流社会的话语体系。唐人街的风俗习惯对他而言"是纯粹的迷信，必须曝光和铲除"。虽然潘一时受到卡森的蛊惑，但是卡森对唐人街的恶意描述使潘意识到彼此身份立场的差异。潘最终没有接受卡森对她放弃华人身份的劝诱，反而加强了对华人身份的认同，最后毫不妥协地向卡森表明："我是一个中国女人。"

　　水仙花对于笔下的唐人街，赋予更多积极和正面的力量，生活于唐人街的华人社群，也突破了白人主流话语中的刻板印象，这正是她自身的身份政治诉求使然。

　　相比水仙花而言，林语堂笔下的唐人街少了政治批判色彩，而成为他自身文化观念展示的平台，他在试图纠正主流社会对唐人街的负面印象时有些矫枉过正，因而多了几分虚幻和乌托邦色彩。他的英文小说《唐人街》讲述了唐人街上冯老二一家的故事。故事中的唐人街虽然也是熙熙攘攘、热闹非凡，但却平和安详，家庭内部父慈子孝，邻里之间互相帮助，温暖和谐。小说对当时社会中依然盛行的种族歧视着墨不多，偶尔出现也采取回避冲突的方式淡化处理。小说中的汤姆在回家路上遭到白人孩子的挑衅和欺侮，父母却这样教育他："为什么要这样小题大做呢？如果这条街不好，不要从那里走就是了。这不是很简单吗？美国人有美国人的方法；我们中国人也有中国人的方法。"

　　林语堂本人并没有在唐人街生活的经验，他对唐人街的描绘和诠释，经由他自己文化身份的透镜，滤去了其中现实的种族冲突和社会问题，成为宣扬其道家思想和儒家文化的渠道和载体。很多西方学者对此书评价不高。亚裔学者金惠经和尹晓煌都认为《唐人街》强化了西方对华裔的刻板印象；赵健秀甚至毫不留情地称林语堂为"二等公民"，为"美元和畅销"而写作。但是在笔者看来，林语堂对唐人街的描写虽然有些失真，对于中国人的性格刻画也与西方人的偏见有些暗合，但是他对自己文化身份的指认却是毫无疑义的，小说中对道家思想的推崇和中国传统生活方式的溢美描写，展示了作者对中华文化的信心和自己文化身份的不二选择。

2. 负面和异国情调的"他者空间"：第二代华裔逃离唐人街的冲动

居住于唐人街的第一代华人，对中华文化的认同是根深蒂固又自然而然的。对于出生于唐人街的第二代华裔而言，情形则有了很大的改变。他们虽然在家庭和社区中不同程度地接触了中华文化传统，但是从小接受的是美国教育，说着地道流畅的英语，因而他们的意识形态和价值观念很大程度上被美国化了。新一代华裔生活于唐人街不是自己的选择，而是美国社会政治、文化各方面隔离的结果，是种族歧视和压迫以及剥夺华裔就业机会的产物。唐人街对于他们而言，是一种无形的枷锁和桎梏，一些华裔作家不由自主地产生逃离唐人街的想法。在第二代华裔作家的笔下，唐人街失去了水仙花、林语堂笔下那种和谐愉悦的氛围，而经常以负面形象出现：社区狭小逼仄、封闭压抑，重男轻女等封建思想盛行，人们谋生的手段就是开洗衣店、杂货店和餐馆，靠麻将消磨时光。唐人街的这种表征方式正是华裔作家接受美国社会意识形态后反观自身的心理投射。

林英敏曾经以"他者导向"和"自我导向"论及伊顿姐妹（水仙花和她的妹妹）的创作范式："'他者导向'是对美国社会政治、经济、社会风气的迎合；'自我导向'则追求真相以保持精神的纯洁与健康。"黄玉雪的《华女阿五》和刘裔昌的《虎父虎子》明显属于前者。黄玉雪将唐人街作为一种族裔符号，对唐人街内的饮食、风俗、生活、价值观念做了事无巨细的描绘，客观上满足了主流社会对华裔的东方主义凝视，是其树立华裔正面形象、渴望被主流社会接纳的心理外现。同样，刘裔昌对唐人街的表征方式也是一种"局外人"的视角。在他的笔下，唐人街就像一个蜂窝，而其中辛苦劳作的华裔就像"工蜂"，华裔的服装怪里怪气，唐人街的堂会是暴力和罪恶的渊薮，整个华埠弥漫着腐朽和堕落的气息。刘裔昌的唐人街书写完全复制了主流社会的东方主义话语，他的创作范式不仅是"他者导向"的，甚至是完全迎合主流社会文学作品里对唐人街"他者空间"的表述。显然，刘裔昌把华裔聚集的唐人街定义为"他者"，不惜与自己的民族社区彻底决裂，其一心融入美国社会、皈依美国文化的迫切心境昭然若揭。

汤亭亭笔下的唐人街是一个"群鬼环绕的世界"：既有来自白人世界的"洋鬼子"，如报童鬼、垃圾鬼、公车鬼，也有来自中国的坐凳鬼、压身鬼。这些所谓的鬼，实际是身在美国社会边缘的华裔对于中美文化中一些难解事物的表述方式，它是中国文化传统与美国文化传统的双重聚像，是不为华裔美国新一代所理解的"他者"部分，是许多相互矛盾因子的聚合物。但是这给年幼的华裔小女孩带来巨大的困惑和迷惘，成为她拒斥唐人街和中华文化传统的一个因素。除此之外，唐人街对于汤亭亭而言，还意味着充满秘密和谎言的世界。然而，唐人街文化传统里，对汤亭亭伤害最深的是男尊女卑思想。中华文化传统确实存在一些负面因素，加上华裔后代在主流社会影响下对自身文化的误解和排斥，使得第二代华裔在中美两种文化的博弈之中逐渐偏向美国文化，产生了逃离唐人街的冲动："离开家，我就不会生病，不会每个假日都去医院……我呼吸自如……我不用站在窗前看看外面有什么动静，在黑暗中看看有什么动静。"

华裔美国新生代作家伍慧明的《骨》，则以第一人称自传体叙事，挖掘了一个唐人街家庭三代的历史。梁爷爷是梁家在美国的第一代，在书中出现时早已作古。他的一生由两个空间构建而成：早期在美国西部做苦力，晚年在唐人街的三藩公寓孤独终老。梁爷爷从西部到三藩公寓，正体现了美国社会的权力宰制——梁爷爷在西部开发中做出了贡献，然而并未得到应得的承认和善待，反而被排挤入狭小的"唐人街"保留地。梁家第二代，书中的"父亲"利昂，本姓傅，是梁爷爷的"纸生子"，因为与"母亲"的矛盾也住进三藩公寓。三藩公寓是一个特殊的空间建构，它是美国单身汉社会的缩影，它的存在证实了美国排华政策对华裔心理和生理的伤害。梁家第三代的三个女儿，分别以自己的方式逃离了唐人街。梁家三代的历史，实际上是整个华裔族群在美国的历史缩影，是族群生活在一个华裔家庭中的浓缩展现。

华裔美国文学中的唐人街书写，远远超出了其地理意义，具有浓烈的政治文化内涵。唐人街所代表的生活方式、价值观念以及文化传统，一方面为华裔作家构建族裔属性提供了社会文化资源，另一方面也是其试图逃离、反叛或留守的精神原乡。华裔作家也通过对唐人街的不同表征方式，传达出对自身文化属性和身份认同的理解和认知：其中既有纠偏主流社会刻板印象的努力，也有依附白人意识形态的东方主义文化陈列，而更多的是在对唐人街的固守和叛逃中追寻着自己的文化归属和身份定位。

第二节 故事类人文叙述与身份认同

一、人际交往空间与身份认同

我国著名社会学家、人类学家费孝通先生在《乡土中国》里曾提出"差序格局"这一概念，用以阐释中国传统社会的结构和人际交往特点。"我们的格局不是一捆一捆扎清楚的柴，而是好像把一块石头丢在水面上所发生的一圈圈推出去的波纹。每个人都是他社会影响所推出去的圈子的中心。被圈子的波纹所推及的就发生联系。"费先生这番论述虽然是根据中国乡土社会而发，但是却有着广泛的适用性，它形象地说明了一个人在社会交往过程中，以自我为中心，按照由亲及疏、由近及远的顺序向外辐射而形成的人际交往空间。只不过在不同的社会语境中，影响这种"差序格局"的因素也会随之改变。在中国乡土社会以血缘关系和地缘关系为核心的差序格局，在大城市中可能会更多地受制于姻缘关系和利益关系。美国华人是由中国移民美国的华人或华人后裔构成的，在他们的人际交往过程中，无论是所接触的人群，还是远近亲疏的影响因素，都与中国社会有了很大的差别。美国华人除了与本民族同胞交往外，还有与主流社会和白人种族互动的可能。因而，美国华人的差序格局按照由近及远的顺序可以分为三个外环：家庭内部、同胞关系、异族交往。就家庭内部的关系而言，美国华人的家庭常常由第一代华人和在美国出生的第二代华裔组成，保留着中国传统和文化记忆的第一代华人与接受美国教育的后代子女之间在思想观念、思维方式、生活习惯等方面往往会产生不小的分歧，这形成美国华裔文学中独特的母女关系、父子关系母题。

（一）母女/父子关系与身份认同

对于大多数移民美国的第一代华人而言，中华文化传统已经给他们的人生画布打上了不可磨灭的底色，中国的思维方式、生活习惯已经渗入其骨血。尽管由于各种原因移居异邦，但文化惯性和在异域环境下的自我防卫本能都使得他们在身份认同上往往趋于保守，还是以对中国和中华文化的认同为多数。然而，他们在美国所生的后代子女，即第二代、第三代华裔，也就是传说中的ABC（美国土生华裔），却没有父辈身上的这种中华文化传承和精神负累。虽然通过父母的讲述对中国传统稍有认知，但是已经非常陌生；美国社会对华人的种族歧视也强化了他们对中华文化的抗拒和排斥。所以土生华裔不仅说着道道地地的美式英语，在文化上也更认同主流社会，思维方式、价值观念等都很大程度上美国化了。这样，固守中华文化传统的第一代华人移民和其后代子女之间往往因为彼此对中西方文化的认同差异产生种种矛盾和冲突。因此，以代际冲突为表征、文化冲突为里因的母女、父子关系成为美国华人文学中的常见主题。

谭恩美的四部小说《喜福会》《灶神之妻》《接骨师之女》《百种神秘感觉》，都是以华裔母女之间错综复杂、爱恨交织的关系为主线，探讨东西方文化的冲突与融合、华裔身份构建等问题。

在《喜福会》中，作者将麻将桌的形式与西方的四季理论相融合，用"轮言"的方式和第一人称叙述，展现了四对母女的冲突和矛盾。在中国的教育传统里，有"棍棒底下出孝子""不打不成器""严师出高徒"等教育方式。《喜福会》中的母亲们在子女教育上也沿用了这样的方式。当吴精美拒绝练琴的时候，母亲吴凤愿"突然抓起我的膀子，把我从地上拎起来,啪地关上电视。她力气大得惊人,将我半拖半拉,朝钢琴那边拽过去,而我拼命挣扎,使劲地蹬地毯"。这种中国式的教育方式伤害了母女的感情,使二者之间的关系经常处于剑拔弩张的状态。

此外,在中国的传统家庭里,有着很强的等级观念和伦理秩序。所谓"夫为妻纲,父为子纲",父母经常把儿女作为自己的附属物和私有财产,强调对长辈和权威的绝对服从,儿女的个性和思想往往得不到充分的表达和尊重。而在美国的家庭关系中,儿女是与父母平等的主体,享有独立的个性和尊严,拥有与父母对话的权利和自由。因此,中美两种家庭伦理的差别也经常导致母女发生冲突和矛盾。在逼女儿弹钢琴的时候,吴凤愿怒吼:"女儿只有两种:听话的和随心所欲的!这个家里只容得下一种,那就是听话的女儿!"而女儿精美则认为:"我不是她的奴隶。"接受了美国文化的女儿崇尚自由,强调自我中心的美国价值观,有着强烈的主体意识。就像吴精美对母亲宣告的那样:"我就是我自己的。"

母女两代人的冲突和矛盾很大程度上是由基于不同文化身份带来的价值差异而引起的。母亲们来自中国,在那里度过了从童年至成年的大部分时光,奔赴美国之前,中国的生活环境已经形塑了母亲们的中国身份,她们对"中国"的国家认同和对"中国人"身份的认同与生俱来、顺理成章。女儿这一代人生于美国、长于美国,她们自觉自愿地接受了美国的价值观念,理直气壮地认为自己是"美国人"。

除《喜福会》外,谭恩美的其他几部小说中也体现了华裔女儿与中国母亲之间由于潜在的文化身份差异而导致的复杂纠葛关系。在很多华裔美国小说里,如汤亭亭的《女勇士》,甚至更早一点的黄玉雪的《华女阿五》,亦表现了同样的主题。《女勇士》里,汤亭亭对于母亲讲述老家各种各样的鬼故事深感厌倦。母亲用中国的那套观念在美国生活,对美国缺乏知识和了解,这让汤亭亭感到羞耻和尴尬。汤亭亭对母亲所灌输的中国文化(比如宗教信仰、生活习惯)都极为反感和抵触。她认为只有在美国才能找到自己的认同感:"在这个国家里找到了一些没有鬼的地方,我觉得自己属于这样的地方。"在自传体小说《华女阿五》中,黄玉雪在走出唐人街、逐渐接受美国主流社会的个人价值观之后,与父母的关系也经历了从一味顺从到反抗冲突的阶段。

在这些华裔美国文学作品中,母女之间的冲突和对抗,其实是以代际冲突为表象的文化认同问题。从某种意义上说,母亲形象就是华族文化的隐喻,而女儿则是美国文化的缩影。

同样的主题在华裔男作家那里找到了对应物——父子关系。

刘裔昌的自传体小说《虎父虎子》(有人译为《父亲和其光荣的后代》)就描述了一个全面臣服于美国文化、一心融入美国白人社会的华裔儿子与美国化并不彻底的华裔父亲之间的纠葛和矛盾。刘裔昌的父亲十几岁便来到美国,已经在相当程度上美国化了。他不仅剪掉了当时在华人中还依然盛行的辫子,并且着洋装、举止西化,与美国白人社会交游广泛,甚至效法西方社会为自己的孩子起了英文名字——帕迪。然而,中华文化传统并未从他身上完全消失,中国的思维方式和生活习惯依然根深蒂固地影响他:他不相信西方式的原创精神,也不欣赏西方人的个性表达和感情外露,而是恪守中国儒家传统提倡的严谨、隐忍等人生态度。在对子女的教育上,刘裔昌的父亲也并没有完全背离中华传统:他带儿子参加华裔春节庆祝活动,坚持送儿子去中文学校学中文。对于完全认同美国文化的刘裔昌而言,父亲身上的美国化特征让他分外自豪,父亲身上残留的中国特征则让他痛恨不已。他认为是父亲"固执的中国式思维"才导致父子间的冲突不断。刘裔昌坚决抵制父亲送他回中国接受教育的要求,因为在他看来,中文是世界上最难学的语言,中国是个遥远、落后、无法改良的国家。中国的家庭伦理观念强调"父为子纲""父慈子孝",父亲在家中拥有绝对权威,儿子只能唯命是从。而刘裔昌推崇西方家庭成员之间的平等和互相尊重,认为个人有行事的自由和情感选择,对中式的父亲权威和孝道进行了严厉批评。

  相比较而言,赵健秀的《唐老亚》中的父子关系不像《虎父虎子》之中那么紧张和火药味十足,但也因为对中华文化传统的不同认知而表现出隔膜和疏离。唐老亚是个不到12岁的华裔小男孩,与父亲及其他家庭成员住在唐人街上。唐老亚羞于做一个中国人,他讨厌自己的名字和中国特征,他认为:"只有中国人才会蠢到给自己的孩子起这么个傻名字""看起来像个中国人快把他逼疯了"。对他来说,过农历新年是一年中最难熬的时候,因为老师会不停地讲一些关于中国人信仰和生活习惯的陈词滥调,别人也老问他中国人的"古怪"风俗和"古怪"食物,因此"他不喜欢说汉语,也觉得没必要——这里是美国"。他觉得:"人人都必须放弃过去的习惯,好成为一个美国人,如果华人全都更加美国化了,我也就不会遇上这么多事了。"唐老亚的这种论调让他的父亲非常生气。他教育儿子说,新近移民美国的华人不是为了放弃旧的原则,而是为了增加新的东西,这样他们才比美国土生土长的华裔更有力量。

  美国新老两代华裔都会在不同程度上受到中美两种文化的影响,但是显然两代人在对两种文化的不同体认和感知上有着显著差异。这种差异也通过父子关系的形式得到体现和外化,因而,华裔小说中的父子关系也便从单纯的家庭血缘关系成为文化冲击的载体与产物。

  然而,一个人的文化身份总是不可避免地带有历史和家庭环境的烙印,无论出身美国的土生华裔如何抗拒中国文化传统,他们都无法斩断自己身上的中华血脉,外貌上的天然差别也使得华裔子女们不可能与"中国人"这一身份标识彻底告别。有些人在与主流社会的互动中饱尝二等公民的痛苦,意识到自己最终无法被主流社会所完全接受,而逐渐向中国传统回归。还有些华裔子女在成年的过程中受到文化多元主义的影响,逐渐开始以一种理性、平和的眼光看待中西两种文化,表现出对本族文化的回归和向往。无论出于上述哪种情况,华裔子女都经历了一个对自己的中国文化身份由抗拒到接受的过程。这个过程也恰恰证明,一个人的文化身份是动态和开放的。美国华裔也是在"历史、文化和权力的不断'嬉戏'"中,逐渐认识"中国性"在自己的文化身份中所占据的不可或缺的位置,对自己的文化属性进行了调整和重新定位,中西文化在文学文本中从冲突走向融合,矛盾重重的母女、父子关系也由此得到和解。

在《喜福会》中,美国的女儿们经历了为人妻、为人母后种种挫折和痛苦,也经历了少数族裔在主流社会中的尴尬和困境之后,在亲情的感化下开始从母亲和中国传统那里汲取智慧和力量。通过了解母亲们的家族记忆,女儿们不仅在情感上理解和认同了母亲那一代,也找寻到了自己的文化之根,平衡与融和了两种文化,构建了独特的文化身份。

类似地,在汤亭亭的《女勇士》中,母女之间最后也达到了和解与认同。尽管汤亭亭对母亲的思想和行为方式有很多不满,但是她同时也欣赏母亲的果敢和坚强,并在真实和想象两方面从母亲那里获得了面对困境时的应对方式。在最后一章中,以母女同讲故事的形式,重新建立了母女间的亲密关系以及中美两种文化的沟通和融合。

赵健秀笔下的华裔小男孩唐老亚,也通过查找了解华工修建美国铁路的历史,重拾了民族自尊心,对中华文化产生了强烈的兴趣,主动要求父亲给自己讲述中国文化故事。

美国华裔是美国社会里的少数族裔,他们处于东西方文化的夹缝中,在自己的中国家庭环境和美国社会环境中,常常陷入文化身份的困惑和迷惘之中。在西方社会对华裔的东方主义注视之下,美国华裔往往会迷失自我,以美国文化认同为唯一导向,也因此与自己的中国家庭背景和父辈/母辈产生种种冲突和隔阂。但是随着华裔日渐成熟,在与主流社会的交往和互动中,美国华裔所面临的尴尬和困境让他们重新反思美国文化与自己的家族传统,从而逐渐意识到自己身上流淌不绝的中华文化血脉,通过认同和接受中华文化传统,土生华裔们改善了与父辈们的紧张关系,也在平衡两种文化的过程中重新构建了自己的文化身份。

(二)同胞互看与身份认同

美国华裔是一个整体性的概念,指所有拥有美国居住权或公民身份的拥有中国血统的华人。这一族群内部的人员构成相当复杂,尤其在美国排华政策废止之后,大量华人新移民涌入美国,使得在美华人人口快速增长,人员构成在来源地、社会经济背景和地区分布等方面更加复杂和多元。同样的黄皮肤黑眼睛并不能天然地将所有华人凝聚在一起,而是由于巨大的背景差异和经济历史隔阂,在彼此的互看中构建颇有意味的同胞形象。

　　差异是最常见的构建自我认同的方式,人们通过发现与其他人的差异并且彰显这种差异来确定自我的位置和身份。在华裔美国文学中,由于华人移民构成的复杂,其身份认同也必然不可能是单纯和统一的。华人不仅意识到与白人社会的差异,以此建构自己的文化身份,并且经常以他者化的眼光看待自己的同胞、确认自己的身份。华裔美国文学中,包括两种较为典型的同胞互看:土生华裔与华人移民的对视,华人移民之间的对视。

　　美国土生华裔指那些在美国出生和接受教育、拥有中国血统的美国公民。这些人从小接受了美国的价值观和思维方式,在身份认同上往往以美国人自居,对于自身存在的中国血统和家庭中的中国传统都较为冷漠和疏离,有些甚至抵触和抗拒。上面提到的汤亭亭、谭恩美、刘裔昌就是典型的案例。谭恩美在采访中曾提到小时候为了摆脱自己的华裔外貌特征,甚至考虑过做整容手术。华裔对东方文化传统的态度固然与东方文化的某些落后和黑暗面有关(比如,汤亭亭就极其反感中国父权制下的厌女文化和男尊女卑思想),其实更大程度上是美国主流社会盛行的东方主义话语给华裔带来的种族自憎心理和自卑感所致。当美国华裔面对其他华裔和新来的华人移民时,便把从主流社会全盘承继下来的东方主义不自觉地施加其中。汤亭亭在《女勇士》中曾以嘲笑的口吻描写新来的中国移民:

　　他们看上去很滑稽,都是"刚下船的",华裔美国孩子在学校里都这样称呼新来的移民。这些刚下船的人穿着宽松的灰裤子和白衬衫,衬衫的袖子卷起来。他们的眼睛游离不定,不会盯住该盯的地方;他们的嘴唇松弛,不是那种抿嘴刚毅的男性;他们把鬓角也剃掉。女孩子们说她们绝不与刚下船的人约会。

　　类似的描述也出现在《中国佬》中:

　　是新移民,新来美国,在公众场合露面,尚不知该怎样在一起散步。像撒种子,如此土里土气。如果说他们的裤子不那么短,运动袜不那么雪白,人们也不会厌恶他们的。新来者的风尚——短裤腿或卷裤脚。不可救药,土里土气。过街地道里有股卫生球的味道——新来者的香水味。

　　在上述两段描述中,新移民被极大地"他者化"了。新移民的衣、食、住、行等各个方面在土生华裔眼里都是那么的俗气丑陋、滑稽可笑。以这样的方式,土生华裔尽力拉开与新移民的距离,毫不掩饰地展现自我与新移民华人之间的差异,唯恐与中国人有任何亲缘关系。这既是他们潜意识里作为美国人优越感的一种外化,也是他们确认自己身份的一种方式。主流意识形态里的东方主义早已内置于土生华裔心中,他们不自觉流露出地看待同胞的方式,形成了与白人主流话语的一种共谋,这与新移民穿什么、说什么几乎没有什么关系,因为"刻板印象"是一种先前的"固定性"意识,并不受眼前现实的干扰。

与美国土生华裔注视中国人的美国立场和文化认同取向不同,有些华人移民在互看时,却表现出疏离美国社会、鄙夷中华文化背叛者的倾向,这种现象在20世纪五六十年代中国台湾作家群中尤其明显。

丛甦的短篇小说《野宴》讲了这样一个故事:一群中国留学生周末去一个叫作"乐园镇"的美国南部小镇游玩,其中一个人中了一对本地男女设下的陷阱。当地居民和处理案件的美国法官虽然很清楚那两个当地人的情况,也明明知道那是个欺骗中国人的诡计,却依然偏袒本国人,让两个美国无赖诈取了中国留学生的钱财。小说中的一个情节颇值得玩味,也激发了这群留学生关于中国人在美国处境的讨论。一个美国小男孩在中国留学生吃午饭时凑了过来,其中一个人好心想给小男孩一个包子,却遭到小男孩母亲的大声喝止。几个中国留学生对中国人在美国的尴尬处境都很不满,但是其中的林尧成却完全倒向美国人:

中国人一天到晚自怨自艾,说美国社会不接受。其实自己根本不想同化,怎么能怪别人歧视?就说我们吧,一大伙中国人一天到晚叽叽喳喳的,人家当然听了就烦……我认为这是一种心理上的障碍,一种情感上的包袱,要是中国人不把这个扔掉,一万年也休想打入美国社会!

林尧成完全抹杀美国社会依然存在的种族歧视,一心为美国开脱,把中国人"融入的艰难"归咎于自身,这对深受美国社会"玻璃天花板"困扰的中国人来说,显然是一种背叛和伤害。因此,这种论调立刻被其他中国人群起而攻之。沈梦尖锐而辛辣地指着那家美国人说:"你认为他们真的会把你当自己人看待吗?"作者显然对林尧成类中国人持一种批判的态度,作者设定的结局——中国人被沆瀣一气的美国法官和居民合伙欺负,只好破财免灾,这是对林尧成论调的辛辣讽刺。作者借文超峰的心灵独白传达了对中国故土的眷恋和认同:"有一天,我们,我们的下一代,我们的下一代的下一代,一定要在自己的土地上,生根,工作,相爱,在我们自己的土地上欢笑、奔跑、老死、物化……在我们自己的土地上书写我们的向往和梦……"在丛甦的眼里,为了生存和发展而丢弃民族认同的行为显然是不值得鼓励的。

白先勇的《上摩天楼去》从一个初到美国的妹妹的视角,观看了在美国久居的姐姐所经历的异化和嬗变,对庸俗和现实的西方文化也持批判的态度。玫宝千里迢迢从台湾来看姐姐玫伦。在她的印象里,姐姐是一个情趣高雅、精神丰富并且有着强烈东方气质的女人。然而到了纽约才发现,在美国环境里生活了两年的姐姐,已经在西方文化的浸染下面目全非:"她的着装打扮美艳和洋派,穿着一袭榴花红低领的绉纱裙,细白的颈项上围着一串珊瑚珠,玫伦的头发改了样式,耸高了好些,近太阳穴处,刷成两弯妩媚的发钩。眼角似有似无地勾着上挑的黑眼圈。玫瑰色的唇膏和榴花红的裙子,衬得她的皮肤泼乳一般。"但是对玫宝来说,这打扮"通身艳色逼人,逼得人有点头晕"。玫伦的人生追求变得现实和俗气,她不仅卖掉了引她走入艺术殿堂的钢琴,还把钢琴这事当作一个"笑话"来讲。她对中国同胞的批评更显示了她对美国文化的皈依和认同:"我最看不来张乃嘉两夫妻,来了美国十几年,还那么出不得众,小里小气。"对她而言,没有被美国社会同化而固守传统的中国人是不登大雅之堂、见不得人的。对美国文化全面臣服而改头换面的玫伦,在妹妹玫宝眼里是那么的陌生和遥远。对于中西文化的冲撞,玫宝或许没有理性的自觉,但是姐姐的改变给她带来的心灵震撼却是强烈而直接的。玫宝在帝国大厦对姐姐的呼唤和将积雪扫下高楼的举动,表露了她对于西方文化及其异化作用的绝望和愤怒。

身份认同这一话题,在新移民作家那里呈现出不一样的面貌,尤其是周励的《曼哈顿的中国女人》和曹桂林的《北京人在纽约》。

《曼哈顿的中国女人》以第一人称自传体的方式讲述了一个名叫周励的女人怀揣40美元到美国,仅仅通过一年时间便叱咤纽约商场的传奇经历。周励对西方文化的崇拜和臣属心态使她竭力摆脱中国人的圈子,以与美国人打交道为荣,因被称为"曼哈顿的中国女人"而沾沾自喜,多次声明不与中国人做生意,矮化和丑化中国人的形象,贬损中国人的"关系学"。在中国外贸推销人员来访时,给每个人准备50元让他们下赌场玩个痛快,还似乎善意地送一些不足百元的小礼物,但是这些姿态更像是居高临下的施舍。周励对待中国人的态度其实是其文化心态的折射,这种心态是"'低姿态'的中国人面对'高姿态'的西方文化而产生的自卑心理和迎合欲望"。而这种心态在面对作为同胞的中国人时,便自觉转化为俯视和怜悯,就像在城里突然发家的暴发户面对乡下来的穷亲戚。周励在中国人面前的优越感,不过是其义无反顾的西化情结的另外一种表现方式。

《北京人在纽约》中的王启明,在现实生活层面经历了与周励类似的创业发家、梦圆美国的过程。但是与周励的全盘西化不同,两种文化的碰撞给王启明带来的是文化失重的彷徨和危机。故事的开始,王启明初到美国时,虽然身无分文,但是忠于家庭、重情重义。随着他在美国社会的深层交往,价值观念逐渐蜕变,物质至上的思想抬头,这从他对女儿的教育可见一斑:"书读多了也挣不了大钱,就是读出来,年薪五六万,养个房子和车子,日子也是紧着裤腰带。"事业稍有起色时,便辜负了同甘共苦的妻子,有了婚外情。事业低谷的时候,通过赖掉工人工资等无良方式摆脱危机。

王启明的身份转变在小说结尾借老乡郑卫来美的契机被戏剧性展现出来,这一幕与开头王启明被姨妈接送的场景惊人地相似:王启明开着豪车,将郑卫送到贫穷肮脏的哈莱姆地区，递给他一个信封："这里是五百美金，加上房租和押金一共九百块。你先拿去用，等你有钱了，再还给我。"甚至连说的话都跟当初姨妈对他说的话一模一样。同样的场景，只是人物的身份已经发生错位。恍然间，王启明已经成为昔日的姨妈：同样的富有，同样的冷漠，同样的重利轻义。郑卫的抱怨道破了天机："这可真邪门儿！人到了美国，怎么就变这操性了！"

阿春和郑卫两个人，就像王启明的镜子，从不同角度映照出王启明在西方文化强势侵蚀下的精神嬗变：前者见证了他改变的整个过程，后者则目睹了改变的结果。

美国土生华裔以美国人自居，往往将新移民他者化对待。而台湾留学生作家有感于美国的种族歧视和融入的艰难，对于抛弃中华文化而认同美国的"背叛者"则持批评态度；新移民作家中的文化认同中，加入了更多的财富追求和现实奋斗，其中一些人对西方的物质文明顶礼膜拜，一头扎入西方文化的怀抱，对中国同胞表现出东方主义俯视；还有些人在西方文化的冲击下精神异化，在迷失中书写出悲剧人生。

（三）异族交往与身份认同

美国华人身处异国他乡，与主流社会的互动交流自然不可避免。华裔与异族的交往成为美国华人生活中最有意味的内容之一，这也自然而然成为华裔美国文学的表现主题。而华裔作家对这一主题表现的方式也体现了他们对两族关系的理解和其自身的文化认同取向，反映出不同时代和语境下美国华人的文化选择和主流社会对华裔的态度。异族交往成为中美文化相遇时复杂关系的突出表征，华裔和白人交往中的成功与失败、尴尬与困惑，都会成为华裔在美国社会处境的隐喻和写照。

1. 抗击种族歧视，纠正刻板印象

异族婚恋在华裔美国文学先驱水仙花的笔下，成为抗击种族歧视和纠正主流社会对华裔刻板印象的平台和渠道。在水仙花的时代，充斥着种种关于华裔的刻板印象，华裔被看作是"古怪""肮脏""难以同化"的"异教徒"，而且"奸诈""狡猾""缺乏感情"。白人与华裔通婚也是被禁止的，因为白人种族主义者认为与华裔通婚会影响白人种族的血统纯洁性。因此，不仅社会舆论不鼓励异族通婚，美国各州还纷纷出台各种反种族婚姻法。美国流行小说中，对白人和华裔的异族通婚全无正面的刻画，也很少有美满的结局。

水仙花在她的短篇小说集《春香夫人及其他作品》中，也触及了异族通婚这一敏感话题，但是展现的方式却与美国流行小说完全不同。在《一位嫁给华人的白人妇女的故事》和其续篇《她的华人丈夫》中，水仙花以第一人称的叙述方式，从一个美国白人妇女的视角讲述了她与华人丈夫之间的婚姻故事。

小说的主人公是一个名叫米妮的白人妇女。她与白人丈夫詹姆斯的婚姻很不幸福，丈夫自私冷漠，缺乏家庭责任感，看不起身为劳动女性的米妮，甚至对妻子有暴力倾向，最终二人离婚。离婚后的米妮生活无着落，陷入困境时想要跳水自杀，被华裔商人刘康海救下。刘康海将米妮安排到自己亲戚家中，还给她介绍了工作；在她遇到困难的时候经常施以援手。前夫詹姆斯却多次前来骚扰，想要复婚，还以暴力和孩子相威胁。相形之下，米妮懂得了刘康海的可贵，在坚决拒绝詹姆斯后答应了刘康海的求婚。婚后两人非常幸福，还生了一个混血儿孩子。

水仙花对异族婚恋这一题材的处理方式显然与她的身份认同密切相关。水仙花生活在种族歧视猖獗的19世纪末至20世纪初，她身上的中国血统使她难逃被歧视的厄运。水仙花在自传文章《一个欧亚后裔的回忆拾零》中提到成长过程中遇到的种种"特殊待遇"：保姆在得知她的母亲是中国人时大吃一惊，对她从头到脚地打量，然后与其他人窃窃私语；白人小孩提醒她的小伙伴："我如果是你就不跟水仙花说话，她的妈妈是中国人"；白人小孩辱骂水仙花和她的哥哥……因此，关于这类婚姻的现实主义描写凤毛麟角。水仙花打破了这一禁忌，生动地记录了19世纪华人和白人异族婚姻里的日常生活，并且跨越了种族和文化的隔膜，让异族的两个人过上和谐美满的生活。这是当时唯一对白人与华人通婚持赞同态度的作品。白人妇女米妮和刘康海的故事也从侧面证明，华人与白人一样，有着丰富的感情，能够体验爱情的甜蜜，这与当时流传的种族主义观念大异其趣。

水仙花在其异族婚恋题材小说中，竭力构建积极的华裔形象，柔婉地批判主流社会的种族主义话语，这正是她中国立场的一种表现，是她主张"中国人站出来为中国人伸张正义"的身体力行。她的义举受到很多华裔的感激和赞赏。水仙花去世后，华裔为她立了墓碑，上书"义不忘华"四个中文大字。水仙花的作品也得到了诸位华裔评论家的肯定，林英敏称赞她"能够洞悉当时国家政策和社会价值观的偏见和不公，英勇无畏地站出来反对它们……并且利用她所掌握的英语让一个没有声音的民族发出了声音"。连对华裔美国女作家格外挑剔的赵健秀也认为水仙花代表了"真正的"的美国亚裔传统，称她为"为华裔美国真实而战的孤独的战士"。这些盛赞，水仙花显然当之无愧。

2. 坚守中国传统＝异族婚恋失败／认同美国文化＝与美国白人异性结婚

美国华裔批评家黄秀玲在讨论20世纪60年代到70年代华裔美国文学作品时，就其中的婚姻和两性关系主题提出这样一个公式："忠于中国精神＝保持个人操守＝独身"。这个公式对华裔美国文学婚恋模式提出了一种可能的解释，它展示了华裔作家在处理异族婚恋时的矛盾心态，也为众多失败的异族婚姻提供了文化身份选择的解读。这一时期的华裔美国文学创作者基本都是台湾留学生作家，而台湾留学生作家在自己的文化身份上基本都选择了对中国文化的坚守。这种文化立场使这些作家对于异族婚恋交往多持否定态度，对华裔和白人通婚的前景充满幻灭感，甚至有丑化美国交往对象的倾向。而异族婚恋中的华裔则会产生背弃本民族的负罪感，在对异族爱情的向往与本民族的内疚之间患得患失，终致异族交往不得善终。

欧阳子的短篇小说《考验》正体现了这种矛盾的心态。女主人公美莲与美国同学保罗约会，这招来其他中国留学生的非议。同学佳玲冷漠地指责她："我知道你不屑与我们做伴……你有你的自由，要是你不想做中国人，我怎么管得着？"在中国留学生团体看来，美莲在保罗面前故意扮演成中国人的样子，强化自己身上的中国特征：她穿上自认为土气的旗袍，改穿中国式的平底鞋。这并不是因为美莲为自己的中国文化而自豪，而是要刻意表演异国情调，迎合保罗的东方主义品味。在与保罗的关系有了进展后，美莲又在他的美国朋友面前试图维护中国人的尊严，拒绝去和他们打桥牌。美莲的这种复杂心态使她在与保罗的相处中欲迎还拒、欲进又退，最终还是以分手收场。欧阳子借美莲之口表达了对这种异族交往的理解："她视自己与保罗之间的友谊为一种象征，一种考验……来证明这种文化联姻的可能性。"然而美莲最终悲哀地发现："这一切全是幻象，没有实现的可能……他俩从未真正接触过，而且永远无缘接触……距离过远，接触不到。是的，距离——由不同的国籍、种族和文化造成的距离。"美莲最终不愿背弃本民族，选择了中国精神，放弃了与保罗的交往。回归和坚守中国传统与异族婚恋的失败呈同构关系：坚守中国传统＝异族婚恋失败。

在於梨华的小说《傅家的儿女们》中，如曼和劳伦斯之间的爱情也经历了这样的模式。如曼与美国人热恋，因此遭到其他中国人的疏远和排挤。父亲得知女儿与美国人交往时，写来措辞严厉的信，认为这是"家门之大不幸"，命令她接信后立即与对方断绝来往，否则会立即终止寄生活费。如曼在各种压力下选择与劳伦斯同居，却不敢结婚。双方的交往不仅遭到中国方面的反对，劳伦斯的白人父母也禁止儿子与东方人结婚。对他们来说，与中国人交朋友是一回事，与中国人结婚则万万不能。两个人在不被亲友祝福的情况下虽然维系了一段时间的交往关系，终于还是经历吵架、猜疑，并最终在劳伦斯见异思迁后彻底断了关系。用如曼的话来说，"他回他美国的家，我回我的中国圈子"——这清晰地表达出两个异族交往对象分手的文化回归意义。而如曼自己也承认内心里从来也没有构想过与劳伦斯的真正结合，"她实在没有与他厮守一生的意念"。

但是，与劳伦斯的恋爱给如曼带来了一生伤痛。因为曾经和外国人谈恋爱，她见弃于中国同胞，在中国男友小林那里得不到真心对待。他们在背后这样议论如曼：

"唉，小林，老刚说她（如曼）在你之前，和一个老美搅在一起，有没有这件事？"

"现在你懂了吧，为什么我没有同她结婚？"

在台湾留学生作家群的笔下，异族婚恋的失败结局不能简单地归咎于"文化隔阂"，因为交往的双方从未真正地产生文化冲突，而是从象征意义上传达了一种种族归属和文化取向。因此，在这一时期的小说中，婚恋不是简简单单地追求幸福的个人行为，也折射出美国华裔作家对华人在美国社会的族裔归属、身份认同等抽象命题的理解。美国华裔作家的中国认同和美国社会状况令他们往往不大看好异族间的婚姻，因而给异族婚恋打上灰色阴郁的基调。

在台湾留学生作家群里不得善终的异族婚恋，在美国土生华裔那里得到不同的表现方式：土生华裔往往因为认同美国文化而选择白人异性为结婚对象，也通过异族通婚而更加融入美国社会，实现自己身份的彻底美国化。在华裔美国文学作品里，异族婚恋模式与留学生作家的笔下正好相反：认同美国文化＝与白人异性结婚。留学生华语作家群与华裔作家群在文化认同取向上各处于中西文化的两边。台湾留学生华语文学说：我是中国人，所以我不能和美国人恋爱；华裔美国文学说：我是美国人，我以与白人结婚为荣。

在《虎父虎子》中，刘裔昌与新英格兰地区一个世家的白人女子结婚，他有意未向父母亲友透露自己的婚讯，更表现了对华人社区的疏离。刘裔昌的异族婚姻，从对象到形式，都表现出他从中国文化传统逃离的迫切和决绝。李健孙《荣誉与责任》中的华人丁少校在妻子死后，娶了一个白人女性。父亲的美国化和白人母亲的美国作风极大地影响了丁凯：长大成人后，丁凯只愿意和白人姑娘谈恋爱，即使被拒绝也还念念不忘，但对美貌富有的华人女孩却不屑一顾。这充分展现了丁凯对白人的认同和对美国主流社会的渴望。谭恩美的多部小说中，华裔女儿们都嫁给了白人男性。《喜福会》中的许露丝承认被泰德吸引就是因为他身上有不同于中国人的美国特征。而丽娜·圣克莱尔觉得能够与美国人哈罗德谈恋爱是件非常幸运的事，在幻想与男友同居的时候心里深深地恐惧：害怕自己的卫生习惯不被对方接受，害怕对方嫌弃自己的音乐品味，等等。这种恐惧直到他们结婚多年仍然存在。许露丝在与泰德的婚姻失败后去看心理医生才明白，正是这种种族自卑感才导致自己事事迁就丈夫，因此失去了个性和尊严，反而遭人厌弃。

尽管婚恋心理是个复杂的课题，不是本书的关注所在，但是毫无疑问，在没有世俗功利的前提下，人们通常是选择自己欣赏和认同的异性。土生华裔没有新移民的身份之忧，没有通过嫁给美国人获得绿卡的现实需要，因此选择婚恋对象时有更大的自由，也能更好地表现个人的价值取向和审美趣味。美国土生华裔接受了美国的价值观，也普遍认为自己是美国人。

3. 穿越种族隔阂，沟通中西文化

台湾留学生文学的中国认同不仅表现为异族婚恋的失败的宿命，还常常将异族交往对象"他者"化。由于美国社会隐在或显在的种族歧视,台湾留学生群体在身份认同上毫不犹豫选择中国和中国文化(这在前文已有论述),这种潜在的心理基础也决定了美国人形象在文本中的生成方式和表现形态。台湾留学生文学中出现了一系列丑陋和负面的美国他者形象:白先勇《芝加哥之死》中的罗娜是个表面美丽、实际粗俗不堪的老丑女人;於梨华《考验》中的美国白人华诺阴险狡诈、出尔反尔,利用职权排挤异己,他不仅人格卑劣,形象也令人厌恶。

中西之间的种族隔阂和中西文化二元对立趋势,在进入20世纪80年代以后开始得到改善。这时,中美关系趋于缓和,美国社会环境也逐渐宽松。中国人摆脱了在异乡"融而不入"的悲苦面孔,在与异族接触时心态逐渐平和,开始寻求与美国社会与西方文化的沟通和理解。因此,在华裔美国文学作品中也出现新的文化认同趋势。陈若曦的《纸婚》、聂华苓的《千山外,水长流》都致力于建立新的异族交往关系,追寻东西方的对话和融合。

《纸婚》讲述的是一个要被递解出境的华人女性为了获得美国身份而与美国人假结婚的故事。文中的尤怡平是个35岁的中国女子,在她收到移民局递解出境的通知后,美国同性恋者项·墨菲伸出援手,与之结婚。两人以房东房客的形式住在一起,互谅互助,发展出真挚的感情。尤怡平在项·墨菲的鼓励下,表现出潜藏的艺术才华,找到了生存的能力和自信。尤怡平与项·墨菲的家人也能友好和睦地相处,对美国的很多价值观念表现出认同。她认为美国的个人主义未必是自私,美国人借钱给他人时的"有言在先"也有可取之处。主人公对美国社会多了一份理解和宽容,更愿意以一种平和的心态去面对种族间的差异。项·墨菲也在与尤怡平相处的过程中,生出对中国的向往,曾想着要与尤怡平一起去敦煌。

在《纸婚》中,陈若曦描绘出一幅华人和美国人和谐相处的美好画面,体现了作者试图超越种族隔阂、讴歌美好人性的愿望。

聂华苓的《千山外,水长流》中,主人公莲儿是个中美混血儿,她借留学之机离开了中国,来到美国追寻自己的父系之根。莲儿刚开始来到美国爷爷奶奶住的布朗山庄时,并未得到美国祖父母的承认:祖母玛丽拒绝承认儿子彼尔和莲儿的母亲风莲的婚姻。这个举动实质上也就是拒绝承认莲儿的美国文化身份。但是随着莲儿和布朗一家人的相处,彼此的了解和认同也不断加深。小说结尾,祖母玛丽把戴了63年的结婚戒指交给了莲儿,让她转交给莲儿的母亲:"莲儿,告诉你妈妈,她是我的好儿媳妇!"莲儿也在与母亲的通信往来中了解到母亲的故事和她那个时代的历史;在追寻父系之根的同时,加深了对中华文化的认知和向往。中西文化在莲儿这里相遇和共生。小说结尾大家一起跳舞庆祝的画面和谐温暖,勾画出中西文化相互融合的美好图景。

美国华人文学中的异族交往主题既体现了美国主流社会对华人的态度，也反映了华人作家的身份认同和文化选择。早期的美国华裔文学受种族歧视等社会原因的影响，作者笔下的异族人多为负面而丑陋的"他者"。随着社会环境的宽容和中美关系的改善，华文作品中出现了中美两国人和谐共融的画面和中西文化认同新取向，而随后在以中国大陆移民美国的作家为主体的新移民文学中，对异族交往的刻画更加复杂和多元。

二、文化空间与身份认同

文化是一个涵盖很广的概念，包含了人类在社会历史发展过程中物质财富和精神财富的总和。不同民族的文化之间尽管拥有一些人类文化的共性，但是由于各自产生的地域、环境、历史、时代等各方面的巨大差异，往往在语言文字、风俗习惯、价值观念、宗教信仰等各方面天差地别。中国文化和美国文化更是如此。美国文化虽然是由各种文化基因的移民团体所缔造的多元文化，但是其主流文化是从欧洲承继下来的盎格鲁—撒克逊新教徒文化，其成为美国文化的主体是因为在美国政治、社会、文化的发展过程中，白人移民曾占据多数，并且处于权力金字塔的顶端。因此盎格鲁—撒克逊新教徒所持有的政治、文化、宗教以及价值观，成为美国主流文化的内涵。中国文化传统是以孔孟儒家思想为主、包括道教和佛教思想的文化。美国文化内核是古典自由主义和美国式个人主义，因此美国文化中标榜自由和平等，信奉个人主义和实用主义。而中国文化中以"社会定向"为价值基础，推崇集体主义，主张个人服从大局。中国社会是以人伦为经、以人际关系为纬建立起来的"差序格局"，因此中国人的传统性格模式表现为集体倾向、他人倾向、关系倾向。

由上可见，中美文化在文化内涵、精神面貌和国民性格上都有着巨大差异。在清末以前，中美两个民族和文化几乎没有任何沟通和交流，一方面是因为中国封建王朝实行的闭关锁国政策，另一方面也是地理距离使然——太平洋把美国隔离为遥远的彼岸。因此，在中国范围内，尤其是在20世纪80年代以前，中国普通民众对西方文化知之甚少。初到美国的华人新移民一般都会经历由巨大的文化差异所带来的文化冲击。即便在美国出生的第二代、第三代华裔也会因家族的中国背景而受到中美文化差异的影响。两种文化碰撞时所产生的文化冲突不仅会影响美国华裔的行为方式、生活习惯等外在的物化层面，更会在内心深处和精神世界产生冲击和博弈，迫使文化主体反思两种文化，重新定位自己的文化身份。文化是个含义很广的概念。由于篇幅所限，本书不可能面面俱到，而是把重心集中于华裔美国文学文本中经常出现的文化现象。

（一）语言冲突与失语症

德国哲学家马丁·海德格尔曾说："语言是存在之家。"在他看来，人存在于语言之中，不能脱离语言而存在，把语言的重要性提高到本体论高度。现代语言观普遍强调语言的思想性，把语言看作文化传达的载体和文化系统的一部分。语言对于民族文化的意义更是不可小觑。一种语言不仅仅是一种表达思想用于交流的工具，也蕴含着一个民族的文化符码和思维方式，成为这个民族的精神纽带。具有文化属性和民族性的语言对于在异族语境中表达和构建身份认同当然有着重要意义，语言的转换不仅仅是一种交流中介的转换，也常常代表一种文化身份的变化。

1. 华人移民代际间的语言冲突和认同差异

美国第一代华人移民常常因为远离熟悉的故土而产生强烈的乡愁，又因为受到居住国社会的排挤和边缘化而固守本国的传统，但是后代子女却没有父辈的精神负累和文化传承，较易被移居国同化和改变。因此，两代人之间产生了身份认同差异：老一代人心向故国，新一代人拥抱新土。这种差异往往通过两代人对汉语和英语的不同态度表现出来。

在《安乐乡的一日》中，华人母亲依萍有着较强的民族意识，即便已经在美国生活多年，甚至进入白人社区，但依然坚定地坚持自己的中国人身份。她逼女儿宝莉学中文，可是女儿才刚上小学两年就拒绝讲中文了，宝莉认为同学喊她"中国人"是一种侮辱，坚称自己是美国人，依萍向女儿灌输中国人身份却受到坚决抵制，盛怒之下甚至动手打了孩子。两代人对自己的身份定位也彰显在他们的语言选择中。

类似的冲突也出现在《北京人在纽约》中，王启明的女儿宁宁到美国不到半年，就完全掌握了英语，"发音准确好听，还带着一股子纽约腔"，无师自通地学了一大堆骂人的脏话。王启明对女儿的迅速美国化很不安，教育女儿要保持中国人的好传统，女儿却反唇相讥："保持中国人本色，我老老实实在北京待着不就行了吗？到纽约来干什么呀？"王启明对中西文化的模糊认知和自身的文化失重不仅导致自己精神世界的混乱，也无法给女儿一个较好的引导和教育。他粗暴地禁止女儿在家里说英语——在这里，英语不仅是一种交流工具，更象征一种对中华传统的彻底抛弃和对美国文化的全盘接受。

第一代华人移民母语是中文，而美国主流社会的语言是英语，对于已经成年的华人来说，要重新习得一种完全不同于母语的语言谈何容易！因此，持汉语的华人便成为美国社会的语言他者，在强势的英语语言霸权面前倍显无助和无力。於梨华的《小琳达》中，小主人琳达对于来打工的台湾留学生燕心的名字感觉"好奇怪"，对于燕心的蹩脚英语，小琳达发表评论："她的英语说得这样奇怪，是不是因为她不是我们美国人呢？"小琳达的无礼不仅是一种主人对于佣人的居高临下，也有主流社会对于不标准英语的身份定义，她的语言评价其实是在向燕心昭示着她是一个语言上的"他者"——她来自另外一个语言体系，是不属于这个语言的——而在这种语言"他者"的背后，潜隐着的是对燕心生存形态的"他者"界定和"非我族类"的排斥。

第一代华裔作家那里经常出现的语言冲突,在作为第二代华裔的土生华裔作家那里,却常常表现为对父辈英语能力的羞辱感。《接骨师之女》中的母亲茹灵说一口洋泾浜英语,她语法混乱、发音可笑,与女儿地道准确的标准英语形成鲜明的对比。茹灵是母语为汉语的老一代移民,汉语的影响根深蒂固,在美国生活几十年后,也无法说一口地道标准的英语;但是在写汉语毛笔字的时候,却表现得那么"镇定、有条理和果断"。母亲对英语的潜意识抗拒和对汉字的迷恋是对中华传统文化身份的坚守。而美国化的女儿接受了主流社会的意识形态,对母亲的中国身份和中式英语深以为耻。母亲茹灵念不利索女儿的英语名字,满大街地喊"露缇,露缇"的时候,女儿露丝窘得要死,对别人大喊:"我不认识她。"洋泾浜英语使得母亲们的身份被边缘化和他者化,不仅与主流社会接触时备受歧视,甚至得不到亲生女儿的尊重和认可,因此汉语语码和英语语码明显地拉大了两代人之间的距离,强化了两种文化的对峙。

2. 华裔的边缘地位与"失语症"

在强势的英语语言霸权面前,华人移民不仅因为说汉语或者英语不标准而沦为主流社会的语言他者,甚至在很多情况下被迫沉默或失去了发声的能力。这种奇特的"失语症"象征了美国华裔少数族群在强势英语的挤压下无法为自己言说的边缘处境。

《女勇士》中的"我"被华人母亲割断了舌筋,就是希望"我"在这个"鬼国家"能言善辩,然而"第一次进幼儿园,不得不讲英语时,我就沉默了"。在英语面前的自卑感和羞怯感一直伴随"我"多年。不仅"我"如此,我的妹妹、学校里的其他华裔女孩都经历了沉默的阶段。"我"终于明白沉默是由于我们的华裔身份,华裔在说英语的白人社会里感觉低人一等,失去了说话的自信和交流的渴望。与此对照,华裔孩子在自己的族群里游刃有余、自由自在:"有些男孩子在美国学校里表现得很乖,在这里却开老师的玩笑,跟老师顶嘴。女孩子也不沉默了,课间没有规矩限制的时候,她们又喊又叫,还打架。"

汤亭亭痛恨自己族群的这种怯懦和卑下,她把不满和愤懑发泄在一个同样喜欢沉默的华裔女孩身上,狠揍了她一顿,逼她说话。从某种意义上说,对这个女孩的攻击,也是汤亭亭的自我惩罚,因为她也曾经历同样的沉默,也没有通过言语充分宣泄自己的感情,无法建立足够的自信应对在主流社会的边缘和弱势地位。

华裔不仅在主流社会的霸权和威慑下主动失语,还被主流社会强迫消音。《中国佬》里的华工在甘蔗林里干活被禁止说话,只好在地上挖一个洞,倾吐满腹思乡之情以及他们的痛苦和期盼,并渴望这声音能传到祖国和家乡。在白人社会的权力宰制下,华工们承受着生理上和精神上的双重痛苦。华裔族群无论是主动失语还是被动消音,都表明了其在美国社会的边缘处境和无法言说自我的命运。

在《接骨师之女》中，露丝在和白人男友亚特同居后，患上了间歇性失语症，每年都有一周无法说话。露丝的英语能力与白人无异，但是外貌上的东方特征和她的家族背景仍然标识出她在白人社会的"他者"地位。露丝自认为是美国人，但她无意间把白人社会的东方主义意识形态内置，也不免用东方主义视野反观自身，看到自己的中国性和族裔背景，因此产生强烈的种族自卑心理，把自己在主流社会他者化，她的失语正是在白人面前弱势地位的病态展示。

华裔女作家的纷纷"失语"，折射出在白人主流社会背景下，华裔对自我身份的迷惘和自卑感。这些作家描述的并不是个人的"小我"经历，而是整个族裔的困境和"属下"地位。

华裔作家有完全的英语能力，还常常在主流社会中不得不承受"失语"的焦虑，而新移民作家刚从汉语中走来，面对英语的霸权地位，甚至没有自我言说的能力，失语和失声更成为新移民的现实困境和在两种文化冲突中审慎应对的危机策略。

对于广大新移民来说，移民到美国意味着从汉语母语环境中连根拔起，重新植入"英语横行"的异域。这种语言的转换也意味着"身份的根本性变更"。关于这一点，华裔作家於梨华有着切身的体会。於梨华刚到美国时，曾在一户美国人家打工，女主人依雷太太不仅拼命使唤於梨华，而且在於梨华辞别她家的前夜，偷偷潜入於梨华的居室搜查她的行李，并宣称："我不相信你，我不相信你们中国人……"此时的於梨华自然分外受伤，但是"不是我没有一肚子话可以回敬，而是英文太差，不足以表达我的愤怒"。英语霸权剥夺了华裔捍卫自我尊严的能力，失语成为语言他者生存困境的表达。因此，作为语言上的他者，失声失语成为移民中的常见现象，也是新移民笔下反复渲染的情境。在华裔美国文学中频频出现的失语症也成为华裔作家认同焦虑的先兆和表达。

（二）异国情调与东方他者

文化无优劣，这似乎已经成为当今东西方有识之士的共识。在美国社会，兴起于20世纪70年代的文化多元主义也主张承认少数族裔的差异性和平等地位，提倡文明之间的对话与沟通。

但是在美国，美国人对中国人和中国文化却存在长时间的文化偏见和刻板印象。这种对于中国文化的负面传统最早来源于一些到过中国的传教士的描写：早期的传教士为了筹集到援助资金，会刻意夸大包括中国在内的亚洲国家的贫困落后、愚昧无知、封建迷信等情况，奠定了西方从负面对中国和东方文化进行刻板化定型的基调。在19世纪末至20世纪初的排华时期，美国白人种族主义分子为了驱逐华裔，更是大肆宣扬华裔"不可同化的异教徒"形象，中国文化被描绘成野蛮、落后、神秘、不可理喻的他者文化。而广大华裔由于被隔离在主流社会之外,同时因为早期华人移民受教育水平普遍不高,在主流社会处于整体"失语"状态,被剥夺了自我辩护的可能和权利。

关于主流社会对东方的这种权力宰制和文化霸权,美国学者爱德华·赛义德曾用"东方主义"(另一种译法为"东方学")来概括和阐释:

> 东方学中出现的东方是由许多表述组成的一个系统,这些表述受制于将东方带进西方学术、西方意识,以后又带进西方帝国之中的一整套力量……东方学自身乃某些政治力量和政治活动的产物。东方学是一种阐释的方式,只不过其阐释的对象正好是东方,东方的文化、民族和地域。

正是在受制于西方政治力量和政治活动的"东方主义"表述之中,华裔和其背后的东方文化大大偏离了其本来面目,在主流社会中成为"非理性的、堕落的和幼稚的"的他者形象。

美国华裔作家身处美国社会之中,主流意识形态对他们的影响是无可逃避又直接尖锐的。无论是"种族主义之恨"还是"种族主义之爱",都直接决定了华裔作家反观自身的态度,造成华裔美国人的"殖民内置"。赵健秀在《哎——咿!美国亚裔作家文集》前言中指出这种现象:"整整七代人在法律的种族主义和被委婉地称为'种族主义之爱'的压迫之下形成了亚裔美国人的自我轻视、自我排斥和自我瓦解。"这种殖民内置的东方主义视角也影响了华裔作家对本民族文化的呈现方式和阐释方式。

黄玉雪的《华女阿五》讲述了一个在唐人街长大的黄姓广东籍华人移民家庭的女孩的奋斗故事。主人公黄玉雪通过个人努力一步步在主流社会取得成功的过程,也是她一步步摆脱中国文化传统、接受美国价值观的过程。故事刚开始,黄玉雪接受的是中国传统的家庭教育:不能质疑父母,要服从父母和老师权威;父母以体罚而不是讲道理的形式对子女进行是非教育;父母很少夸奖子女的成就;父母和子女之间很少表露感情。上美国学校后,一件小事让黄玉雪开始意识到中美文化差异并开始转变。黄玉雪的手被同学的棒球拍不小心打中受了伤,美国老师穆罗汉德小姐赶紧把她抱在怀里,为她擦去泪水,温柔地好言安慰,这让黄玉雪体会到在自己的中国家庭无法得到的温情,黄玉雪开始拿美国方式跟自己父母的方式互相比较,这种比较让她感觉很不舒服。上大学的时候,美国大学的教育思想使她反思自己和父母的关系,更加强了她的自我意识和独立自主精神。接受了西方价值观的黄玉雪开始与父母抗争,争取自己的独立人格和自由交往的权利。在与主流社会的互动中,黄玉雪接受了诸多白人的帮助,在白人家庭打工的经历让她更加向往白人世界的自由和平等。除此之外,黄玉雪自己打工挣钱上完大学,又凭借自己的努力在唐人街之外的非华人社区找到工作。黄玉雪这种强烈的自我奋斗精神,与中国传统文化中的女子形象已经大相径庭,这是黄玉雪自觉与美国文化同化的结果。

《华女阿五》一书不仅在精神内涵和价值理念上表现出与美国文化认同的趋势,在文化的物化层面上也以白人为导向,为主流社会的白人读者充当了旧金山唐人街导游的角色。这本书虽然是作者的自传,却用大量篇幅展示唐人街衣、食、住、行的种种细节,对一些华人饮食、节日、婚嫁和丧葬风俗的描写更是不遗余力,试看下面一段描写:

过年时每家互相交换的可口食品都不一样,要视那家的风俗和擅长的东西而定。有的人家做蒸汤圆很拿手,汤圆是用红糖和一种特殊的面粉做成的,里面有红枣和芝麻;还有的人家专门做碗糕,这是用红薯淀粉、肥猪肉、碎虾米、蘑菇、红姜做的(有点像土豆粉),上面还撒了香菜叶(就是很嫩的芫荽叶)……

这样细致的文化描写在《华女阿五》中比比皆是,作者甚至用了一页多篇幅叙述中国人怎样焖米饭:从如何选米到如何洗米,甚至怎么掌握火候,极为详尽。这样的叙述完全游离于主体叙事之外,对于故事的展开或主题表达没有任何用处,完全是为了满足白人读者对华裔生活的窥视欲。

黄玉雪通过讲述美国式的个人成功故事和展示异国情调的中国文化,敲开了通往主流社会的大门。她的后继者汤亭亭和谭恩美继承了这种对中国文化的展现手法,她们甚至比黄玉雪走得更远。中国文化在她们的笔下不仅仅是神秘和新奇,甚至是野蛮、落后的他者。

汤亭亭在《女勇士》中有这样一段关于中国饮食的描写:

这是我妈妈经常煮给我们吃的东西:什么浣熊、臭鼬、老鹰、鸽子、野鸭、野鹅、黑皮矮脚鸡、蛇、蜗牛、甲鱼、鲶鱼等。甲鱼经常在厨房里到处乱爬,不是躲到冰箱底下,就是藏在炉子下面;鲶鱼经常养满一浴缸……当我长到洗衣机那么高的时候,有一天深夜,悄悄地溜到阳台,突然,一群黑压压、带爪的东西呼啸着朝我扑来,我吓得叫出声来。

美国报纸也曾登载过类似的消息:"在中国的餐桌上,猫、狗和老鼠代替了高雅食品蜥蜴蛋、孔雀冠和雀巢汤。"这种印象的荒唐和可笑对任何一个在中国生活过的人都是不言自明的。很多白人读者在阅读《女勇士》后,对中华文化产生了极大的反感。作者内化了主流社会对华人的看法,将在主流社会的自卑感转化为看待中国文化的优越感和疏离感,应该是作者寻求美国认同的一种内在诉求使然。

显然,美国华裔作家对东方文化的他者化表现,源于作家对自己"美国人"身份的体认。这些华裔作家处于美国社会的漩涡中心,深受主流文化的影响,早就是外黄内白的"香蕉人"。因此,实际上他们是从美国文化视角观看被时间和空间隔离的遥远的中国文化。从空间上说,她们与中国和中国文化隔了一个浩瀚的太平洋;从时间上说,从父辈们那里口耳相传的东方文化几乎是半个世纪之前早已谢幕的老电影。因此,她们的作品中与现代美国并置的并不是现代中国,而是近代的和古代的中国。这样形成的对比凸显了美国的现代和文明,以及中国的落后和原始,形成了与主流社会东方主义的共谋。这使得她们受到来自美国华裔族群内部的攻击和指责。

(三)文化冲突与理性反思

人是文化的动物,自出生之日起,就生活在一个既定的文化系统和文化氛围内,并形塑了这个人的生活习惯、思维方式、审美趣味、价值判断等各方面的个人因素和特质。对于广大华人移民作家而言,他们都有多年故国居住的经历,经受了中华文化的长期浸润,东方文化已经渗入移民作家的骨血之中。当带着深厚东方文化积淀的华人移民骤然跌入一种异质的文化语境之中,不可避免地会遭遇"文化冲击"。我们知道,美国华裔作家一直生活在美国,虽然她们都通过文学作品想象东方,但他们在文化认同和国家认同上毫不犹豫地站在美国一边;而中国台湾留学生文学,由于其产生的特殊历史语境和文学主体的存在主义信仰,被打上了一层深沉的悲情色调,弥漫着浓烈的文化乡愁,在西方文化霸权的俯视之下,往往以自我防卫的姿态从中国文化传统中寻求慰藉。而始自 20 世纪 80 年代的新移民作家群,不像华裔作家那样沉醉在西洋暖风中,也不像中国台湾作家那样在故国文化里舐舐伤口,而是以一种自觉的意向和一种文化血缘性的导引深入多重文化构成的世界里,带着新一代中国人的文化,她们在中西文化的双重视野中,对西方文化进行理性观照和反思。

美国社会信奉个人主义和实用主义,凡事讲求自由和平等,崇尚个人奋斗和自我意识,这固然有其可取之处,但是也导致美国社会人情淡漠、自私势利、在物质上斤斤计较等种种负面倾向。

于仁秋在《名人老古和他的室友们》中,对美国社会功利性文化做了批判。老古在各方面都厌恶美国文化,喝不惯加冰的饮料,吃不惯有"怪味"的 cheese,管它叫"气死",把意大利馅饼叫"屁杂"。他最无法忍受的是美国社会缺少人情味,到达美国第一天竟然无人接机,老古被晾在飞机上好几个小时:"那些美国教授到我们大学去,哪个不是我接飞机、送飞机的呀?为什么一转身就这样无情无义?就没有一个会想想我初来乍到的困难?个个都有车子,他就是舍不得那几个小时!"

王周生的《陪读夫人》更是反映中西文化冲突的佳作。小说中的主人公蒋卓君是个典型的东方女性,身上凝结着深厚的传统文化积淀,无论行为方式还是价值观念,都体现着中华文化的滋养。而她的美国雇主露西亚则是美国妇女的代表,无论外表、性格、思想,都像是美国文化的活标本。两个文化传统相去迥异的人同住一个屋檐下,在育儿方式、两性观念、金钱观念甚至审美观念等各方面都有着巨大的差异,甚至产生冲突和碰撞。最初只是观念分歧,没有利益牵扯,对两个人的关系没有什么实质性影响。但是,露西亚信奉美国式的个人主义和利己主义哲学,在任何时候尽量避免帮助别人,给两个人的相处带来很多不愉快,并最终导致两个人关系恶化。每当蒋卓君头疼的时候,她就来一句"me too"(我也是)。就像蒋卓君说的:"露西亚的字典里大概没有关心两字。"露西亚多次让蒋卓君加班却从来不提加班费,蒋卓君还是按照中国人的习惯和思维,碍于人情和面子,不好意思提钱。可在露西亚眼里,这是"傻的可爱"。两人之间的种种冲突最后因为一个八角三分的电话彻底激化了:露西亚为了一个不知名的长途电话再三盘问蒋卓君,这对于以"拾金不昧""不贪小便宜"为传统美德的中国人来说,无疑是一种人格的侮辱。

中西两种文化碰撞带来的文化震撼是疼痛的,就像文中说的那样:"当两种习俗、两种文化、两种生活方式相抗的时候,人的生活就会非常痛苦,甚至像地狱一样。"

新移民在移居异域时会进入一个完全陌生的世界,会遇到小到育儿观念大到伦理道德等各方面的文化差异,也必须应对两种文化相撞所带来的精神迷惘和文化调整。这个过程并不愉快,也并不轻松。但是这并不意味着新移民会就此放弃,相反,这给了新移民观照和反思两种文化的机会。

与异质文化相遇时,如何立足于本民族文化,在相互的尊重和沟通中取彼之长、补己之短、相互包容和借鉴,才是我们真正需要思考的问题。

中国文化和美国文化的核心价值观和行为模式有着巨大的差别,美国华人移民和华裔既传承了中华文化因子,又暴露于西方文化环境之中。华裔作家把对中西文化的体认和感悟付诸笔下。语言是文化转换的一个重要因素,第一代华人移民和其美国出生的子女之间的认同差异通过其语言选择表现出来。由于用华语写作的作家多为第一代移民,他们往往因为固守中国文化传统而对美国化的子女表现出无奈和批评;而土生华裔在写作中则由于全面拥抱美国文化而对父辈的洋泾浜英语产生叛逆和反感。在强大的英语霸权之下,土生华裔和华人移民都不断承受"失语"的痛苦——这正是华裔族群在美国社会被边缘化和他者化的病态展现。美国华裔作家生于美国长于美国,深受美国主流意识形态的影响,他们以内置的东方主义视角看待中国文化,在文本中要么以东方情调获取融入美国社会的通行证,要么拼命丑化和他者化中国文化。部分新移民作家的文化呈现,超越华裔文学的单向度认同,出现了在文化冲突与磨合中对中西文化进行理性反思的作品。这种新的认同取向提倡在保留本民族文化的基础上包容和理解异文化,体现了新时代中国人的文化自信和气度。

第五章 华裔美国文学话语形式与身份认同

第一节 语言与身份认同

　　语言是文学最主要的媒介和表现形式，很大程度上来说，文学作品是通过语言得以保存和传承的。语言也是包括文学在内的文化的载体，语言与文化的关系极为密切：一方面，语言本身体现出强烈的文化属性和文化特征，是容纳和记录文化的符号系统和传播方式；另一方面，文化又为语言的发展提供资源，制约或者促进语言的发展。因而，语言对于以文化认同为核心的族群认同而言，具有极为重要的意义。一个人的文化身份会通过他对语言的使用表现出来，正像美国语言学教授克拉姆契在《语言与文化》一书所说的："一个社会群体成员所使用的语言与该群体的文化身份有一种天然的联系。"语言持有者所使用的语言，无论是日常语言还是书面语言，都会带有既定文化赋予的特定的发音、构词、语法和言语模式，从而彰显说话人在某个社会结构中的出生地、地位和身份。但既定的文化身份也在一定程度上规定和限制了他的语言使用，成为语言的管轨。因此，语言与文化身份之间既互相展现，又相互制约。

　　值得注意的是，尽管语言和文化身份之间关系密切，但两者之间又不是对应的关系，即文化主体的身份认同未必与所持语言所代表的文化等同。一个典型的例子是定居在马六甲的峇峇人。他们的母语为马来语，早已丧失了汉语能力，但是在族群认同上，却自认为是华裔，并且非常重视中国传统习俗和宗教。有些文化族群已丧失了代表其文化身份的语言，但是其文化身份依然保留。所以，语言的丧失并不等于族群认同或文化认同的丧失。反之亦然，一个人拥有母语能力，也未必完全认同自己的母语文化。尽管我们承认，语言并不是表明文化身份的唯一因素，但是事实又表明，语言在文化身份的构建中起着举足轻重的作用，并且成为彰显文化身份的重要表现形式。本节关于华裔美国文学中语言使用和身份认同的讨论，正是建立在这一前提之上。

　　华裔美国文学在文学书写媒介上，主要涉及两种语言，即英语和汉语。英语和汉语是两种截然不同的语言。英语属于印欧语系的日耳曼语族,而汉语属于汉藏语系;英语是一种字母文字语言,而汉语是一种象形文字语言;英语重形合,汉语重意合;英语的逻辑外化于语言本身,汉语的逻辑往往潜隐于语言的背后。从语言形式上来说,英语和汉语在发音、构词、语法上也存在巨大的差别。更重要的,作为文化的载体和表现形式,英语和汉语包含着各自的民族历史和文化背景,蕴藏着迥然不同的生活方式、思维方式和价值伦理。以中华文化为背景支撑的汉语和以西方盎格鲁—撒克逊文化为精神内核的英语在华裔美国文学的书写中与美国华裔的身份认同呈现怎样的关系,这是本节所重点关注的问题。

本节将从英语母语写作、英语获得语写作和汉语写作三个方面,探讨华裔美国文学中语言与身份认同的关系。

一、英语母语写作与身份认同

陈志明教授曾根据华人的中文能力,把华人分为四类:

①至少说一种汉语,能读写中文,亲昵语一般是一种汉语,读写语也可能是别的语言,内部交流语言多用汉语(普通话或别的方言);②至少说一种汉话,但不读、写中文,亲昵语一般是某种汉语,读写语不是中文,内部交流语言是华人方言或非华人的语言;③不说华人语言,也不会读和写中文,亲昵语是非华人语言,读和写非华人语文,内部语言一般上是非华人语言;④亲昵语是涵化了的汉语和一种或多种非中文语言,读写语(如果有)通常不是中文,内部交流语与亲昵语相同。

在美国,前三种类型的华人都存在或者曾经存在过。第一种类型多见于初到美国的第一代华人移民,他们在家庭内部或朋友圈内用中文交流,但是在美国的生存压力之下已经习得英语,拥有了英语读写能力;第二种类型包括能说汉语的华人文盲或者说某种华人方言的华人,这种华人较为少见;第三种类型指能读、写、说英语,几乎完全失去了中文能力的华裔。在美国,以英语为母语进行文学创作的华人多为第三种类型,这类华裔尽管出生于华人家庭,但是从小接受的是英文教育,被主流文化同化程度较深。但是这并不排除有些华裔作家由于家庭和父辈的影响,具有较为不错的中文水平,比如黄玉雪。

在美国,虽然没有法定的官方语言,但英语却是事实上的国家语言。各种移民族群对英语的掌握能力和特点成为辨别其族裔身份的一种重要标志。

华裔美国作家出生于美国,都能够说一口流畅地道的英语,但是还是不免受到美国社会对于华人刻板印象的影响。赵健秀曾谈到自己的经历:有次他到爱荷华大学参加"作家工作坊",在该地找房子住,房东老太太说他英文讲得好,一点儿中文口音都没有。尽管赵健秀一再解释他在美国旧金山湾区长大,在加州大学毕业,从来没到过中国,老太太还是喋喋不休地告诉他,来到美国就要入乡随俗,熟悉美国的生活方式。美国人想当然地认为黄皮肤的人就应该讲着有口音的英文。

在这样一个语言背景之下,华裔作家以英语为创作媒介,以美国主流社会为期待读者,他们如何通过语言来构建自己的族裔身份,表达身份认同呢?我们以赵健秀、谭恩美等华裔作家的作品为案例进行一番考察。

案例分析1:赵健秀作品

赵健秀集小说家、剧作家、评论家等多个角色于一身,在华裔美国文学史上是一位特立独行、不容忽视的人物。尽管人们对于他的作品和文学观点褒贬不一、毁誉参半,但是他在亚裔美国文选中坚持华裔美国文学作品应该钩沉历史,在作品中致力于颠覆美国白人主流文化对于华裔,尤其是华裔男性的刻板印象,在提倡"亚裔美国感性"、构建华裔美国人的族裔身份方面做出了巨大的贡献。事实上,他的整个文化批评体系和创作无不围绕"亚裔美国感性"进行阐述和诠释。他与徐忠雄、陈耀光等一起编写的《哎——咿!美国亚裔作家文集》和《大哎咿!美国华裔与日裔文学选集》明确提出以"是否拥有亚裔美国感性"为遴选标准。赵健秀所谓的"亚裔美国感性"是指包括华裔在内的亚裔美国人应该具有作为美国少数族裔的独立身份和认同,不依附于美国白人主流社会,不臣服于主流意识形态对于亚裔形象的先期预设,不扮演美国人眼里的亚裔形象,反抗东方主义视野下东/西二元对立框架中所形成的一套关于东方及亚裔的经验、人性、观念和刻板印象。

以此为标杆,赵健秀将一干已被主流文化接受的华裔美国作家如黄玉雪、汤亭亭、谭恩美等排除在外,批评他们迎合白人主流文化趣味,是"伪华裔作家"。尽管他的这一标准和批评言论广遭诟病,但他试图建立华裔独特的少数族裔身份、不与白人社会同流合污的文化认同立场还是得到了一些评论家的称许。

对于个人的文化身份定位,赵健秀曾多次自称"Chinaman/China Man",在作品中也多次用这个称谓指代华裔美国人。这个称呼不同于官方给定的对华裔美国人的命名:Chinese American,这显示出赵健秀对于官方和主流权力话语的抗拒。但是他也否认自己是中国人,与年轻时来美定居的中国移民并不相类:"我不是中国人……在我看来,十几岁来美国并在这里定居的美国化的中国人与美国土生土长的中国人在文化上、智性上、情感上没有任何共同之处……在我和中国移民之间没有文化、心理桥梁相连接。只有社会和种族的压力把我们联系在一起。"徐颖果教授认为,所谓的 Chinaman/China Man,只是赵健秀关于美国华裔的一种理想,这个名称指没有东方主义者眼中的华裔脸谱化形象特点的美国华裔……为了解构美国华裔这个称谓中隐含的轻蔑与歧视,从而塑造自信而有尊严的华裔形象。这样的见解是非常有道理的。同时笔者也认为,这一命名也是赵健秀试图在美国社会中构建独特的华裔少数族裔身份的努力,这种身份能够与主流话语分庭抗礼,尊重自己的历史和文化传统;但是同时,这个身份又因为其美国根基而不能与后来的华人移民共享。

赵健秀的文学思想和创作有效践行了他的身份观。他在文学理论、思想阐述和文学创作中,对文学语言特别关注,形成了独特的语言风格。赵健秀尤其看重语言在建构独特的华裔经验和感性中的地位与作用,以语言反抗主流意识形态对少数族裔的文化霸权。

赵健秀注意到语言对于族裔性的特别意义。他认为,美国华裔是语言上的孤儿,亚裔在美国历史和文化中长期失语和缺乏存在感的一个重要原因就是被剥夺了自己的方言。赵健秀将亚裔与美国其他少数族裔做对比,认为非裔和墨西哥裔常常用不规范的英语写作。他们的本族语获得认可,被认为是属于他们自己的合法的母语。只有亚裔丧失了自己的母语权,身处一种从未用过的语言之中,一种只在英文书上接触到的文化之中,却还要对此感觉自在。非裔和墨西哥裔具有某种语言优势,而亚裔则缺乏确切的、用于自我定义的语言属性。在这里我们可以看出,赵健秀认识上的偏颇和狭隘——他的视野和眼光局限于美国社会,只关注到了华裔在英语语境中没有一种属于自己的英语语言变体,而完全忽视了事实——中华民族不仅拥有自己的语言,并且这种语言是世界上较为古老和美丽的语言之一,只不过他本人在英语环境中失去了获得这种语言的机会和能力。

鉴于其对美国少数族裔语言的认识,赵健秀努力在作品中创造出一种独特的个性化英语,试图以语言构建独立的族裔属性。他在创作语言和语言策略上都独树一帜,以另类的族裔语言与标准英语相对抗,颠覆了标准英语的流畅文雅,刻意营造出一种混杂、艰涩而粗犷的英语写作风格。

首先,赵健秀突破了英语的语法规范,无视英语的时态要求,全部采用现在时写作;此外,他的文本中充斥了大量短句和名词化短语形成的片段句。例如:

"The hill tribes, wonderful people. They grow com. Just like in Iowa. Com! Here I am, no dog tags, no jewelry. No wallets. No labels. No patches. No insignia."

每句话都不超过三个单词,语气急促,充满力量。在英语中,短句具有直接、清楚、有力、明快等特点。赵健秀的文本中,这种短促有力的短句铺排比比皆是,很少见到多个从句叠加的长句。赵健秀认为:"写作即战斗。"通过大量短句的使用,极大地展现了文本的力量和动感,是构建赵健秀所提倡的阳刚有力的华裔男性形象的有效写作策略。

其次,赵健秀还在文本中使用大量非标准的英语表达方式、不规范语法和自造词汇:

"I Speak nothing but the mother tongue Sbein' bom to none of my own. I talk the talk of or phans. I got a tongue for you, baby. And maybe you could hand make my bone China."

"Born to talk to Chinaman sons of Chinamans, children of the dead."

这些句子严重违反语法规范,词汇和表达荒诞不经、不知所云。赵健秀用自己创作的独特英语变体,试图颠覆标准英语的霸权地位。在他看来,标准英语根本无法表达华裔在美国受伤害、被压迫的独特经验。对赵健秀来说,使用"正确的"英语写作暗示着对白人至上的价值认同,是对西方强势文化的屈服和迎合。标准英语就代表着白人主流社会,颠覆其语言和书写规范,就意味着颠覆白人权力话语和逻各斯中心主义。

再次,赵健秀还在文本中嵌入唐人街英语和洋泾浜英语。在赵健秀的作品中,随处可见掺杂于文本的广东方言:有的采取直接音译,不加任何注释,有时稍加注解。唐人街英语和洋泾浜英语的使用,书写了华裔独特的经历和感受,极大地体现了文本的族裔色彩,不仅彰显了与标准英语的差异,也因为其独特的文化色彩容易唤起华裔的熟悉感和认同感。

最后,赵健秀的作品中充斥着大量的粗话、脏话,使得文本充满愤怒和暴力,这是赵健秀试图颠覆华裔男性在美国主流社会中唯唯诺诺、隐忍畏缩、缺乏男子气概的文本实践。通过这种极具叛逆色彩的"反话语",对生活在刻板印象中麻木不仁的华裔形成剧烈的冲击,否定华裔自我隐藏式的生存方式,对华裔男性主体地位倒置发出控诉,在一定的空间对主流社会规范进行破坏和颠覆。由于欣赏黑人文化的反抗精神,赵健秀还特意在文本中加入了黑人发音和语汇,使得华裔语言具有了黑人的一些文化特质,强化了文本的挑战精神。

尽管赵健秀的创作实践试图通过语言建立独特的亚裔感性的初衷是良好的,却令人无法不怀疑其实际效果。第一,颠覆华裔男性的阴性化、娘娘腔形象是否需要通过这样一种粗俗暴力的无政府语言方式?他在颠覆一种负面形象的同时,是不是会制造另一种负面的暴徒和恶棍形象?第二,这样一种混杂了多种语言的语言狂欢试验场,是否真的有助于建立独特的亚裔美国感性?这是不是华裔属性应该具有的语言归属方式?它到底是消解了亚裔感性还是建立了亚裔感性?这种"杂语"是不是造成了另外一种"失语"?第三,尽管赵健秀的语言尽显族裔特征,但是各种语言的混杂使用使得文本晦涩难懂,大大降低了文本的流通度,必然使其在以标准英语为交流语言的美国被边缘化,通过语言构筑亚裔感性的企图最终可能只能沦为乌托邦色彩的实验。

但是不能否认的是,赵健秀对于语言在华裔族裔身份认同中作用的认识清醒而深刻,其文本的语言实践虽然未必完全实现他的文学理想,却也是一种积极而有益的尝试。赵健秀通过杂糅多种语言要素、大量铺排短句、貌视英语语法规范,以及大量使用脏话、粗话,创造出自己独特的英语变体,挑战了大写的 English,建构了个性化的小写的 english,

消解了标准英语的语言霸权,表现出强烈的对抗精神。这是他通过语言在白人社会中建构族裔身份、试图借此唤醒华裔的族裔感性、重建属于华裔的历史与传统的积极努力。

案例分析2:谭恩美作品

谭恩美是继黄玉雪、汤亭亭之后又一位扬名美国文学界的华裔女作家。她于1989年出版的《喜福会》获得全美图书奖、海湾地区小说评论奖等多个奖项,被翻译成35种语言,获得极大成功;后来又相继出版了《灶神之妻》《百种神秘感觉》《接骨师之女》等多部小说。谭恩美的小说常常以母女关系为主线,反映处于美国边缘文化的华裔族群的独特经历和心态,探索种族、性别与身份之间的关系,涉及美国华裔族群在美国的文化定位和身份归属问题。

谭恩美本人是语言文字专业科班出身,大学即在圣荷西州立大学主修语言学,毕业时获得语言学与文学双学位;继而又在该校获得语言学硕士学位;后来又以文字为生,成为作家。因此,谭恩美不仅对英语语言有很强的驾驭能力,也具有高度的语言敏感和自觉。她承认自己非常热爱语言,会花很多时间考虑语言的力量——语言如何唤起情感、视觉意象、复杂的想法或者简单的真理。

谭恩美也把自己敏感和自觉付诸创作实践中,其作品的语言别具特色。任何读过谭恩美作品的读者都无法不注意到其文本中的语言杂合现象:作者用优美地道的标准英语为主要叙述语言,还使用了大量凸显族裔特色的混杂英语,使文本表现出与主流英语叙事不同的中国风味和异国情调。这种语言特色通过以下几个方面表现出来:

一是英语词汇的发音偏离现象:《接骨师之女》中的女儿名字叫Luth(露丝),Luth的母亲却总误喊成Lootie(露缇),英语中的辅音 /θ/ 被误读为 /t/,并且加入了一个本来不存在的元音 /i:/;all right被读成all light,颤音 /r/ 被发成边音 /l/。

二是中式句法结构:"you tell that man don't let dog do that""I die. Doesn't matter. I not afraid. You know this.""This not so easy say.""Where I live little-girl time, place we call Immortal Heart, look like heart, two river, one stream, both dry-out."这几句话里,没有英语句子中必要的时态变化,完全不遵循英语的句法规范,一个句子里叠置多个动词,主系表结构里没有系动词,几乎是从汉语字对字直译成英语的,是典型的洋泾浜英语。

三是汉语词汇或广东方言的直接英语音译:ching(请)、shemma(什么)、badpichi(坏脾气)、zongzi(粽子)、old Mr. Zhou(老周)、chungking(重庆)、tientsin(天津)、mahjong(麻将)、houlu(火炉)、Pung(碰)、Chr(吃)、K'ang(炕)、Huang Taitai(黄太太)、goo(骨)、huli-hudu(糊里糊涂)、Waipo(外婆)、yinggai(应该)、shwo buchulai(说不出来)、nuyer(女儿)等。

四是汉语语汇的英语翻译：First Wife（大太太）、wonton（馄饨）、red-egg ceremomes（满月酒席）、embroidered red scarf（红盖头）、Festival of Pure Brightness（清明节）、peach-blossom luck（桃花运）、Cold Dew（寒露）、rickshaw（黄包车）等。

这种独特的语言风格有以下作用：

1. 通过标准英语和洋泾浜英语的对比，昭显了不同的人物身份

上面提到的发音偏离现象和中式句法结构等洋泾浜英语，都无一例外出自第一代华人移民之口（《接骨师之女中》中的茹灵、《百种神秘感觉》中的琨、《喜福会》中的吴夙愿）。而几部作品中，在美国出生的女儿们都操着一口地道流畅的标准英语。两种身份的差异通过两种语言风格的鲜明对比呈现了出来。自觉接受了美国文化的女儿们都毫不犹豫地认同自己的美国人身份，认为美国的一切都优于中国，也包括语言。她们不仅拒绝学习汉语，也深以母亲的洋泾浜英语为耻。标准英语以其在美国社会不可撼动的权威性和合法性，形成对洋泾浜英语的凌驾和俯视，而操洋泾浜英语的华人移民则被构建成语言中的他者，被打上东方主义的烙印。谭恩美作品中用拙劣、蹩脚的洋泾浜英语来构建第一代华人移民形象，客观上迎合了西方人对于华人的刻板印象，是其东方主义内置的一种体现。有些西方批评家认为谭恩美小说中母亲们的英语是"人造洋泾浜"，对此谭恩美声称自己的语言是现实的生活语言，自己母亲所说的英语就是《喜福会》母亲所使用的英语。西方批评界对于谭恩美笔下的语言东方主义颇多微词，对此谭恩美曾经回应道："就因为我母亲英语不好，难道她就低人一等？"这个反驳相当无力，因为谭恩美本人对于标准英语在美国社会中的优越地位有着切身的体会。在她的《母语》一文中，曾经讲过自己和母亲的真实经历：谭恩美的母亲是第一代华人移民，说一口蹩脚的中式英语，因此在银行、商店或餐馆里经常不被看重或者受到冷遇。有一次，某家医院丢了谭母的脑部扫描片子却拒绝道歉。但是，当说着一口"完美"英语的谭恩美与医生通话时，所有问题立刻解决，院方不仅确保找回片子，而且立刻向谭母致歉。在标准英语的强大压力下，英语不好显然意味着低人一等。谭恩美出生于双语环境，但是童年时代就拒绝在公共场合说汉语，对自己母亲的蹩脚英语觉得很丢人。虽然在她成熟以后逐渐接受了自己的华裔身份，最终也认识到母亲的"简单英语"或"破碎英语"正是伴随自己成长的语言，能帮助自己形成对世界的看法、表达思想和理解世界，于是开始尊这种语言为"母语"，但是这个所谓的"母语"地位，是谭恩美经过了多少抗拒和排斥、多少挣扎和努力，走过多少心路，才慢慢给予承认的。

2. 汉语词汇的音译和具有中国文化特色的汉语语汇英译，是自我东方化的文本呈现和语言对应物

比如"麻将""轿子"等词，凸显了文本的东方特色和异国情调，客观上满足了白人主

流社会对东方的猎奇心理，是其作品主题意蕴上自我东方化的文本呈现和语言对应物。谭恩美文本中对于汉语音译词的处理是先用斜体字标出，再附以英语解释。这种现象在文本中大量存在，有些完全没有必要，某些中文语汇的理解和翻译甚至是错误的。著名华裔评论家黄秀玲曾注意到谭恩美小说中这种误译现象并指出："这样的文法不通现象完全无助于情节发展和人物刻画。"既然无助于情节发展和人物刻画，为什么还要大费周章地采用大量汉语词汇并附上英文解释呢？在笔者看来，这些语言特征似乎就是服务于这样一个目的：向读者明白无误地宣称自己的东方人身份。作家的族裔身份、语言上的异质特征，与小说中神秘古老的东方构成一道独特的异域风景线，构成对西方读者的强大吸引力。事实上，这也是西方出版界对于亚裔作家的阅读期待。

谭恩美作品中的语言特色与作家本人的身份认同一脉相承，形成内在的契合。谭恩美曾在多个场合声称自己是一个"美国人"或者"美国作家"，她甚至在小时候曾经一度幻想要去做整容手术，就为了让自己看起来不那么像中国人。她把自己小时候所有的不快乐都归咎于自己是个华裔，这种种族自憎心理直到她和母亲在瑞士定居的时候才有所改变："在瑞士，成为中国人是一种资本，男孩子们会认为你很有异国风情；回想起来，这种新的倾向可能比当初的不受欢迎也好不到哪去，但是这让我看到我对自己的看法是多么容易因为周围人的偏见而改变。"当然，随着谭恩美自己心理的逐渐成熟，也因为文化多元主义的影响，美国社会环境对于亚裔少数族群变得日渐宽容，谭恩美逐渐接受了自己的华裔身份。但毫无疑问，在文化认同和国家认同上，美国仍是她的首选。赵健秀指责谭恩美等华裔女作家完全屈服于美国主流意识形态，是"伪华裔作家"，虽然太过极端和激烈，但是他确实看到了谭恩美等人在身份认同上的某种倾向。

值得注意的是，无论谭恩美等华裔作家怎样强调自己的美国人身份，她们从生理上和心理上都不可能切断与中华文化千丝万缕的联系：从生理上来讲，与生俱来的黑头发黄皮肤是其无法改变的外貌特征，这使他们不可能把自己完全当作、也不大可能被白人看作同类；而通过父辈甚至祖辈对往事的追忆和其他间接的渠道建立起来与中国文化的联系，也使他们不可能像普通的美国人那样来看待东方和中国，其最终的身份归属始终是处于美国少数族裔的华裔美国人。

美国华裔作家在美国出生，接受的是美国教育，美国的文化理念和价值体系早已内化于心，他们在身份认同上集体表现出向美国倾斜的态势。尽管赵健秀一身对抗姿态挑战白人社会，他也只是不满于美国亚裔族群的弱势地位，他的诉诸主体和视野从不曾离开美国社会，期待得到的是在美国社会的平等地位和发声权利。美国华裔作家们身上虽然都有着中华文化血脉，但由于其栖身海外的特殊位置，身处美国强势文化的熏陶和俯视之下，常常出现西方式的感受和体验，尽管有着中西文化的双重身份，但西方文化认同仍然占据着主导地位。他们通过父辈或祖辈间接获得的关于中国和中国文化的知识，为他们提供了创作素材和灵感，所以他们不论在文学创作中还是个人身份上，都永远无法剥离其中国性。因此，无论其个人认同如何，都难逃其作为美国社会少数族裔的边缘位置，"第三空间"才是其真正的栖居之所。

二、英语获得语写作与身份认同

获得语也称习得语，是外语教学和二语习得研究中的一个常见术语，是指在母语语言环境内，通过学习和后天努力习得的除母语之外的第二种语言。华裔美国文学中的英语获得语写作，是指有些华裔作家在英语并非母语的条件下，以英语进行的文学创作。这与上节所论述的美国华裔作家的英语文学创作有很大区别，因为对于美国华裔作家而言，英语本来就是母语，用英语创作即使不是天经地义，也是水到渠成、自然而然的事。他们中绝大多数没有中文能力，即使在作品里用一些中文词汇，也相当生疏和隔膜，他们作品中的中文词汇和中国文化具有很大的装饰性，不过是西方骨骼和血肉之外的一点小小点缀。而对于英语获得语创作的作家而言，英语是他们的习得语言，中文才是其思维方式、文化传承的语言根基，这使得华裔美国文学的英语创作与华裔美国文学呈现出迥然不同的面貌。

（一）林语堂的英文书写与身份认同

用获得语创作成就最大、人数最多的，当属移民人数最多的美国。继德龄公主用英文撰写清廷故事之后，在西方世界影响较大的便是"两脚踏中西文化，一心评宇宙文章"的林语堂。其实，按照本书的界定，严格算来，林语堂的文学创作不能称为华裔美国文学，因为尽管他长期在西方世界勾留，却从未加入美国国籍。但是鉴于他的英文创作在西方世界的巨大影响，本书对他略提一二。

林语堂1936年移居美国，1966年回中国台湾定居，在美国等西方国家生活长达30年。这30年的时间里他创作出版了包括《吾国与吾民》《京华烟云》《生活的艺术》等多部英文作品，其中《京华烟云》还获得了诺贝尔文学奖提名。与后来的其他获得语作家不同，林语堂学贯中西，兼用汉语和英语两种语言创作，林语堂中文谙熟不在话下，更兼英语流畅精湛。林语堂高超的双语技能受惠于他独特的家庭背景和教育背景。

林语堂出生于虔诚的基督教家庭，后来就读于上海圣约翰大学，读的又是语言专业，从小接受西方文化的熏染；到清华大学任教以后，林语堂深感国学的匮乏，又恶补中华文化，提高中文修养，成为深谙中西两种文化的语言大师。这种双语和双重文化背景造就了林语堂独特的文化认同倾向。异质的西方基督教文化和东方传统文化在林语堂身上实现了复杂而和谐的统一,所谓"半中半西,半耶半孔"。

尽管林语堂深受中国传统文化和西方文化的双重浸染,但在不同时期和地域,他表现出不同的侧重。在国内时,他与鲁迅等人针砭中国文化的积弊,言辞激烈、情绪激愤,倡导以西方文化改造国民性。但是赴美之后,西方文化的异质语境激活了其民族感情,在一次演讲中他说:"东方文明,余素抨击最烈,至今仍主张非根本改革国民懦弱委顿之根性,优柔寡断之风度,敷衍透迤之哲学,而易以西方励进奋斗之精神不可。然一到国外,不期然引起心理作用,昔之抨击者一变而为宣传者。宛然以我国之荣辱为个人之荣辱,处处愿为此'东亚病夫'作辩护。"因而,在其英文作品中,他更多地发现东方文化之优长,反思西方文化之不足,对东西方文化进行动态观照,以多元互补的精神,主张沟通东方文化和西方文化,因此他成为东西方文化的沟通者和在西方世界大幅输出中国文化的第一人。

林语堂英文作品在西方世界大获成功,得益于其表述方式。林语堂的英语文风晓畅易懂,少用"行语"。据说他在写作《生活的艺术》时曾端起学者架子,用艰傲生涩的语言给西方人补课,但写到260页时推倒重来,于是文风一变,平易亲切。由于林语堂的英文作品旨在向西方人介绍东方文化,因而题材必然涉及大量东方风俗和典籍。我们知道,语言是文化的载体,中文作为中国文化的载体,包含着大量中国文化符码,这是英文表述的巨大障碍。深谙东西两种文化和中英两种语言的林语堂,在英文作品的文化翻译中,使用归化和异化相结合的策略:一方面他考虑到了英文读者的思维方式和接受能力,用通俗易懂的归化方式使得异质的东方文化容易被西方人接受;另一方面又在必要的地方用异化方式保留中文的专有名词,灵活地运用各种语言策略,传神地传达了东方文化的意蕴。正是这样的跨文化书写,使林语堂完成了其"非官方的中国文化大使"角色。

在讨论林语堂赴美之后的英语创作时,我们还必须注意当时的社会历史语境:20世纪三四十年代,美国在1882年通过的《排华法案》还未废除,美国社会对华人存在根深蒂固的种族偏见,对华人形成了一些刻板印象:中国人被认为是欠缺理性、道德沦丧、难以归化、荒诞神秘的民族,东方文化也是原始神秘的文化。因而,林语堂在英文创作工程中,便自觉承担了在西方世界译介中国文化、纠偏中国人形象的任务。在以非母语的另一语言为媒介进行的跨文化书写中,书写者的视点和立场极为重要,因为这不仅牵扯到写作者的表述方式,也关乎写作者自身的身份建构。林语堂在用英文书写中国和中国文化时,是站在中国人的立场上"对外讲中"的,他把中国当作"自我",而把西方当作"他者",通过流畅自如的英语,向西方世界展示中国人的生活习惯、价值观念和思想方法,对东方文化优越之处称赏的同时,也并不避讳其短处。这种超然而客观的态度赢得了西方读者的信任,使得中国文化得以有效而广泛地传播。有些学者认为林语堂迎合了西方人对于东方人的偏见,美国华裔作家赵健秀甚至对林语堂的作品大加鞭挞,说它们是"受白人传统影响的、廉价、猎奇的华人文学"。关于这些批评,笔者以为:第一,这些评论家并不了解东方人和东方文化,赵健秀甚至根本不懂中文,他在自己作品中意图颠覆华裔男性形象的努力也不成功,他精心炮制的华裔男性形象沦为另一种反面形象,所以他们的批评有一种无的放矢之感;第二,也许林语堂笔下的东方人和东方文化与西方社会的流行看法或有偶合之处,但是他至少试图建立正面的华人形象,破除了西方关于华人原始神秘的东方主义想象。因此,笔者更同意青年学者杨柳的看法:"林语堂对文化的改造和文化的传播运用的是'温和的颠覆'手段,这种'糖衣的策略'比'休克'疗法更具有潜移默化的认同效果。"

尽管在国内林语堂对中国文化和中国国民性多有批评,但是去国外之后,明显向中国文化倾斜,异国的文化环境勾起了林语堂的文化乡愁,使他对自己"中国知识分子"的身份有更加清醒的认识和自觉。"中国"对于林语堂而言,不仅仅意味着国籍上的归属,也是一种文化上的了解和认同。也许正是由于空间上的疏离,"中国""中国文化"才在林语堂的心里那么清晰地凸显出来。或许在文化的了解和认知上,中西两种文化在林语堂那里可以互为抗衡,但是在心灵的天平上,他显然是偏向中国的,就像他自传里所说的:"我的头脑是西洋的产品,而我的心却是中国的"。

(二)闵安琪、哈金等人的获得语书写与身份认同

在林语堂之后的几十年里,获得语写作的舞台上相对寂寥,直到20世纪90年代闵安琪、哈金、李翊云等人出现。

闵安琪是美国华裔中英语获得语写作成名较早的作家。她于1957年出生于上海普通知识分子家庭,后于1984年赴美,在零英语能力下开始其异国生涯。1992年,闵安琪发表自传体小说《红杜鹃》,在美国文学界一炮打响,随后一发不可收拾,出版了一系列中国题材的英文小说,如《凯瑟琳》《成为毛夫人》《狂热者》《兰贵人》。

哈金,原名金雪飞,1956年出生于中国辽宁,14岁参军,1977年恢复高考后被调剂到黑龙江大学英语系,后于山东大学攻读文学硕士学位;1985年移居美国。自1990年起,出版了多部英语诗集、短篇小说集和长篇小说,曾获福克纳奖、海明威基金会/笔会奖、美国国家图书奖等多个文学奖项。

新生代作家李翊云1973年出生于北京,1996年北大生物系毕业后赴美求学。在美留学期间开始用英文写作,并在《纽约客》和《巴黎评论》上发表。2005年出版的英文小说集《千年敬祈》使她获得了著名的弗兰克·奥康纳国际短篇小说奖和其他一系列文学奖。

从上述三人的简历可以看出,这三人与双语大师林语堂不同,他们在国内并没有深厚

的英文基础和西方文化滋养，闵安琪甚至完全不懂英语，且他们与土生华裔作家也不相类。赵健秀、谭恩美、汤亭亭等土生华裔用英语写作，可以说是顺理成章的：他们在美国土生土长，从小就说英语，接受的是美国教育，他们根本没有用汉语表达自己的能力；从语言角度来说，他们已经没有了选择权。而这些获得语作家的母语是汉语，英语是其习得语，他们有充分的选择余地；而且，就语言能力而言，获得语也远没有母语来得自如和熟练。那这些作家为什么会用一种习得语言进行文学创作呢？

在笔者看来，这里有一个潜在的原因常常不被人注意：这些作家在国内时毫无声名，因而在语言选择上反而更加自由，在偶然事件的激发下，更容易从获得语创作那里找到成就感和表达欲望。以中文为书写媒介的华人作家中，很多在国内时已经负有盛名，比如严歌苓、白先勇、聂华苓等，他们的中文写作已经形成自己的一种风格，并且在国内有了固定的读者群和与之合作的出版机构，即使移民美国，在写作惯性之下，也会自然而然地延续中文书写。闵安琪、哈金、李翊云三位作家在国内时从未发表过任何东西，甚至没有尝试过用中文进行文学创作，更没有中文创作所带来的"影响的焦虑"。哈金曾坦言："我别无选择，只能用英文写作，因为其他作家用中文写作在中国都已经出了名，我再用中文出版很难有中国读者。"除哈金之外，另两位的英语创作有相当的偶然因素。在闵安琪为了生存闭关苦学英语之际，《密西西比文学季刊》二十周年征文，她便斗胆写了一篇名为《野菊花》的短篇小说应征，竟一举得奖。这给了她巨大的鼓舞和信心，也给了她新大陆的文学梦想。李翊云尝试英语写作是为了打发异国他乡的寂寞，因而报名参加了社区的写作兴趣班。用她自己的话来说："就像家庭主妇参加一个瑜伽班那样，给自己的生活找点乐子而已。"结果竟然在这里发现了自己的写作兴趣和才华。

用英语书写迫使作家不得不重新审视和定位自己的身份。李翊云在演讲中提及自己更愿意被称为"跨国作家"，而不愿被称为"中国作家"或者"华裔美国作家"。哈金也在其散文集《移民作家》中，表达了语言给自我身份带来的焦虑，他称这种获得语写作为"背叛的语言""移民作家感到内疚，因为他远离了祖国，这在传统意义上常被自己的同胞看作'遗弃'。然而，更终极的背叛在于选择另一种语言进行写作。不管作家如何试图论证用外语写作的合理性，这种行为疏离了自己的母语，把自己的创作能量赋予另一种语言，也仍然是一种背叛行为。"笔者认为，作家有权利选择自己的创作语言，根本不存在"背叛"与否这样一个命题。但是，身为移民作家用获得语写作的哈金提出这样的说法则凸显出语言对于作家身份的某种界定作用：哈金对创作语言的焦虑，实际是对自己身份的极度敏感和对不被母国接受的担忧。

用英语写作，加入了美国国籍，获得语作家应该有理由声称自己是美国作家，但是即使他们在文化认同上有向美国靠拢的趋势,也不能明目张胆地称自己是美国作家。其中可能包含这样的因素:这些作家都曾在中国居住多年,天然的民族感情不允许他们冒天下之大不韪,公然地"叛国"。但是,笔者认为,更为重要的原因是其作品题材、语言风格与中国和中国文化存在不可分割的渊源关系,其中蕴含着"不容忽视的中国性"。

赵毅衡先生曾颇有洞见地指出华人小说的主题自限问题:华人文学有三个环圈,即留居者华文文学、留居者外语文学(即本书讨论的获得语文学)、留居者后代外语文学(即本书提及的土生华裔文学)。三个环圈各自对应一个自限的主题:留居者华文小说热衷于写华人生活,尤其是近年移民的生活;留居者外文小说一律写中国国内题材;留居者后代外语文学,题材几乎永远不断地谈论华人的身份认同。

哈金、闵安琪、李翊云三个人都未能摆脱这样的题材自限:三位作家虽用英文写作,讲述的却都是中国故事。哈金的长篇小说《等待》以20世纪中国东北一个叫木基的小镇为背景,叙述了军医孔林等了18年终于与乡下的小脚妻子淑玉离婚,与护士吴梦娜结合的故事;《辞海》聚焦20世纪70年代的军营生活。闵安琪的成名作《红杜鹃》是一本自传体小说,讲述了作者赴美之前的经历,之后出版的《成为毛夫人》《兰皇后》,也都是关于中国人物的传记。李翊云的短篇小说集《千年敬祈》以改革开放后的中国为背景,表现小人物的悲欢离合和内心世界。

这些小说的背景是中国,讲的是地地道道的中国故事,故事中的人物生活在中国的文化体系之内,说的是中国的语言,而这些作家的创作语言却是英语。英语和汉语是两种完全不同的语言,承载着不同的意识形态、思维方式和文化符号,在很多层面上具有不可归约性。所以英语表述与中国故事之间存在着无法回避的差异和矛盾,这就要求跨文化的移民作家承担起文化翻译者的任务。在获得语作家的作品中,中国文化和历史是其原文本,美国文化是其目标文本,把充满中国风味的故事情境用英语讲述出来,文化翻译是必不可少的一个环节,作家也必须在源语言和目标语言的转换间做出种种取舍,采取不同的语言策略。

处理语言和文化差异时有两种翻译方法:以目标语言为中心的归化法、以源语言为中心的异化法。归化翻译趋近于译入语的文化习惯和意识形态,作者尽量靠近读者,其特点是采用流畅地道的目标语言进行翻译。在这种翻译中,不同文化之间的差异被掩盖,目的语主流文化价值观取代了译入语文化价值观,原文的陌生感已被淡化,译作由此而变得透明。而异化翻译则彰显源语言的民族和文化特征,即给予目标文化价值一个种族差异性的压力,保证外来文本的语言和文化价值的差异性,将读者送出国外,会让读者意识到文本的异域风情。

哈金、闵安琪等人的小说中，弥漫于英语叙事中的异化翻译策略随处可见，扑面而来的浓浓的中国气息让人感觉不像是在读英文小说，反而像中文小说的英译本。这种语言上的异域风情通过以下几种方式呈现出来：

1. 富于中国文化特色的语汇

Comrade Young Shao（小邵同志——哈金《池塘》）

Glorious Red List（光荣榜——闵安琪《红杜鹃》）

Dig out a hidden class enemy（挖出潜藏的阶级敌人——闵安琪《红杜鹃》）

One stripe and four stars（一道杠，四个星——哈金《在红旗下》）

2. 中国谚语、成语和意象的直译

Add extra salt or vinegar（添油加醋）

A frog who had lived at the bottom of a well（井底之蛙）

One eye open, one eye closed policy（睁一只眼闭一只眼的政策）

Sleep like a dead pig（睡得像死猪一样），kill a chicken to shock a monkey（杀鸡骇猴）

A fly only parks on a cracked egg（苍蝇不叮没缝的蛋）——闵安琪《红杜鹃》

With an upright body, I'm not scared of a slant shadow.（身正不怕影子斜）

This troop of shrimps and crabs.（虾兵蟹将）——哈金《在红旗下》

A bird is willing to die for a morsel of food. A man is willing to die for a penny of wealth.（人为财死，鸟为食亡）

The most beautiful woman always has the saddest fate.（红颜薄命）

It takes three hundred years of prayers to have the chance to cross a river with someone in the same boat.（百年修得同船渡）——李翊云《千年敬祈》

3. 中国歌曲、童谣、《毛主席语录》的嵌入

One two three four five. Let's go hunt the tiger. The tiger does not eat man. The tiger only eats Truman.（一二三四五，上山打老虎；老虎不吃人，老虎只吃杜鲁门）——李翊云《千年敬祈》

The wide lake sways wave after wave.

On the other shore lies our hometown.

In the morning we paddle out.

To cast nets, and return at night.

Our boats loaded with fish.

（洪湖水呀浪呀嘛浪打浪啊，洪湖岸边是呀嘛是家乡啊，清早船儿去呀去撒网，晚上回来鱼满舱。）——哈金《等待》

Go to the countryside; go to the frontier; go to where our country needs us most.（到乡下去，到前线去，到国家最需要我们的地方去）——闵安琪《红杜鹃》

上述存在于这些移民作家作品中的英译中文语汇、谚语和歌曲以及《毛主席语录》，具有鲜明的中国文化特色和时代特色，原汁原味地保留了故事中的中国风味，给西方读者带来了新奇陌生的阅读体验。

如果认为这样的异化策略是为了致敬汉语和中国文化，那就太过于一厢情愿了。获得语作家的语言策略是以英语和美国读者为核心的。李翊云在访谈中提到，她的编辑认为她的语言太美国化了，不够中国，让她故意写得过时一点。显而易见，美国出版市场对于中国移民作家的语言期待就是带有中国风味的英语，因而在西方世界卖文为生的作家们很难不受这种读者期待的影响。

当然，对于某些作家而言，这也是他们的自主选择，是其建构自我身份的途径。哈金在名为《为外语腔调辩护》的演讲中提到英语获得语作家不用标准英语的原因："第一，作家的母语和外语敏感性影响其英语，使本土读者读起来感觉不一样；第二，标准英语不够用于表现作者描述的经验和想法。"所以，以异化为中心的英语策略是哈金为配合题材上的中国性而有意为之。除此之外，哈金对于中国移民作家在美国的边缘位置有着清醒的认识，他的语言风格也是表达这种边缘身份的一种方式。他曾说："除了技术上需要一种独特的英语之外，还有对身份的关注。""他们未能理解像我这类的作家不是在字典的范围内写作。我们在英语的边缘地带、在语言和语言之间的空隙中写作，因此我们的能力和成就不能只以对标准英语的掌握来衡量。"

对于闵安琪而言，英语更有一种特别的意义，她对过去的重估和改写都依赖于这样的一种英语叙事。因为这种语言能够提供她所需的文化和意识形态语汇，用以构建她在美国社会少数族裔身份的价值观念。

三、汉语写作与身份认同

尽管存在用英语进行文学创作的第一代移民，如上文提到的哈金、闵安琪、李翊云等，但是这在美国华人作家群中所占比例是很小的。大部分第一代美国华人作家的创作语言仍为汉语。这些美国华人都经历了一个从原乡到异域的迁徙过程。在这个过程中，首先面临的就是语言使用的转换：从熟悉的母语汉语到异域他乡的英语。在异质的文化语境内，不仅耳之所及听到的都是英语，在现实的生存压力下，美国华人也必须说一口流利的英语。因而，无论以怎样的身份，在满耳满眼的异国语言文学的环境里，固执地以遥远的汉字表达情怀，无论如何，这是内在的"怀乡"情结。美国华人的汉语书写，不论其具体内容如何，天然具有一种乡愁特质。对于美国的华文作家而言，汉语/中文成为与自己的过去不断相遇的精神原乡。汉语作为中华文化的载体，积淀了中华民族数千年的集体无意识，蕴含着中华民族独特的思维方式、价值观念和审美情趣。因而，当华人作家用汉语进行文学创作时，他不仅与自己的过往经历相遇，也与整个中华民族的历史记忆相连。汉语在华语作家那里，不仅仅是作为工具的创作媒介，甚至能唤起关于"故乡"和祖国的记忆。华语作家置身于远离母语环境的异域中，可能更增加对汉语本身的敏感和亲近，甚至不自觉地陷入对汉语本身的沉思和体悟之中。置身于一个异邦英语包裹下很少有人读懂的汉语空间，一个人孤独而静默地表达和倾听从汉语流淌出来的心声，这使华语作家比国内的汉语作家更多一份对汉语的关切和神往。汉语也自然地成为华语作家表达民族认同、体验神归故里的工具和渠道。

众多的华语作家通过在异乡孤独的汉语书写建立起与祖国的联系，用熟悉的汉字传达出对故乡的依恋和怀念。著名的美国华裔作家聂华苓在谈到《桑青与桃红》的创作动机时说过："小说是我20世纪70年代在爱荷华写的。1964年从台湾来到爱荷华，好几年写不出一个字，只因不知自己的根究竟在哪儿，一支笔也在中文和英文之间漂荡，没有着落。那几年，我读书，我生活，我体验，我思考，我探索。当我发觉只有用中文写中国人、中国事，我才如鱼得水、自由自在。我才知道，我的母语就是我的根，中国是我的原乡。于是，我提笔写《桑青与桃红》。"中文成为作家确认自我身份、发现自我身份的重要途径。另一位华语作家丛甦也用饱含深情的文字表达流亡在外的中华儿女对母语和祖国这种血肉相连的脐带关系的情感。

对于大多数美国华语作家而言，中文书写没有任何现实利益。与英语获得语作家需要以写作支撑其在异国的生存不同，华语作家的文学创作无利可图，也与异国的生存无关，完全是满腹怀乡的冲动使然。华语作家们用中文所构筑的虚幻空间与自己的家国对话，构筑在中西文化撕扯中缺失的中国人身份，致敬以汉语为媒介的中华文化传统，这是对母体文化的精神皈依。正如陈公仲教授所言："在杂语丛生、异声喧哗的异域，以汉语从事写作，本身既是抵抗失语、失忆的努力，也是对母语和母体文化的皈依，是精神世界的还乡活动。"

用汉语写作的华人作家们无须像用英语写作的哈金那样，有着语言"叛国"的顾虑，在对中华文化的认同上，中文确实有着得天独厚的优势。"中国情结"成为华文作家心中解不开的结、化不开的痛。但是也不能由此认为，凡是以中文为创作语言就必然认同中国文化传统,这样的简单化思维无疑是夸大了汉语的文化传播功能,也遮掩了文学创作本身多姿多彩的个性和每个作家对中西文化体认的个体差异。有一些作家对写作持一种理想化的态度,更坚持文学的审美独立性,超然于文化倾向之上(这在英语写作中也不时出现,比如获得语作家李翊云就坚持写作的私人性,反感为自己的作品贴上"意识形态"标签,拒绝为任何国家、种族代言),还有一些华文作家完全倾向于西方文化。在中华文化与西方文化对峙、冲突、沟通、融合的过程中,华语作家虽然展现出一些群体共性,但是每个作家都以自己独特的个人经历在感受和思考,中西文化在每个作家身上施力的方式和力道也各不相同,因此汉字本身的文化意蕴与它所传达的认同取向之间,或和谐,或分裂,相当耐人寻味。

　　这个实际上涉及的是语言的思想本体性和工具性之间的关系问题。现代语言观普遍认为,语言本身即思想,具有表达民族和文化认同的功能,而不仅仅是表达思想和交流感情的工具。现代语言观确实有它的合理性,然而完全否认语言的工具性,也不免失之偏颇。实际上,语言的工具性也是其本质属性,即语言具有的实用和交际功能,可以与文化传播功能在某个层面分离。因此必须看到,文学产生的文化亲和力有一定的限度,如果不适当地加以夸大、渲染,就可能造成错觉,以为凡是用汉语写作的人都必定认同中华文化传统。

　　美国的华语作家基本上都是第一代移民,大部分人几乎从未发表过英文作品。这固然与这些作家的语言能力和对母语的依恋有关,但也并非全然如此。有些作家选择用中文创作,全因西方的文学场对华人作家的期待域与作家的创作志向不符。於梨华便是一个典型的例子。於梨华的文学创作生涯始于一篇题为《扬子江头几多愁》的英文短篇小说,并因此获得了"米高梅文学创作奖"。但是她此后以英语创作的一系列长篇和短篇却相继被美国出版商拒绝。於梨华回忆这段经历时说道:"他们(出版商)只对描写东方异域风情的作品感兴趣,比如小脚女人啦、赌棍啦、鸦片、烟鬼等等。可我不想写那类题材,我要创作华人在美国社会的生活和奋斗历程。"美国主流社会对华人作家的期待域既特殊又狭小,限制了华人作家的创作兴趣和才能。于是有类似遭遇的华人作家只好改用中文创作,因为只有中文才能给予作家题材选择的自由和自身的人格尊严。

　　颇有意味的是,哈金选择英文写作时,也声称是英语给了他某种自由。创作语言的选择对于作家的自由到底意味着什么?在笔者看来,英语和汉语两种语言在赋予华人作家不同自由的同时,也在无形中设置了某种限制或障碍:选择了英语,就选择了吐槽中国社会和以凸显华族奇风异俗赢得美国主流社会认同的自由;选择了汉语,就选择了描写美国敏感题材和华人美国经历的自由。与此同时,用英语写作也意味着作家会为了生存和出版界的认可有意无意绕开美国社会一些敏感话题;而用汉语写作,就需要照顾华人社会的价值取向和审美禁忌。英语和汉语创作的边界因为文学接受群体的不同而不同。因此，创作主体的文化认同会影响其文学创作的语言选择；而作者的语言选择在读者"期待焦虑"的影响之下，也会对他的身份认同产生潜移默化的形塑作用。

美国华人文学中的汉语书写所表达的文化身份认同意识与作家创作的时代和社会历史语境紧密相关。美国华文文学可以溯源到20世纪初叶的天使岛诗歌。自此后，美国的华文文学创作可大致划分为三个阶段：20世纪50年代以前为第一阶段，20世纪50年代至70年代为第二阶段，20世纪80年代以来为第三阶段。

19世纪末至20世纪初的中国社会，以积贫积弱的国际形象示人，中国人在与世界各国交流中都不免处于低人一等的地位。在这样的背景下，赴美的华工、中国留学生以及外交官在他国土地上更加屈辱，不可能享受与别国移民平等对待的权利。而彼时的美国，由于种族歧视以及就业机会等种种社会原因，掀起了强烈的反华排华浪潮，1882年美国国会通过了《排华法案》，更将这一浪潮推进到极致。这是第一阶段美国华文文学创作的社会语境。

这时的美国华文文学创作主要以诗歌为主，也有一些白话和文言小说。以《埃伦诗集》为代表的诗歌，描述的是初到美国的华人在天使岛所遭遇的非人待遇，抒发了华人在异国受辱后的悲愤情绪和强烈的思乡情怀。此外还有一些旧体诗阐述了华人社会的伦理道德观念或者渲染了浓郁的乡情，表现了华人"叶落归根"的意识。早期的华文文学创作在艺术上比较粗糙，题材和内容以异国遭遇、道德说教和感伤怀旧为主，在文化认同上完全倾向中国传统文化，甚至以阐释和传播中华文化为重任。对中华文化的赞颂和张扬不仅是早期华人心系故土、期望"叶落归根"的羁旅情怀所致，也是在美国艰难困苦的生存处境和被歧视被侮辱的地位使然。用赵毅衡先生的话来说，这是一种"心理被欺负后的自恋"。美国华裔学者尹晓煌认为，对中华文化和价值观的强调给予了在异国无法得到地位和尊重的移民们以精神慰藉和归属感。所以，早期的华文创作对中华文化的认同并不是不同文化观照下的理性选择，而是在孤独而陌生的异乡安身立命的人生取向和构建心灵家园的情感归宿。

20世纪50年代至70年代是美国华文文学的第一个高潮。在此之前的1939年—1945年，爆发了第二次世界大战，中国和美国在共同抵抗德日意法西斯侵略的斗争中结为盟友，身处美国的华人也积极参加美国前后方的战时工作。日本在此时利用美国的种族歧视和排华政策大做文章，进而鼓吹"亚洲人的亚洲"。鉴于国内外的形势和压力，美国于1943年废除了《排华法案》，确定了华人的移民配额和在美华人可以加入美国国籍的政策，华人在美处境有所改善。但是尽管显性制度上的歧视已经废除，隐形的种族歧视却不可能在短时间内完全清除,所以在美华人的处境并不乐观。美国华人的华语文学创作主体以中国台湾留学生作家群为主,出现了丛甦、白先勇、聂华苓、欧阳子等一批优秀的华文作家。

  这一时期的文学集中描绘了以中国台湾留学生为代表的"流浪的中国人"群像——他们在美国遭遇的文化冲突和认同危机,以及从故乡连根拔起却无法融入居住国的种种疏离感、挫败感和浓烈的乡愁情结。这一时期留学美国的中国人没有早期华人的"叶落归根"意识,踏入美国之日起就以成功留居美国为目标,可是作为少数族群的华人不仅面临着巨大的生存压力,更兼文化休克所带来的多重不适,因而不少人产生认同危机和主体性缺失的焦虑。为了缓解这种焦虑,避免精神上的虚无,他们不由自主地从中华文化中寻找安慰。分裂和受挫的人生体验使他们产生浓烈的乡愁,而"个人受挫感越强,就越是敏感于被排斥、被歧视等消极性经验,也越是容易从昔日的故乡回忆和历史脉络中寻找认同皈依的方向"。因而,这一时期的美国华人仍然以认同中国和中华文化为主流,对西方文化表现出疏离和隔膜。这一时期的多数作家都已加入美国国籍,但在情感归属和文化归属上仍然是中国的。但是身处异域的现实和与移居国社会的广泛联系又使得他们对母国文化的认同并不是盲目追逐,而是渗透了一定程度的文化批判和再造精神,比如於梨华就曾就笔下的小说发出下面的言论:"我是企图通过小说来做中西文化沟通的桥梁,把中国好的东西介绍到美国,把美国一些好的东西介绍到中国。"白先勇也提到他的"美国经验"使他"对自己国家的文化反而特别感到一种眷恋,而且看法也有了距离"。这种距离感使华人作家在认同传统文化的时候并不盲目,而是多了一份冷静的审视。

  兴起于 20 世纪 80 年代的"新移民文学"是美国华文文学的第二个高潮。此时,中国已经获得联合国合法席位,中美关系也已正常化,更重要的是,中国开始施行改革开放政策,因此一大批学生、商人、知识分子等由于各种原因奔赴北美大陆,开始他们的美国移民生涯。新移民文学虽与以往的美国华人文学有着内在的继承性,但是在题材、基调、文化认同方面都展现出与早期悲苦困顿的华人文学及饱受乡愁和失根之苦的台湾留学生文学不同的气质。与台湾留学生文学着力表现"融入的艰难"和由此带来的精神困境不同,新移民文学更多地把关注点放在留学、打工中的奋斗历程以及现实生存体验上,虽然也不免挫折和痛苦,但是基调却多了昂扬和奋进。他们并没有牟天磊和吴汉魂那种深切的失根的焦虑,因为他们对自己根之所在有着清醒的认识——无论在美国的土地上失败还是成功,他们始终是中国人,他们的根在中国。早期的华文作家由于在异国的种种不如意,在中西文化的冲突和挣扎中往往不自觉地内卷,以中华文化为精神家园和心理依赖,将中西社会放置在一道文化天堑的两边,形成了一种单调且不可调和的二元对立模式。这种认同倾向在新移民作家那里被很大程度上消解了。这种状况首先得益于美国社会生存环境的相对宽松,20世纪80年代后的美国,种族歧视已经大大减轻;而文化多元主义和文化生成主义的势盛,也为在美少数族裔的权益提供了理论上和舆论上的支持。

新移民作家在面对中西文化的差异和碰撞时更加坦然和理性,根据作家自己对中西文化的体认表现出复杂的多重面向。其中既有对西方文化的某些方面的揭示与批判,如于漾的《啤酒肚文明》讽刺美国文化是由一层层厚厚的极端个人主义的脂肪堆积起来的身心发展不平衡的啤酒肚文明;也有对西方文化的崇拜和皈依,如《曼哈顿的中国女人》中的主人公通过嫁给外国人,尽力融入西方社会、取得西方式的物质成功,进而坚决完整地认同了西方社会和西方文化。严歌苓可谓新移民作家中的翘楚,在她的多部优秀作品中,她悬置了"认同危机"这一常见主题,而是以不同的种族和文化为背景,致力于表现普遍人性。严歌苓对于文化身份的开放和包容态度,消解了其作品中"文化认同"的本质主义追求而引发的中西文化二元对立,为她在多元文化语境中展现复杂人性提供了独特的舞台。

新移民文学对于文化身份认同表现出多元而复杂的面向,这是在时代发展中对于早期华人文学中一边倒的认同倾向的一种突破,也是全球化语境中个人在异质文化面前思想和价值取向产生不同裂变的现实写照。或许,这种丰富多元的文化认同取向才应该是文化选择的一种常态。

第二节 文体与身份认同

在华裔美国文学作品中,有一个非常有趣的文体现象,就是自传体小说的盛行:自传体小说不仅数量庞大,而且许多已然成为华裔美国文学经典的作品也多为自传体。与美国文学史上其他少数族裔文学一样(比如非裔美国文学),华裔美国文学也是通过自传体文学打入美国文学主流的。翻开华裔美国文学史,就好像翻开美国华裔的一部部自传:从早期华人自述对中美文化认识和理解的一部部作品,如李恩富的《我在中国的童年》、蒋彝的《中国童年》、容闳的《西学东渐记》;到第二代华裔自觉认同和归化主流社会的代表作,如黄玉雪的《华女阿五》和刘裔昌的《虎父虎子》;乃至20世纪70年代华裔美国文学的经典之作,如汤亭亭的《女勇士》、谭恩美的《喜福会》《接骨师之女》,及至新生代作家伍慧明的《骨》等,自传体小说在华裔美国文学的历史上一直连绵不绝。

为什么自传性作品会成为华裔美国文学的一种常见文体?笔者认为,自传这一文学体裁是美国华裔在主流社会中发出声音、表达自我身份认同的一种重要工具和表现方式。自传之所以成为华裔美国文学中常见的文学体裁,与美国华裔在异质语境中自我意识增强、自我身份不明产生的焦虑有关。同时，自传体在华裔美国文学中大量存在也与美国主流社会对华裔族群不了解所产生的窥探欲和猎奇心理有关，是美国主流社会对华裔少数族群写作的期待视野所致。

一、华裔美国文学中的自传传统及成因

相对于大多数人而言，移民对过去的自我和在异乡所做的不间断自传式努力更加敏感，在离开原来生活背景的情境下，他们被引导着去理解，个人认同永远不会终结，永远具有开放性。这是一项进行的"工作"，产生了不断变化的个人认同版本。移民美国的华人在异国语境中常常是不被了解和尊重的，这是他们拿起笔开始表述自我、为自我言说的出发点。而他们的自传体书写成为华人移民解除身份困惑、建构族群认同的工具和表现形式。正像刘登翰所指出的："华人文学（尤其是华裔美国文学）存在着大量的家族史和自传书写文本……有其内在的文化动力——通过叙事实现族群建构的自我认同。"

自传这一体裁与身份认同问题可谓是天然地水乳交融。自传首先是作者纪念自我和表达自我的方式。要求认识和表现自己，希望被人了解，肯定和尊重自我的存在，这是自传撰写的前提。自传是传主表达自我的方式，因而传主如何定位自我决定着传记的写法和表现方式。自传本身是为传主对"我是谁？"这一问题的一个绵长而详尽的解答，是传主对自我成长经历和心路历程的追索和回顾。因而，传主对自己身份的定位以及由此身份定位衍生出来的态度、情感、价值观、思维方式等，对自己传记的写法、事件选择、诠释方式具有决定性的作用。正如我国传记研究者杨正润先生指出的："自传者必须确定自己的身份，才能回顾过去，对无数的材料进行选择和扬弃、使用和安排、解释和说明。他对自我的认定和评价，都同他对自我的身份认定有关。"例如，刘禹锡的《子刘子自传》一开始就自述家史：先祖是汉代中山王刘靖，曾祖父、祖父、父亲都曾在朝为官，以此证明自己为官从政的资格；自传的主旨是为自己早年参加永贞革新进行辩护；最后用"天与所长，不使施兮"八个字点出自己怀才不遇的境遇。中国近代作家谢冰莹将自己定位为"一个女兵"，在她的自传中，内容选择和结构安排都围绕这一身份。

由上可见，自传传主对自己身份的认定非常重要，他会根据自己设定的身份进行回忆，并对过去的素材做出筛选，使自传中塑造的形象尽量与这一身份契合，并说明这一身份的合理性和合法性。因此，身份认同是自传作品里主题结构的决定因素。

身份定位不仅对于自传的传主格外重要，对于自传的阅读群体也同样重要。传主的身份往往是读者的第一考虑因素。阅读群体通过自传来改变、强化或者推翻对于传主的形象设定。华人自传体的盛行，另一个重要的原因便是华人的自传满足了白人社会对于

少数族裔的窥探欲和猎奇心理。可以这样说，美国华人文学通过自传体表达自我认同是在美国社会，或者更准确一点，美国出版界对整个华裔族群的群体定位和身份期待之下实现的。

自传按照不同的标准可以划分为各种类型。杨正润先生根据自传者的职业身份将自传分为女性自传、政治自传、精神自传和学术自传。但是一个更为通俗和常见的划分方法是根据传主的社会影响和身份地位，把自传分为两类：一类是名人自传，一类是平民自传。传统的传记基本上是名人的专利，名人自传在古今中外的自传中无论是数量上还是影响上都占有压倒性优势。我们耳熟能详的自传基本上都是名人自传：国外的有《富兰克林自传》《诗与真》；国内的有《胡适口述自传》、林语堂的《八十自述》、沈从文的《从文自传》等。

然而，美国华人文学中的自传书写却打破了这一常规——自传书写者多为籍籍无名的普通民众。李恩富、黄玉雪、闵安琪等在自传出版以前，都没有任何社会影响。即便在华裔美国文学界大名鼎鼎的汤亭亭，在《女勇士》发表以前，也不过是一名普通的英文老师。这样一些既无巨大社会成就、又无重大社会影响的普通人，他们的自传缘何会在美国社会发表并且获得成功？读者阅读名人传记的心理我们容易理解，读者想要通过阅读某个名人的传记而了解这个人——他的生平掌故、性格特征和成名之路。这个人是独一无二的，绝无与其他人混淆的可能。而这一班普普通通的美国华人所做的传记，为什么会有读者和市场？

日裔美国学者布莱恩·尼亚在《亚裔美国人的自传传统》一文中提出"群体自我"概念。他认为名人传记所表现的是"个人自我"，而普通人的传记表现的是"群体自我"。非名人自传之所以得到出版并有人阅读，可以推定的原因是，因为这些自传不仅可以使我们了解自传的作者，而且能够从中了解作者所属的群体。尼亚的观点对于解释美国社会普通人自传的盛行提供了一个颇有见地的路径。然而笔者认为，与其说是华人着力表现"群体自我"，不如说是美国主流社会，或者美国出版业和读者群，更乐见华裔族群的"群体他者"。换句话说，美国社会的读者群更倾向于模糊自传者的个性化和私人色彩，而把自传者看作传主所在族群的代言人。他们感兴趣的并不是某个普通华人的生活，而是通过这个人的个人经历所展示出来的族裔面貌和文化景观。这就可以理解为什么黄玉雪的《华女阿五》在发表之前被美国编辑删去了三分之二，却依旧保留了婚礼仪式、中药治病、祭祀典礼、淘米煮饭等有关中国文化的场景。因为美国读者对于一个普通华裔女孩的日常经历、喜怒哀乐并不感兴趣，那些内容"太私人"，他们想要看到的是异国风味的中国。

并且，华裔美国文学里的多部自传和介绍中国文化的作品，都是受美国出版界和美国一些名流的邀请而创作的。李恩富《我在中国的童年》是应波士顿洛斯洛浦出版社所邀而写；林语堂的《吾国与吾民》《生活的艺术》等书也是在赛珍珠等人的启发和鼓励下完成；黄玉雪之所以会在28岁的年龄动笔写自传，也完全是受美国编辑的敦促，用她自己的话来说："我的生活就是成天工作，住在地下室里，听从父母，没有暴力，也没有热辣的爱情故事，（我）这样一种乏味的生活美国公众怎么会爱读呢？"可是为了拿到这个自传，出版社竟然愿意等上五年。汤亭亭的《女勇士》也是在出版社的要求下才最终以非小说类的自传体裁出版。所以从某种程度上说，华裔美国文学的自传传统是美国出版界一手打造出来的。

关于自传这一文学体裁，有的学者认为这是典型的西方文体。著名的美国华裔学者尹晓煌认为："在中国文学传统中，自传文学几乎鲜为人知，因为在倡导谦和的儒家学者眼中，写自传会被视为妄自尊大。"这样的看法不无道理，因为在中国文学史上，尤其近代以前，虽然存在不少自述性作品（比如司马迁的《太史公自序》、陶渊明的《五柳先生传》等），但大部分真正意义上的自传性文学作品确实并不多见。而西方的自传传统一直源远流长：自奥古斯丁的《忏悔录》以来，不仅在中世纪出现了大量宗教忏悔自传，更有卢梭的《忏悔录》、歌德的《诗与真》、富兰克林的《富兰克林自传》等经典自传性文学作品。美国学者罗伯特·塞耶斯（Robert F Sayers）对《富兰克林自传》以及其所开创的美国文学自传传统极为推崇，认为自传文体是表达美国理念和美国精神的最好文体。他认为《富兰克林自传》开创的写作模式，是移民美国的人实现美国梦、表达同化的理想范式。另一位美国学者苏珊娜·伊根（Susanna Egan）则认为自传写作是美国各少数族裔融入美国社会的常见写作模式，是体现美国南北战争以后"大熔炉"理念的方式之一。据此，尹晓煌认为，自传体裁在华裔作品中的流行是对中国文学传统的偏离。华裔评论家赵健秀更对这一体裁颇有微词，他认为自传体裁是被基督教传统浸润的文学体裁；华裔美国作家没有基督教传统，却不断沿用这一体裁，讲述着华人在主流社会自我救赎和被白人社会认可的过程。在这种写作模式里，华裔文化要不被呈现为同化过程的加速器，帮助华裔美国人比较顺利地被主流社会所接受（如黄玉雪的《华女阿五》）；要不就被呈现为同化过程的障碍物，但最终能够被克服而使华裔美国人得到主流社会的赞许和认可（如刘裔昌的《父与子》）。因此，赵健秀主张华人应该抛弃自传体写作。

赵健秀认为自传体属于基督教传统，这并不符合常识。因为中国文学自传体文学虽不繁盛，却并不缺乏；而主张废弃自传体写作的想法也太过极端。但是赵健秀确实看到了自传体裁在华裔美国文学寻求与主流社会对话和构建自我身份中所起到的重要作用。

二、华裔美国文学中的自传体写作与身份认同

自传体裁对于作家表达自我意识、确定自我身份有着得天独厚的优势,同时它也是阅读群体了解传主和传主所在群体的绝佳途径,因此在美国社会饱受身份困扰的美国华裔以自传来书写自我、与主流社会进行对话和交流也就不足为奇了。以下借助自传的概念和特点,结合具体的美国华裔文本对自传体和美国华裔的身份认同的纠葛关系,从两方面进一步展开论述。

(一)以个人写作为族群代言

从自传的创作主体而言,美国华裔作家虽然并不必然承担起为整个族群代言的目的,但他们撰写自传的出发点和自我身份定位,都是在与主流社会对话的语境中展开的。早期华人的自传写作,往往是有感于主流社会对华人深深的误解和偏见。李恩富在《我在中国的童年》提到作传的原因:"在美国,我仍然不断地发现人们对中国社会之风俗、礼仪、社交持有若干荒谬看法,这不能降罪普通美国民众,因为他们除了阅读报纸和游记之外,无法得知中国真相。"因此,作者在自传中对中国文化做了百科全书式的说明,涉及哲学、教育、文学、饮食、家庭、娱乐等各个方面,有些细节在现代读者看来未免过于烦琐。但是这样的写法在当时的社会语境下是必要的,因为华人的文化和传统在当时让许多美国人无法理解和接受。李恩富用一种理想化的方式描写和美化中华文化,并对中美两种文化做出比较,旨在改善美国社会中的华人形象。李恩富与伍廷芳等早期华人的自传体写作,是以一种现身说法的方式破除白人对中华文化的偏见,他们可以被称为"中华文化的捍卫者"。而自传体与其他文体相比,更能有效展现他们在美国的生活,并且以中华文化亲历者和内部视角加强叙述的真实性和现场感,便于他们将两种文化进行比较。

早期华裔撰写自传很大程度上是为了赢得美国社会的理解和尊重,因而他们有意隐去中国文化不尽如人意之处,不自觉地承担了"中华文化的捍卫者"的角色。以刘裔昌为代表的第二代华裔却以自传向美国社会展示自己对美国文化的全面同化和臣服,成为与中国文化传统决裂的叛逆者和美国社会"忠诚的少数民族"。刘裔昌的自传中文译名为《虎父虎子》,英文是 Father and Glorious Descendant,直接的字面意思是"父亲和其光荣的后裔",但是书里"光荣的后裔"的自传远远超过了对父子关系的描写。而作者对"光荣"的评判,似乎也是以是否彻底美国化、成功融入美国主流社会为标准。刘裔昌为父亲身上的美国化特征而深感自豪,对他身上残留的中国习惯和思维方式则格外反感:"父亲的美国化不彻底""他的中国习惯和观念稀奇古怪、莫名其妙,令人羞耻!"刘裔昌不仅抗拒中国文化传统、拒绝接受中文学校的教育,甚至以美国化的视角和思维方式来嘲笑和贬损各种

中国文化习俗。刘裔昌在自传中毫不隐讳地与自己的民族传统决裂，展示了渴望融入美国社会、急于成为美国社会"忠诚的少数族裔"的迫切心态。不仅刘裔昌如此，其他 20 世纪四五十年代的华裔作家自传也都表现出与中国文化和传统的有意疏离，比如黄玉雪的自传《华女阿五》。该自传虽然没有像刘裔昌那样完全背弃中华传统文化，但是也在走出唐人街的过程中，在中西文化的对比中表现出向美国文化靠拢的趋势。她在自传中充当了唐人街文化导游的角色，对唐人街的日常生活场景做了引人入胜、细致入微的描写：一方面展示了中国文化的异国情调，满足了白人社会对华裔生活的好奇心理；另一方面，也通过不断奋斗而在主流社会获得成功的过程构建了自己"模范少数族裔"的华裔形象。

自传者往往将自己的个人经历和童年记忆置于文化记忆的宏大框架之中并且与族群背景相联系。但是，与名人传记突出个性化色彩和个人独特经历相反，美国华裔的自传中，传主的个人经历却往往消隐于其从属的文化框架和背景中。因为读者感兴趣的并不是"这一个"，而是因为他是"这一群"中的一个。

然而 20 世纪 70 年代后的华裔自传体文学，尤其是女作家，却更加注重写作的个人化，不大在意或者不愿承担为华裔群体代言的道义和责任。赵健秀批评汤亭亭、谭恩美等作家迎合了美国白人社会对华裔男性的刻板印象和陈腐观念，是白人社会的"黄种代言人"。对此，汤亭亭强调"个人视觉的永恒和无限"，她认为，华裔作家应当将中国文化融入美国生活中，而不应该在创作中重复历史和传说。她坦言："他们（对《女勇士》持批评态度的批评家们）对于作家的社会功能的观点令我不安。除了代表我自己，为什么我必须代表任何人？为什么我个人的艺术视角要被否定？"她在《美国批评家的文化误读》一文中明确地声明："我是一个美国作家。和其他的美国作家一样，我也想写出伟大的美国小说。《女勇士》是一本美国书。"

事实上，《女勇士》突破了以往自传体的写作方式，以第一人称叙述讲述了无名姑姑、母亲和姨妈的故事，其中夹杂了大量的个人感受和想象；还在"白虎山学道"和最后一章"羌笛野曲"中创造性地改写了中国历史和传说。自传中着力表现的是一个华裔小女孩在中西文化冲突和边缘下的成长过程。自传表现出强烈的女权主义色彩，批判了中华传统文化中的父权制和男尊女卑思想，肯定了女性的力量和勇气。同时，作为少数民族的一员，她也描述了在东西方文化中的迷失、苦闷和自我追寻的过程。在这部自传里，性别意识和族裔意识并存，不再像先前的华裔自传，致力于捍卫、否定或传播中华文化。作者虽然也关注了华裔美国人的文化身份，但是显然是从个人经验出发，而不是为整个族群代言。但是讽刺的是，美国评论家的述评却纷纷强调该书的中国特色，把充满中国文化符号的"白虎山学道"一章视为全书的高潮，以致懊恼的作家专门撰文驳斥美国书评家的误读。

但是鉴于自传这种特别的文体要求,作家作为一个华裔美国人,在个人书写的过程中,必然会以个人经历承载了整个族群的集体记忆,因而不可避免地在客观上代言了族群。所以西方读者从中读出中华文化,甚至把这本书当作研究亚裔美国人的人类学读本,也不是毫无道理。

华裔美国文学中的平民自传传统之所以存在,是由两方面的合力共同作用而成:一是主流社会因对中华文化缺乏了解而产生的猎奇心理;二是美国华裔渴望在美国社会获得理解和尊重、树立正面的华裔形象和构建自己的文化身份。这类自传的核心便是书写差异:作为社会中的异类,书写异质的他者文化,展现神秘的异国风情。当这种差异不再存在,也就是说,当传主的个人记忆完全与族群记忆和文化框架剥离开来的时候,华裔文学中的平民自传在美国社会大概也就失去了它存在的必要和魅力。毕竟,没有多少人会对一个毫无特色的庸俗人生感兴趣。

(二)自传的虚构性

自传的真实和虚构,一直是一个颇有争议的话题,在我们得出结论之前,我们先看一下自传的定义。

从字面上看,自传就是"由一个人自己来描述此人的一生"。法国著名的自传研究者菲利普·勒热纳这样定义自传:"由一个真实的人,关于自己的存在所写作的回顾性的、散文体的叙述,重点在于他的个人生活,特别是他的人格的故事。"美国学者阿尔伯特·E.斯通也为自传做了一个定义:"对一个人的一生,或者一生中有意义的部分的回顾性叙述,由其本人写作并公开表明其意图,真实地讲述他或她公众的或私人的经历故事。"这两个概念都认为自传是由本人书写的关于自己的回顾性叙述,而回顾是对过去所发生的事情的回忆和再现,这就暗示了自传的真实性;斯通更在定义中强调要"真实地讲述"——自传的真实性似乎是个不言自明的事实。关于这一点,杨正润先生说得很对:"同他传一样,(自传)要求事实的客观、准确和全面,也要求描绘出人格的真实和心理世界的真实。"自传在传达当事人的心理感受和隐秘行为方面,有着比他传更多更明显的优势。卢梭曾说:"除了本人,没有人能写出他的一生。他的内心活动、他的真实生活只有他本人才知道。"

但是另一方面,自传要做到真实,对于传主而言是个巨大的挑战。前文提到,传主的身份定位、感情倾向、利益关系等都影响着材料的选择和扬弃、使用和安排、解释和说明,这使得自传具有强烈的、不可避免的主观色彩。梁启超是戊戌变法的亲历者,后来撰文记述其事,却不敢承认那是信史,"感情作用所支配,不免将真迹放大也"。马克·吐温规定自己的自传只能在死后出版,也是看到了自传撰写中真实和坦诚的难度,"一个人写一本有关他平生私人生活的书——一本他还活着的时候给人看的书——总是不敢真正直言不讳地说话"。并且,自传中作者的隐秘事件和心理活动,旁人无从知晓,更无法查证和核实。所以,自传作者在事件的描述和组织上有更大的选择度和灵活性,也使自传更有欺骗性和虚伪性。所以自传的真实性,只是个美丽的谎言。很大程度上说,自传是披着真实的外衣,行着虚构的事实。

大部分读者对自传的虚构性并不了解,自传的真实性在读者那里,是个毋庸置疑的前提。也正是看到了这一点,赵健秀对汤亭亭的《女勇士》作为自传出版非常不满,并以此拒绝为这本书写书评。赵健秀还专门写了一封信给汤亭亭,建议她以"小说类"而不是自传出版此书。在他看来,如果以自传出版,读者会把书中被汤亭亭扭曲和改写的中国历史和传说当作中华文化的真实反映,而其中的华裔身份形象也会被主流社会信以为真,从而进一步深化对华裔的刻板印象。赵健秀的担心不无道理,正是对自传真实可信的想当然,使很多的白人读者对其中的华裔文化信以为真,甚至对华裔的经历产生了负面的印象。而很多美国评论家对它会有诸种误读也就不足为奇了。

《女勇士》的虚构性是显而易见的,这也是作家构建文化身份的重要手段。这本自传的虚构性至少体现在两个方面:一是,对叙述事件的想象性阐释;二是,对中华文化的创造性改写。前者在"无名女人"一章体现得格外明显。无名姑姑在丈夫不在的时候怀孕生子,遭到全村人的惩罚和唾弃,也因此被家族除名。作者幻想了姑姑怀孕的多个版本:或许是被某个男人胁迫,或许对女人名目繁多的限制的惧怕催生了她的情愫和欲望,男人"多情的目光,或者柔和的声音,或者缓慢的步子"就可以使她离家出走;或许她深爱着那个使她怀孕的男人,至死都把他的名字埋在心底。但是不可否认,任何一个版本的诠释,都与母亲讲这个故事所传达的初衷和理解相去甚远。在母亲和她所代表的中国传统看来,无名姑姑是不贞和耻辱;汤亭亭则对无名姑姑充满同情,她打破了母亲不许说的禁令,通过纸笔把姑姑从无名状态中解救出来。我们知道,自传是传主以现在自己的身份为基点,对过去的自我的一个梳理,所以传主的自我身份认同和定位成为一个隐形的标尺,以此来裁断和衡量自我历史中的事件。关于无名姑姑的众多版本是汤亭亭接受了自由、平等、个性独立、女权主义思想等西方价值观的自然流露。通过对无名姑姑故事的想象性阐释,汤亭亭展示了她美国人的思维方式和价值立场:"也只有在美国文化环境中长大的'我'才能对姑姑的遭遇寄予深切的同情,对封建社会的愚昧无知和残酷进行鞭挞。"

对中华文化的改写和移植主要体现在"白虎山学道"和"羌笛野曲"两章中。汤亭亭以第一人称讲述花木兰的故事,亦真亦幻,身为花木兰的"我"不仅拥有神力,"指天求剑,剑就会飞来,晴天也可以求得霹雳,霹雳的斜度也能控制自如";而且被父亲在背上刻字,在军中奋勇杀敌,结婚生子——这与传统的花木兰故事相去甚远。而"羌笛野曲"中的蔡琰被胡人掳走后与他们并肩作战,奋勇杀敌,最后和着胡人的笛声唱出《胡笳十八拍》——不仅一改中国传统文化中蔡琰故事的忧郁悲苦基调,甚至蔡琰本人也成为"花木兰"式的女英雄形象。汤亭亭的"美国视角"是其改写和移植中国神话传说的关键。这种改写实际是自我表述的过程,也是身份建构的过程。通过改写花木兰故事,汤亭亭向中国传统文化中的父权制开炮,赋予女性以力量和勇气,塑造了勇敢乐观的华裔女性形象。而蔡琰的歌唱则隐喻作者渴望东西方文化能够沟通和融合的理想。

汤亭亭的《女勇士》突破了传统自传的写法:它并不是以自我生平故事为中心,而是用很大篇幅讲述无名姑姑、母亲勇兰和姨妈月兰的故事。它大尺度突破了自传对于真实性的要求,用奇幻的想象改写中国传说,形成了真实与虚幻、神话和现实、个人经历和他人故事相交织的织锦风格。但是从自传表述自我的终极意义上讲,《女勇士》又是一部真正的自传,因为它讲述的是一个华裔女孩对自我身份的追寻和发现。从最初的迷惘,"作为华裔美国人,当你们希望了解在你们身上还有哪些中国特征时,你们怎样把童年、贫困、愚蠢、一个家庭、用故事教育你们成长的母亲等等特殊性与中国的事物区分开来?什么是中国传统?什么是电影故事?"到花木兰式的复仇和激烈反抗,直至最后蔡琰和着羌笛的乐曲歌唱,汤亭亭一直在自身的中国传统和西方文化精神之间挣扎并寻求平衡。就像美国学者屈夫在《女勇士》译序里说的:"汤亭亭在整本书里探讨当一个华裔美国人对她意味着什么的深刻内涵。"

如果汤亭亭自传里的虚构是作为一种风格和艺术手法而有助于其美国华裔的身份建构的话,那么闵安琪的自传《红杜鹃》里的虚构,则更多表现为实用主义和功利色彩。

《红杜鹃》中多处描写让人瞠目结舌:邻居们不满他们住大房子就往他家的床单上倒屎;一个叫小绿的女知青在跟情人幽会时被当场捉住,情人以强奸罪被枪毙,小绿因此精神失常。诸如此类。有人曾专门就这些事问过闵安琪:"我也去过上海郊区农场,也接触过各类人,听说过各类事,经历过不愉快,但无论如何都不觉得你书中所述所叙是真实的。"作者的回答是:"我那是文学,是虚构的。"

自传性作品当然是允许虚构存在的,但是作者虚构了什么,以什么方式虚构,才是问题的关键。闵安琪刻意夸大了中国人的苦难描述,无非满足西方人的政治优越感,自己也可以赚取西方人的同情,成为被美国社会接受的模范移民主体。正像有些学者指出的:"闵安琪对权力中介和新的族裔身份的追求与她对过去的自我讲述和理解之间有一种辩证关系。"更直白一点说,闵安琪的文本虚构就是服务于她在美国社会中模范移民身份构建的。

参考文献

[1] 陈贤茂. 海外华文文学史 [M]. 厦门：鹭江出版社，1999.

[2] 刘登翰. 双重经验的跨域书写：20世纪美华文学史论 [M]. 上海：上海三联书店，2007.

[3] 倪立秋. 新移民小说研究 [M]. 上海：上海交通大学出版社，2009.

[4] 周南京. 世界华侨华人词典 [M]. 北京：北京大学出版社，1993.

[5] 赵文书. 和声与嬗变：华美文学文化取向的历史嬗变 [M]. 天津：南开大学出版社，2009.

[6] 谢纳. 空间生产与文化表征：空间转向视域中的文学研究 [M]. 北京：中国人民大学出版社，2010.

[7] 周宪. 文学与认同：跨学科的反思 [M]. 北京：中华书局，2008.

[8] 赵一凡，张中载，李德恩. 西方文论关键词 [M]. 北京：外语教学与研究出版社，2006.

[9] 殷曼楟. 认同建构中的时间取向 [A]. 中国文学与文化的认同 [C]. 周宪主编. 北京：北京大学出版社，2008.

[10] 王宁. 全球化：文学研究与文化研究 [M]. 桂林：广西师范大学出版社，2003.

[11] 冯雷. 理解空间：现代空间观念的批判与重构 [M]. 北京：中央编译出版社，2008.

[12] 季广茂. 隐喻视野中的诗性传统 [M]. 北京：高等教育出版社，1998.

[13] 刘俐俐. "文学"如何：理论与方法 [M]. 北京：北京大学出版社，2009.

[14] 刘俐俐. 外国经典小说文本分析 [M]. 北京：北京大学出版社，2004.

[15] 朱立立. 身份认同与华文文学研究 [M]. 上海：上海三联书店，2008.

[16] 刘俊. 悲悯情怀：白先勇评传 [M]. 广州：花城出版社，2000.

[17] 浦安迪. 中国叙事学 [M]. 北京：北京大学出版社，1996.